在最美唐诗里邂逅最美的爱情

王海侠 著

天津出版传媒集团
天津人民出版社

图书在版编目（CIP）数据

在最美唐诗里邂逅最美的爱情 / 王海侠著. -- 天津 : 天津人民出版社, 2019.3
ISBN 978-7-201-14107-7

Ⅰ. ①在… Ⅱ. ①王… Ⅲ. ①唐诗－诗歌欣赏 Ⅳ. ① I207.22

中国版本图书馆 CIP 数据核字（2018）第 210691 号

在最美唐诗里邂逅最美的爱情
ZAIZUIMEITANGSHILI XIEHOUZUIMEIDE AIQING
王海侠 著

出　　版　天津人民出版社
出 版 人　刘　庆
地　　址　天津市和平区西康路 35 号康岳大厦
邮政编码　300051
邮购电话　（022）23332469
网　　址　http://www.tjrmcbs.com
电子邮箱　tjrmcbs@126.com

责任编辑　王昊静
策划编辑　杨莹莹
装帧设计　润和佳艺

印　　刷　大厂回族自治县彩虹印刷有限公司
经　　销　新华书店
开　　本　710×1000 毫米　1/16
印　　张　15
字　　数　200 千字
版次印次　2019 年 3 月第 1 版　2019 年 3 月第 1 次印刷
定　　价　45.00 元

诗如月，爱如海，辉映成双

爱情一直是人类永恒的主题，是莎士比亚提出终极疑问——“to be or not to be ”时，两难选择之间唯一可以缓解内心疼痛的解药。唐诗是中华传统文化中最瑰丽的珍宝，如一颗历久弥新永不黯淡的明珠，时刻照亮与滋养着我们在现代文明中日渐失落、日渐干瘪的内心。当爱情遇上唐诗，缠绵悱恻的爱情经由炼字成金的诗歌来表达，诗如月，爱如海，两者辉映成双。

都说文如其人，唐诗里的爱情由王海侠书写，简直再合适不过。她生在三秦大地，八水绕长安中品味四季，雕楼嵌画栋中体味岁月，而且她尤爱唐诗，那些拂去千年尘埃句句凝练的诗句，在她柔软的心里重新经过酝酿发酵，从独特的视角对故事做出解读，不偏离人物最真实的内心，最终成为一篇篇动人心弦、如歌如诉的爱情故事，让我们体察到唐诗后面隐匿的不为人知的如烟往事。也让我们对那些诗句有了更深刻的认识，明白了当骆宾王写下“相怜相念倍相亲，一生一代一双人”后，前有李荣与王灵妃，后有纳兰性德，他们都在用自己的生命为爱情书写悲伤的主题。书中有王维感慨“红豆生南国，春来发几枝”时，他自己在街上邂逅浪漫爱情的美好境遇。书中有李白短暂一生中与三位妻子的相聚相守与相别。书中还有杜甫、白居易、李商隐等众多大诗人的或幸福或悲伤的情事，也有鱼玄机、花蕊夫人等一代才女温婉哀怨的身影。

海侠虽然并不写诗，但她从小就喜欢古典文学的隽永风味。一首诗，一阕词，一篇古文，常常让她久久地沉浸其中。由心及身，生活中的她也活得极有诗意，清晨送女儿上学时，带着女儿在古老的城墙根下徐徐走过，听着鸟叫，闻着花香，用手机捕捉一朵花开的瞬间，用目光送别晨曦中的一滴露珠。她的桌前，常常摆着清淡的花束，间或阅读，间或敲字，都在花香间。她的眼睛清澈，如秦岭山涧的泉水；她的内心灵动，如钟楼上悬挂了千年的铜铃，风动，心动，及时收纳着世间所有的美好与感动。

我们是文友，更是挚友。文字是抵达内心的溪流，我们因写作相识相知，也因写作相约相伴。看着她在万千首唐诗里一点点搜寻着爱情的蛛丝马迹，不仅让人感动，也令人喜悦。爱情的讯息多么珍贵，稍纵即逝，当时间的长河流经百年千年，我们还能循着海侠重新找到的河流溯溪而上，重新阅读那些大诗人内心最隐秘最可贵的情感涌流，仿佛又听闻了一曲霓裳一席鼓。以诗为媒，以诗明心，以诗相约。这些都发生在盛产诗歌的唐朝，放在今天，我们只能微信摇一摇，只能朋友圈里点个赞。可以说，她替我们开启了爱情表达的新路径，见面问安好，相思诉衷情，句句有诗为证。

当我们翻开这本书，如同走进人间四月天，字里行间中透着唐诗的芬芳与隽永之气。海侠这个诗意温婉的女子，在浩瀚如星空的唐诗里寻找爱情的光迹，一缕缕捕捉在手里，用文字重新编织成线，还原给今天的我们。多么神奇，一遍遍读着那些如泣如诉的爱与哀愁，一遍遍体味着唐诗的广阔韵味，仿佛穿越时空，让我们跟着她的笔迹，一起回到大唐盛世，回到历史的长河中，重温唐诗里爱情的浪漫与悲愁。

朱 敏

2018.7.10

目录

CONTENTS

王绩：孟光傥未嫁，梁鸿正须妇

女孩在朋友圈晒爱情，一枝盛开的粉红山桃花，花枝上缚着一张卡片，上面写着“我一无所有，只能送你一个春天”。

有人评论道：“恭喜你，他是一个有情怀的男孩。”

在这个物质社会，情怀异常稀有，也异常珍贵。最美的爱情，不是他送你香车宝马、美衣豪宅，而是许你一世春天般温煦的情怀。

看遍人海茫茫，好看的皮囊随处可见，无聊的生活千篇一律，真正有情趣、有情怀的人寥若晨星。

余生很长，请和有趣的人在一起。有趣的人，能时时给你惊喜，让日子不再平淡如水，他会让你时时感觉到生命的活力，让你的每一天都过得有意义。

唐诗中就有一个这样有情趣的灵魂——他就是王绩，初唐四杰之一王勃的叔叔。

王绩出生于公元590年，绛州龙门人，可以说是生在书香世家。他的祖父曾立下赫赫战功，功成之后，不慕荣利，只载了几车书归乡，与书相伴，静日生香。王绩的哥哥王通、王凝，弟弟王静，都是很有学问的人。

生长在这样家庭里的王绩，自然也不会太差。他天资聪颖，“八岁读春秋左氏，日诵十纸”，博闻强记，小小年纪，便有治世之胸怀和抱负。十五岁的时候，王绩谒见杨素，以卓绝的才学令举座惊艳，人们称他为“神仙童子”。

这样的少年才俊，想必前途一片大好，可是事实却并非如此。唐大业十年，王绩第一个官就做得不顺利，当时当的是个叫作“秘书正字”的小官，相当于现在给领导写讲话稿的小秘书。

王绩怀有鸿鹄之志，不愿为区区五斗米折腰，恃才傲物，清高率性，在任上过得并不快乐，后因饮酒误事被人暗中告发解了职。这下正好，王绩干脆跑到山野当起了隐士。

和李白有点相似，王绩最爱的也是两样东西：酒和诗，且王绩的酒瘾比起李白，恐怕是有过之而无不及。大约爱喝酒的人，都有一个向往自由的灵魂，所以李白才那样飘逸如仙、豪放不羁。而王绩更是如此，他喜欢陶渊明，陶渊明叫“五柳先生”，因为宅前有五棵柳树，他自称为“五斗先生”，因为一次能喝五斗酒。

虽然如此，王绩并不是一个酒鬼，史料并无记载说他喝酒酿成什么大错，因喝酒被解职也只是据说，真实性有待考证。况且，像他这样一个骨子里深爱清风明月的人，在腐败死朽的官场里混，心中的痛苦可想而知，酒，也许是他用来对抗世俗的一种武器。有了酒，他可以忘却世间的种种不快，而专心沉潜在诗意的世界里。诗酒趁年华，喝着酒，写着诗，对于文艺青年来说，没有什么事比这更幸福的了。

人在世间，难免受世俗侵染，王绩也并不是一开始就这么脱俗的。

第一次离职隐居后，他心中毕竟还有些建功立业的想法，想想也是，空有一身才学不得施展，这也是人生一大憾事。有了机会，便又出去做官。然而自由的灵魂还是无法忍受职场的束缚，于是又隐居。这种心态很像现在一些职场年轻人的心态，不想上班，追求自由，但迫于现实压力，或者自身实力还配不上自己的野心，于是就这样矛盾着，纠结着，一边工作一边梦想着早日实现财务自由。

三仕三隐之后，王绩终于想通了，他找到了自己人生最想走的路：做一个彻底的隐士，从此与山野的明月清风为伴，过一种自由至性、身随心动的诗酒人生。

从此，“野”成了他生命中最重要的一个字眼，比如他最著名的那首诗

《野望》便充分诠释了他的个人志趣：

东皋薄暮望，徙倚欲何依。
树树皆秋色，山山唯落晖。
牧人驱犊返，猎马带禽归。
相顾无相识，长歌怀采薇。

这首诗是王绩在隐居东皋期间所作。秋天的傍晚时分，薄暮笼罩大地，诗人环顾四周，感到秋的苍茫和萧索，心里有些空落落的，无所依附的感觉强烈地冲撞着他的心。每一棵树都沾染上了浓重的秋色，每一座山都披上了落日的余晖。有人赶着牛犊放牧归来，猎人满载着得胜的猎物飞驰而返。在这样的地方，没有相识的人，环目四顾，只能默默无言，独自品味这一种秋的况味，这样的情境啊，只想让人在高冈上长啸放歌！

这首诗清新自然、质朴真切，一洗前朝诗风的靡丽浮华，因而被誉为唐初诗坛的一缕清流，如清水芙蓉，如纯洁美丽、素面朝天的乡村少女，给人以耳目一新的清凉之感，历来备受推崇。但细读之下却可以发现，和陶渊明诗中对田园生活的由衷喜爱不同，王绩在这首诗中表达了一种孤独苦闷、无所依傍的情绪。这正说明他当时的隐士做得并不彻底，他一边向往田园，渴望出尘，一方面又怀着入世的进取之心，希望自己的才华能够被看见。

就这样，一边犹豫着，一边坚定着，王绩在隐居的路上越走越远。让他坚定的力量，很大程度上归功于他的爱情和婚姻，归功于他灵光乍现之时所写的一则征婚启事。说到征婚启事，我们现代所见的多是把房子、车子、职业、收入列为第一，可是王绩的征婚启事却完全是另一种模样。先让我们大开脑洞，想象一下这则征婚启事诞生的情境，这样就能更好地理解它的别致之所在了。

隐忧在东皋，终于过上了想要的寄情于山水的生活，可是王绩还是个热血

青年，身处静寂的乡野，虽日日有诗酒相伴，但天长日久，也难免审美疲劳，更何况人本是群居动物，都渴望有人相伴、被人理解，如果是正值婚恋年纪，更需要的是一个知心爱人长伴此生。王绩当时就是这种状态。想要的生活已经拥有，唯一美中不足的，是缺一个添香红袖，给他爱情，给他安稳的婚姻和家庭。

那应该是在一个春风沉醉的夜晚，天空星月朗照，空气中有淡淡的花香袭来，暖风让世间的一切都蠢蠢欲动，充满萌发的热情和冲动。那如丝碧柳，在星光下拂动，更是撩拨人的情思。

王绩带着白日农事忙完后的一点疲累，坐在小院的柳树下，呼唤名为“酒奴”的小家童从地窖搬出自酿春酒，与山月对酌，一杯，一杯，复一杯。酒至微醺，诗人的神思开始缥缈，朦胧月色中，似有女子的面影划过心房，王绩那颗年轻的心，莫名悸动不已。

微风中，似有天籁之音隐约而来，华枝春满，月圆天心，这样美好的夜晚，无琴无歌简直是浪费。王绩命“琴奴”小童拿来珍爱的“绿绮”古琴，他放下酒杯，闭上眼睛，抚琴而歌。

琴歌声中，他觉得自己的灵魂飞升起来，一瞬间从唐朝穿越到汉朝，他自己已然变成当年鼓琴高歌《凤求凰》的司马相如。只是，身边没有像卓文君那样能读懂自己心曲的红颜知己。

琴声清越，歌声袅然，他的神思又飘向更远处，他想起觅得佳偶的张奉、老莱子，想起举案齐眉的梁鸿、孟光。他们何其幸运，而自己又何其孤单！想到这里，他文思泉涌，唰唰提笔写下一诗：

物外知何事，山中无所有。

风鸣静夜琴，月照芳春酒。

直置百年内，谁论千载后。

张奉娉贤妻，老莱藉嘉偶。

孟光傥未嫁，梁鸿正须妇。

这是一首写给未来灵魂伴侣的情诗，也是大胆另类的征婚启事，他坦诚地向对方告白：我隐居山林，超然物外，清贫如洗。但是有了你，我们可以在清风静夜中抚琴而歌，在月光下煮酒畅谈。这样美好的日子，我希望能和你共度百年。当然，如果可以，我更希望是一千年，但千年太久，谁也无法掌控。我只希望和未来的你，能像张奉与袁氏、老莱子和他的妻子那样，偕隐山林，相依相随，也希望我们能像孟光与梁鸿那样举案齐眉，伉俪情深。

诗写完，仿佛为了让征婚的意图更加鲜明，王绩还加了个标题叫《山中叙志》。他笃定地相信，一定会有一个与自己志趣相投的女子，看到诗后如约而来，将一片芳心默许。在唐朝，没有报刊、微信、博客，无法像现在一样投稿发表，诗人们为了让自己的作品得到关注，常常采用诗墙、诗板、诗瓢、诗屏的方式，让自己的诗歌被世人看到。不知道王绩的这首征婚诗是以何种方式发布的，又有多少个、又是怎样的女子看过，总之，这个嗜好诗酒的文艺青年很幸运，他真的得到了理想中的爱人。

史料中对王绩的妻子并没有确切的记载，不过借助王绩留下来的诗歌，可以猜想她一定是个像芸娘一样的女子。沈复在《浮生六记》中以饱蘸深情的笔墨，事无巨细地记录着自己与爱妻的点点滴滴。陈芸的容貌并不十分美，但她内心芬芳，与沈复志趣相投、琴瑟和鸣，在清贫动荡的生活中，把平淡的婚姻生活过成了时时处处充满惊喜和雅趣的诗。

这样的女子必定能够得到王绩的真爱。不然在他留下的诗作里，怎么会有近一半是写自己的婚姻爱情的？不然，他怎么会成为自隋唐以来，第一个将自己的妻子作为爱情诗主角的诗人？美满的爱情成为诗情丰沃的土壤，王绩在享受着爱的同时，以清新质朴的语言写自己的终生女神，称她为“野妻、野

妇”，他自称为“野人、逸人、野客、山人”。他和她，野性相投，野性十足，野味盎然，野得甜蜜，野得卓绝古今，令人羡慕。

他将他们温暖绵长的爱情、踏实安稳的幸福，都用诗句一一记录：

前旦出园游，林花都未有。
今朝下堂望，池冰开已久。
雪被南轩梅，风催北庭柳。
遥呼灶前妾，却报机中妇。
年光恰恰来，满瓮营春酒。

——《春日》

看到初春的美景，他不禁招呼正在忙碌家事的她，一同前来观赏。爱一个人，就是时时处处都想把最好最美的事物与之分享。“妾”和“妇”是同一个人，他的爱妻，这样的灵魂伴侣，只能有一个，有一个，也已足够。

草依三径合，花接四隣繁。
野妇调中馈，山朋促上樽。

——《春庄走笔》

春天，朋友来做客，妻子为他们调制饭食。他称她为“野妇”，这样的昵称，亲切自然又充满爱怜，符合他们共同的性情。这一声称呼中，也有对爱人辛苦劳作的感恩之情，在人们普遍认为女人的天职是洗手做羹汤的古代社会，一个男人对妻子怀有这样的感情，是多么难能可贵。

野妻临瓮倚，村竖捧瓶来。

田家多酒伴，谁怪玉山颓。

——《春庄酒后》

古人认为女子饮酒有失体统，但王绩的妻子不但喝酒，还在乡村的酿酒大会上公然呈现醉态，但丈夫并不生气，反而觉得她可爱，在诗里还用言辞为她开脱。也难怪，她也并不反对他喝酒，有时还劝他喝得尽兴些："老妻能劝酒，少子解弹琴。"妻劝酒，子弹琴，有妻如此，夫复何求？

倚床看妇织，登垄课儿锄。

回头寻仙事，并是一空虚。

——《田家》

儿子都能锄地刨垄了，此时王绩和妻子也已年约五十，但他们的爱情并没有随着时光淡去，反而如陈年老酒，越久越见芳醇。已经不年轻的妻子，日复一日一个简单的织布动作，他也能够以充满爱意的眼光欣赏，还把它郑重地写到诗里。这样深情且专一的男人，称为唐诗史上首席暖男也不为过。

王绩的妻子是幸运的，她得到的是一个有真爱有情怀的爱人，她的爱情充满飘逸的草木香气，自足圆满。最好的爱情，与金钱财富无涉，只需要两颗情意相通的心互相契合。愿每一个心有清芬的女子，都能得到理想中的爱情，让生命在美满的姻缘中绽放出一路繁花。

卢照邻：得成比目何辞死，愿作鸳鸯不羡仙

在爱情里，有时候放手比拥有更艰难、更珍贵。至真至纯的爱，不是时时处处厮守，而是只要你过得比我好，我远远地将你放在心里，如此，就已足够。初唐诗人卢照邻的爱情，就是这样。

在其最著名的代表作《长安古意》一诗里，卢照邻写道：“得成比目何辞死，愿作鸳鸯不羡仙。”这句荡气回肠、气势铿锵的爱情宣言，被后世人无数次引用，作为对理想爱情的期盼和祈愿，打动了不知多少痴男怨女的心。是的，如果能和你相爱，即使令我此刻死去，我也欣然接受；只要有你的爱，就是世间最好的风日，神仙的生活我也不会羡慕半分。

写这首诗时，卢照邻身处繁华的长安，彼时，他风华正茂，满身才学，一腔凌云壮志，然而却不得不受现实束缚。在这首长诗中，卢照邻托古意而写今情，以洋洋洒洒的鸿篇诗作，展现了当时长安社会波澜壮阔的生活长卷，颇有些唐代“清明上河图”的意味。在诗中，卢照邻以惊人的才气极力描绘长安城的繁华，表达自己对美好生活的向往之情，同时，又对现实中一些黑暗面表示不平，对自己的怀才不遇有些慨叹与幽怨。

这很像我们每个人的少年和青春时代，那时候人生风雨无多，即使有愁，也是轻如烟柳的少年愁，不会有刻骨铭心、深入骨髓的痛，所以对人生还抱有美好的想象，自然也少不了对爱情极尽浪漫的期许。像卢照邻这样的才子，感情丰富、情思敏锐，他理想中的爱情可超越生死，让人连神仙的生活也不羡慕。可是这样的爱情，世界上真的有吗？即使有，能得到圆满的结局吗？那时候，卢照邻心中也一定发出过这样的追问。

每个人的爱情，都摆脱不了人生轨迹和命运的缠绕与左右。

在人生的前半段，卢照邻算是比较顺遂的：他出生于公元636年，唐初贞观年间。他的家族在幽州范阳一带是名门望族，而卢照邻本人也是非常争气的孩子。他自幼饱读诗书，求知若渴。

十来岁，有些孩子还是只顾着玩、要父母催逼着学习的年纪，卢照邻就毅然辞别锦衣玉食的家门，带着干粮上路，不远千里寻访名师。走的路太多，脚上都磨出了茧。卢照邻在回忆这一段生活时，写道："累茧重胝，千里不辞于劳苦。"

上天不会辜负努力的人。十八岁那年，卢照邻带着满身的才学来到长安，他自信满满，与当时的权贵交游甚多。在这些人中，邓王李元裕发现了这个优秀青年。邓王何许人也？他就是唐高祖李渊的第十七子，李世民的兄弟、李治的叔叔。

邓王非常欣赏卢照邻，让他在自己府中任"典签"，相当于文书工作。邓王曾经很骄傲地向人介绍卢照邻说："这就是我的司马相如啊！"卢照邻很感激邓王的知遇之恩，他竭尽全力为邓王做事，在做好本职工作之余，他将邓王家里浩如烟海的藏书翻了个遍。这让邓王更加欢喜，这个年轻人不自满、肯上进，将来一定前途大好。

邓王虽然很愿意将这个好青年一直留在自己身边，但他从卢照邻时不时望向悠远天空的神情中，读懂了青年的心事：这样富有学识的才子，一直屈居于文书之职，不是太令人惋惜吗？邓王有心举荐，怎奈他自己也身处邓州，远离权力中心长安，有心无力，所以劝卢照邻耐心等待，这一等，就是十年。《长安古意》就是在这期间写出来的。

直至公元663年，邓王病重，卢照邻仍未得到朝廷重用。邓王也算仁至义尽，在临终之前总算拼尽全力为卢照邻谋得了一个官职——到益州（现成都）新都当县尉。想来，赴任之时，卢照邻必是心有不平，但现实就是这样骨感，

唯一能做的只有顺应。

当时的蜀地，显得偏远荒僻，然而越是偏僻，山水便越是不染尘嚣，美丽灵秀。卢照邻和很多怀才不遇的诗人一样，开始寄情山水，以遣幽怀。他在山中走，他在水边行，他观云观月看花看草，丰富的内心需要用自然来平衡。

除了寄情山水，在蜀地，卢照邻还得到了友情的滋养。他在山中遇到了同为初唐四杰的王勃，有共同志趣的灵魂，总会有玄妙的引力让他们相聚。他和他的知己才子们纵论诗文，畅谈际遇，把酒临风，悠然心会。

友情是凄清境遇里的温暖安慰，而不期而至的爱情，更是灵魂里突如其来的一道闪光，可以唤醒沉睡的激情，可以化解心灵的冰冻，可以让灵魂苏醒、飞扬。爱情，就是惊艳开出的花朵，一经绽放，便足以开在一个人长长的生命里，永不萎谢。

他和她有过怎样的相遇？她有着怎样的眼睛和脸？是否千篇一律的俗美，还是清新如露珠般脱俗？这些，卢照邻没有写在诗里，我们不得而知，只知道她姓郭，所有的细节，只能依靠想象。

但是不论她美或不美，相遇的时刻，在爱人的眼里，她一定是世界上最美的女子。她是否也有一颗诗意的灵魂，否则怎会爱上并不显贵的他，而且还爱得如此之深，如此惊世骇俗、义无反顾？在那个礼教甚严的朝代，作为一个女子，她竟然为了爱情不顾一切，未婚怀了他的孩子！

他们一定有过岁月静好的甜蜜，卿卿我我，花前月下，是每一场爱情的必备戏码，虽然概括起来不过区区几个字，但身处其中的人，一定会觉得那些时刻心如浪涛，一瞬千年。那些相处的时刻，也许有过平淡，但因为在爱里，一切都有了意味深长的意义，那些回忆，在离别之后，可以慢慢弥合心灵的伤口。

他们的爱情必是忘我、投入、狂热的，他们在相爱时，必是将自己全身心地交付于对方的，不然，怎会有日后的种种痛嵌进生命，无法抹去？他们在爱里沉醉，却忘了，所有的爱，都只有两种结局：厮守，或者离开。

作为一个有抱负的人，卢照邻当然不肯就此碌碌无为，困守这荒凉之地潦草度过一生，他要去实现他的梦想，也为了让爱人看到一个更好的自己。

离别总是黯然，然而因为怀抱美好的期望，所以变得可以忍受。其时，她腹中的孩子已渐渐长大。他对她允诺，等去长安参加完“典选”就回来娶她。执手白头，不离不弃，她一定对此深信不疑，每个沉浸在爱情里的女子，都会这样相信吧？那样情深义重的人儿，怎么可能食言？怎么忍心让爱人失望和心痛？

然而现实常常是，那些山盟海誓和甜蜜的情话犹在耳边，但是那个离去的人，却再也没有回头，从此只成了回忆里的一个模糊影像，成了一个微疼又幸福的心灵符号。她痴痴地等着，等着，时光流逝，肚子里的孩子已呱呱坠地，他还没有回来。

仿佛是天意要让他们的情思断绝，孩子不久夭折，爱情的结晶也留不住。她还在等，然而他一去杳然，好像从这个世界消失了一样，好像他们之间只不过是一场虚美的春梦，不落一丝痕迹。

可以想象她是怎样度过一个又一个难挨的清晨和黄昏的。她也许捎过信给他，也许向无数人询问，可就是找不到他。她或许也是个活跃在当时文艺圈里的女子，偶然的机缘，认识了骆宾王——卢照邻的好友，初唐四杰之一。她不顾女儿家的羞涩，将自己与卢照邻的故事和盘托出。在另一个男人面前暴露自己的隐私，她其实是希望骆宾王能从中出一把力，联系到情郎，唤他回来。可怜的女子，就这样把骆宾王视为救命稻草，期盼他能制造出奇迹，成全自己的爱情。

闻听此事，骆宾王一副侠骨柔肠深为触动，他马上写了一首长诗《艳情代郭氏答卢照邻》，痛斥好友不该如此对待郭氏。也难怪，郭氏在对骆宾王讲述此事时，一定满含幽怨，把卢照邻描绘成了一个薄情寡义、始乱终弃的人，骆

宾王也相信事实就是如此。因为他们不知道，除了这个原因，还有什么事情能阻止卢照邻的归来？

骆宾王的诗大概不久后卢照邻也能看到，虽说唐朝没有网络，但作为有名的诗人，诗作流传还是比较快的。但是卢照邻对此没有任何回应，连只字半语的辩解也不曾有。郭氏女子的心大概从此冷了、硬了，她或许另嫁了一个好人家吧？这是卢照邻最想看到的结局。

那么，去了长安的卢照邻究竟遇到了什么事情？让我们回到那个久远的时代，一一细数这个诗人的苦难历程：

原来，卢照邻到达长安参加“典选”以失败告终，仕途遇阻，偏偏祸不单行，此时家中又生变故——卢照邻的父亲去世了。他在太白山下为父亲守丧。然而，尽管如此，命运还是不肯对这个才子展露哪怕一丝丝仁慈的微笑，本当壮年的卢照邻，却突然得了一种怪病，当时人称“风疾”，大约相当于现在的风湿病，这种病发作起来相当厉害，疼痛剧烈，随着病情进展，病者手脚痉挛，进而丧失行动能力。

卢照邻后来在《释疾文·序》中写自己得病后，只能在地上爬行，“寸步千里，咫尺山河”，他在《五悲·悲穷通》中则更加详细地描述了自己病后的惨状：“形枯槁以崎嶬，足聊蜷以缁厘……骸骨半死，血气中绝，四支萎堕，五官欹缺……”此时的诗人，已然失去了往日的风采，四肢萎缩，五官变形，眼睛混浊，生命之火渐趋微弱。

这样的卢照邻，连走一步路都异常艰难，他还怎么能去遥远的蜀地赴约见自己的心上人？他怎么能让她看到他现在不堪的病容？他怎么忍心让她为他心痛却无能为力？更重要的是，就算她不离不弃，愿意照顾他终生，但他怎能因为自己的私心而害她受一辈子苦？他的本意，是不想把自己的苦痛分给她一半。

病后的卢照邻，经济状况也一日不如一日，买不起上等的朱砂来配制药方，他就用普通的朱砂来代替，结果由于副作用大，反而使病情加重。无奈之下，一向心气极高的卢照邻开始向朋友们求助，那些朋友们也都非常讲义气，慷慨相助，给他送药送钱。

四十一岁那年，卢照邻的病情进一步恶化，他来到长安，经人介绍认识了著名药王孙思邈。然而药王的医术再高超，也无回天之力。生命的最后阶段，卢照邻来到具茨山，请人为自己修好了墓穴。他常常安静地躺在墓穴里，此时的诗人大约已看透生死，所以能够平静坦然地接受死神的拥抱，或者，他竟也是期待死亡的降临吧？对于一个被痛苦浸透的生命，活着比死去更加需要巨大的勇气。

然而，就是在这样的状况下，他拖着残疾的身躯，用勉强还能活动的一只手，还在写诗。在一首诗中，他写道："忽忆扬州扬子津，遥思蜀道蜀桥人。鸳鸯渚兮罗绮月，茱萸湾兮杨柳春。""蜀道蜀桥人"，除了郭氏女子，还能有谁？她是他唯一的爱人，永远的爱人。虽然远隔天涯，虽然她因为误解而恨他，但心底里，那些爱还好好的，像水晶一样地安放着，爱情是这个清冷尘世留给他的唯一一抹暖色。

最后，他觉得自己已经无法再撑下去了，就连心里珍藏的爱情的力量也不能挽留他，他累了，于是写下最后的文字《释疾文》，把自己投放到清澈柔波的颍水里。具茨埋才骨，颍水葬诗魂，这位命运多舛的才子，终于得到了安息。

有一种爱叫作放手，最好的爱，是用放弃成全所爱之人的幸福。就像卢照邻一样，"道是无情却有情"，如果不能做爱人天空中的太阳，那就做远远的一轮月亮，在看不见的暗夜，为爱人洒下月光。

骆宾王：相怜相念倍相亲，一生一代一双人

纳兰性德的词深情唯美，尤其是写爱情的词，读来更是令人柔肠百结、珠泪潸然。“一生一代一双人”是纳兰词中的名句，但这句并非纳兰原创，而是化用了骆宾王《代女道士王灵妃赠道士李荣》一诗。

骆宾王《代女道士王灵妃赠道士李荣》一诗篇幅很长，几乎可与《长恨歌》相比，其中最精彩的是这几句：

想知人意自相寻，果得深心共一心。
一心一意无穷已，投漆投胶非足拟。
只将羞涩当风流，持此相怜保终始。
相怜相念倍相亲，一生一代一双人。

这几句诗的大意是：我在茫茫人海中想要寻找心意相通的人，果然找到了相知甚深、心心相印的爱人，我们深爱彼此的心意无穷无尽，用如胶似漆也不足以形容。我的娇羞和风流婉转，希望你一直记在心里，让我们的爱有始有终。我们相互爱怜、互相思念，倍觉相亲，一生一世，我心中只有你，你心中只有我。

这样情意绵绵、温柔缱绻的诗句，是一个女子对情人的深情诉说。从诗题可知，这是骆宾王为一位名叫王灵妃的女道士代笔，写给道士李荣的情诗。道士之间还可以相爱？他们之间又有着怎样的爱情故事？骆宾王又为什么会代笔？让我们穿过历史的层层迷雾，去探寻这桩情事背后的姻缘密码。

在唐代，女道士是一种特别的存在：她们饱览诗书、通晓文墨，能够吟诗作赋；她们身心自由，能够随意出入各种场合；她们不受礼教束缚，可与名士才子比肩同行，谈诗对弈。女道士又叫女冠，在唐朝，这样的女子群体不像我们想象的那样幽居深山道观，生活枯索沉寂，相反，她们在社会上的地位并不低，她们代表了美貌、才气与自由的灵魂，所以很多达官显贵都以结交女冠为荣。

李唐王朝大力推崇道教，因此公主入道并不罕见，武则天的女儿太平公主就曾入道，此外最著名的还有唐睿宗的女儿金仙、玉真两位公主入道。公主之所以向往道观生活，一来出于对道教的信仰，希冀以此能够延年益寿，长生不老；二来是出于对自由生活的渴望。连公主都喜欢入道，普通女子更是纷纷效仿，因此唐代的女道士非常多，她们成了唐代社会与男人平分秋色的一道亮丽而别致的风景线。

唐代风气开放，道观中也不再是一潭死水。许多才貌出众的女冠，虽以修行为名，但在道观中自由交际，成为现代“交际花”似的人物。在唐代的女性诗人中，最有才华的是两类诗人：一是艺妓诗人，以薛涛为代表；二是女冠诗人，以鱼玄机、李季兰为代表。女冠诗人与一般的闺阁女子不同，她们可以出入各种场合，与男性文人平起平坐，酬唱应对，以诗文会友，这样频繁亲密的接触，难免日久生情，演绎出一场场香艳情事。

王灵妃和李荣就是在这样的环境下认识的。李荣是当时道教中较为有名的人物。据记载，唐高宗曾招募僧道各七进行辩论，李荣就是道教代表之一，其人思维敏捷、性情诙谐，颇有诗才，喜欢交游。这样的男子，身边很快就聚集了一批女性粉丝，王灵妃就是其中之一。根据骆宾王诗中所写进行推断，王灵妃应该是个美女，但是文才并不出众，否则她就会自己动手写情诗，不会劳烦骆宾王代笔了。

王灵妃和李荣有过美好的爱情，这从骆宾王的诗中可以得到印证：“台前

镜影伴仙娥，楼上箫声随凤史”，“仙桂丹花重叠开，双童绰约日游陟。三鸟联翩报消息，尽言真侣出遨游”。然而爱在过去，并不代表现在和以后还爱。世事总是如此俗套，逃不脱“痴心女子负心汉”的老调。

男人总是以事业为重，李荣去了长安，在与佛教的辩论中失利，被贬蜀地，从此音信杳然。可怜王灵妃心中还放不下那段情，痴痴等待，念念不忘。不知是怎样的机缘，她遇到了骆宾王，便向他诉说心曲。

闻一多曾评价骆宾王：他天生一副侠骨，专喜欢管闲事，打抱不平，杀人报仇，帮痴心女子打负心汉。的确，骆宾王性格里最突出的就是两个字“侠义”。性格决定命运，因为这样的个性，七岁就写出流传千古的名诗《咏鹅》的骆宾王，在仕途上却屡屡受挫，一生郁郁不得志。直到人生的暮年，他还跟随李敬业起义反对武则天，写了那首震惊历史的《代李敬业讨武曌檄》。

不但这些国家大事他爱管，就连很多男人认为是小事的恋爱情事，骆宾王也绝不袖手旁观。他的好友卢照邻曾与一郭姓女子相爱，后卢照邻去长安参加“典选”，此后又因患病在身，与恋人失去联系。骆宾王听郭姓女子听说此事后，当即写下一首诗《艳情代郭氏答卢照邻》。

此刻，王灵妃的遭遇，与卢照邻的恋人郭氏女子如出一辙。怀抱一腔侠义热血的骆宾王亦十分同情女道士的遭遇，欣然应允，提笔代王灵妃给李荣写了这一首长长的情诗。

这个桀骜不驯、豪气冲天的男子，竟也有一颗柔软的心，尤其是对痴情的女子。我不禁猜想，如前文所述，他本人的爱情故事又是怎样的一番模样？遗憾的是，所见诗文都没有记载，但我想象这样有个性、有人格魅力的男子，应该有一个好女子爱过他。

只可惜这样一个侠义诗人，最后的结局却让人叹息。骆宾王与李敬业讨伐武则天失败后，李敬业被杀，而骆宾王不知所终。对此，有三种说法：一是起义失败后被杀，二是投水自杀，三是出家当了和尚。

关于最后一种说法，还有一个有力的证据：据《唐才子传》记载，诗人宋之问有一次路过钱塘，到灵隐寺一游。入夜，皓月当空，远处山影朦胧，寺院一片寂静，禅房有一位老僧正在打坐。宋之问站在寺院里，触景生情，突然诗兴大发，随即吟出两句："鹫岭郁岧峣，龙宫隐寂寥……"宋之问想要再往下续，却突然灵感枯竭，任他搜肠刮肚，却总不见佳句光临脑海。那位打坐的老僧不知何时出现在宋之问身旁，见其窘状，不禁插话道："施主，'楼观沧海日，门对浙江潮'如何？"

宋之问闻言大喜，仿若神助，随即文思泉涌，一口气写下那首题为《灵隐寺》的名诗：

鹫岭郁岧峣，龙宫隐寂寥。
楼观沧海日，门对浙江潮。
桂子月中落，天香云外飘。
扪萝登塔远，刳木取泉遥。
霜薄花更发，冰轻叶未凋。
夙龄尚遐异，搜对涤烦嚣。
径入天台路，看余度石桥。

如果这种说法是真的，那么当骆宾王坐在悠远的寺院里诵读经卷时，他是否会想起自己曾经为一位女道士代写的情意绵绵的诗句？他大概也没有想到，"一生一代一双人"，这看似稀松平常的七个字，会在岁月的磨砺里沉淀下来，在很多年以后的清代，成为另一个爱情故事的美丽注脚。

纳兰性德本是康熙时期大学士明珠的独生子，身处烟柳繁华地，生于富贵温柔乡，他丰神俊朗、才情超逸，有着令人艳羡的家世，做着皇帝的御前侍卫，按现在的话说，他的人生，应该是镀了金的。然而，财富与荣耀却不是他

的理想。“自是天上痴情种，不是人间富贵花”。他要的是精神世界的高贵和自由，是心心念念的一个“情”字。这简简单的一个字，却是世间最难解的谜题，世间多少痴男怨女为之疯狂、颠倒，甚至不惜付出最宝贵的生命。

纳兰性德，一介翩翩公子，温润如玉，内心却汪着一池春水柔情。他的词总是诉着情殇，读来令人的心微疼，却又着一种薄凉、凄清之美：

一生一代一双人，争教两处销魂。
相思相望不相亲，天为谁春。
浆向蓝桥易乞，药成碧海难奔。
若容相访饮牛津，相对忘贫。

——纳兰性德《画堂春·一生一代一双人》

明明是彼此深爱、一生一世的唯一，却天不从人愿，相隔两地，为爱伤神。就这样想念着，向往着，却不能够日日厮守，再美的春色也如同虚设。传说中，裴航路过蓝桥驿，向一位织麻老妪求水解渴，一位姿容绝世的女子云英捧来水，裴航爱上了云英。但老妪却要求裴航以月宫中玉兔捣药的玉杵臼为聘礼，后裴航终于找到玉杵臼，与云英成婚后双双成仙飞升。遇见容易，终生相守却难。如果我们能够像牛郎织女一样，一年一度能于天河相见，那么即使生活再贫贱，彼此也心满意足。

这样情深深、意切切的告白，是写给哪位幸运的女子？关于这个，纳兰并无明示，所以后人只能根据诗意推测。一种说法是这首词为纳兰写给他青梅竹马的表妹的。据说纳兰性德在正式娶妻之前，与表妹情投意合，情愫暗生。这位表妹天资聪颖，才气过人，善解诗词，清丽温婉，与纳兰性德心意相通，可以说是难得一遇的灵魂伴侣。但这如诗一般美妙的爱情，却遭遇到了世俗的痛击：在毫无预料的情况下，表妹选秀入了宫，成了皇帝的妃子。隔着一道高而厚的宫墙，想见一面都难如登天，纳兰将所有情思都倾注笔端，除此之外，又能如何？

还有一种说法，认为这首词是纳兰性德写给他的已故妻子卢氏的。二十岁时，纳兰奉父母之命，和两广总督兼兵部尚书史兴祖之女、时年十八岁的卢氏成婚。起初的日子，纳兰大约对这份婚姻是有着些微抗拒的，但随着日子一天天过去，他才发现这个女子，其实正是自己心目中理想的爱人。

卢氏与纳兰，个性极为相近，多情、敏感、有着孩子气的纯真。她与他谈诗论词，他喜欢的高贵与情趣，她性格里都有。天降大雨，纳兰遍寻爱妻。后来才发现她站在雨中，擎着一把油纸伞，雨落在伞上，伞下的荷花安然无恙，而她自己却浑身湿透。为此她着凉生病，他心疼地责备。这样的情意，淡淡的伤感中透着浓浓的甜蜜。这样一对玲珑剔透的人儿，像极了《红楼梦》中的贾宝玉与林黛玉，因而有很多人说，曹雪芹写的贾宝玉，就是以纳兰性德为原型。

走得最快的，都是最美的时光。他们以为，会一生拥有这样的幸福。他们以为，上天会格外眷顾。只是，至真至纯的爱，往往易遭天妒，所以最好的爱情，往往以悲剧结束。三年后，卢氏为纳兰生下了一个孩子，她却产后受寒而香消玉殒。此后，纳兰的余生，便用来痛悼、怀念，写忧伤深情的词，来祭奠他与妻子的爱情。

情不知所起，一往而深。世间所有的爱情，都有着共同的隐秘通道。当最美的爱情不能在现世里永存，还好我们还有文字，还有诗词，可以筑一座爱的美殿，在那里，供奉我们高贵、干净的灵魂和情感。

孟浩然：坐时衣带萦纤草，行即裙裾扫落梅

“人如其文”，一个人的性情，往往可以通过其笔下的文字体现出来。

“春眠不觉晓，处处闻啼鸟。夜来风雨声，花落知多少。”这首从小就会背的唐诗，直到近些年才从中读出了深意。

春天的早晨，一觉睡到自然醒，在此起彼伏的鸟鸣声中睁开眼，新的一天就此拉开帷幕。这才想起来，昨夜梦中依稀听到风雨声，那些盛开的花朵，有多少被风雨吹落在地了呢？

从这首清新淡然的小诗中，我感受到了诗人的随性。随性就是依随本性，遵从本心，用时下流行的话，可以说是率真，或者任性。这就是孟浩然的个性特质，他一生热爱自然，写下大量山水田园诗，与王维齐名。

他的灵魂，像风一样自由，尽管这自由会带来痛和迷茫、犹疑和摇摆，然而他终归还是走了自己最想走的路，做了自己最想做的事，无论事业抑或爱情。

唐武周永昌元年，孟浩然出生于襄阳。孟浩然的父亲自认是孟子的后代，便从先贤的名言“我善养吾浩然正气”中摘取两字为儿子取名，可见其望子成龙之心。小浩然也果然不负众望，从小学习非常努力。

只是这个孩子有点特别，他在襄阳的好风好水中成长，日日流连于自然，对山水花草似乎更有一种独到的领悟与喜爱，不然小小年纪怎能写出《春晓》这样流传千古的名句？

儿子有如此才思，孟老爷子很高兴，他深受儒家思想的浸染，认定积极入世、建功立业是人生的最高理想，也是后代必然遵循的行为准则。只是他没有想到，接下来儿子的一系列行为，却大大出乎他的预料。

十八岁那年，孟浩然和现在参加高考的青年一样，走进襄阳的考场参加县试。诗赋、试策、帖经三场考试，都难不倒孟浩然。

毫无意外，考试结果公布后，他是全县状元。孟浩然陶醉在初次成功的喜悦中，却全然不知，时代的风云正在他看不见的地方瞬息万变，他更不会知道，这一切于他的人生会有着怎样的意义。

神龙元年，时任宰相的张柬之发动政变，迫使女皇武则天退位，中宗李显即位。第二年，由于武三思从中作祟，张柬之被贬为襄州刺史，成了孟浩然家乡的父母官。

张柬之是个爱才之人，他宴请了高考状元和其他一些学子，席间他们交谈甚欢，孟浩然敬重张柬之的为人，更感激他的知遇之恩。有这样德高望重的前辈引路，后面的道路定当是一片坦途吧？

然而，令孟浩然万万没有想到的是，就在他们宴聚之后不久，张柬之被流放岭南。去往那穷山恶水之地的路途极其遥远艰险，已是八十二岁高龄的张柬之，身心备受摧残，终于病死在流放途中。

听到这个消息，孟浩然又悲又愤。当时虽说武则天退位，但中宗上台后国家境况并无好转，新皇无能，韦后干政，奸佞横行，黑白颠倒，民不聊生，张柬之这样为大唐耗费了一生心血的老功臣，却得到如此的对待。

突然间，他觉得自已考取的功名毫无意义，得了府试、殿试、状元又怎样？还不是为这个黑暗的朝廷做帮凶？

思考很久之后，孟浩然做出了一个惊人的决定：放弃襄州府试，隐居鹿门山。这个消息对于孟老爷子来说，不啻晴天霹雳。但是不管他再怎么动之以情、晓之以理，甚至发动所有亲朋好友劝说，结果都无济于事。

孟浩然一介热血青年，大约也有些逆反心理，越阻挠越坚定，他认准了两个字，就是“不考”。其时，他心中只有自己的信念，也不去多想父母的感受，大凡太有主见的人，都会对周围的人多多少少有些伤害，但那时的孟浩然

是意识不到这些的。

那时候年纪小，有老父亲在前面撑着，不用考虑养家糊口，孟浩然在鹿门山过了两年优哉游哉的生活。每日里，游山玩水，呼朋引伴，谈谈诗文，听听小曲，时光就这样一天天水一样漫过去。

有一次，孟浩然听说襄阳城内有个红歌女色艺俱佳，只要她的演出，场场爆满，豪门新贵，纨绔子弟，都趋之若鹜。孟浩然按捺不住好奇，也前去观看。这一去，他便中了一种叫爱情的毒。

他先是被她的声音俘获，那样充满魅惑的声音冲撞着他的耳鼓。她的眼波，盈盈流转，不经意地投向人群中的他，仿若秋水微漾，他的心突然狂跳起来，一种从未有过的感觉袭击了他。

后来，他知道她是郢州人，名叫韩襄客。因为父亲早亡，为了家人生计被迫做了歌女。她不但通晓音律，也颇有诗才。

他在钦慕之余，对她又多了些爱怜。他频频出现在她的面前，入神地听她的歌，为她鼓掌、喝彩。

她是美女，他亦是美男子，纤秀、颀长，一身浓浓的书卷气，浑身又透着一股说不出的洒脱超逸。她在人群中多看了他一眼，从此也注意到了他，渐渐，眉目间便多了些说不出的意味。

他知道，她也知道，玫瑰色的心事，彼此心照不宣，不说破，比说破更牵心。暗生的情愫，在两颗年轻而热情的心中，如春日的酒酿，随着时日推移而日渐浓烈、醇厚。

终于有一天，他们有了第一次约会。这样美妙的时刻，要有美丽的背景陪衬才对。面对着朗朗青天、淡淡流云，清风徐来，水波明净，两个人的心像浸在新采的花蜜里。

美人如花，公子如玉。如此良辰美景，令人只想畅快高歌。韩襄客施展她的音乐才华，一支《巫山曲》，被她演绎得如梦似幻、如泣如诉，荡气回肠，动人心魄。这曲词本身便暗含风花雪月的浪漫与缠绵，她的心事，孟浩然早已了然于胸，用两句火辣辣的情诗回应：“只为阳台梦里狂，降来教作神仙客。”

冰雪聪明的韩襄客早已听出诗外之音，她的心像春天的小鹿一样乱跳，巨大的幸福让她的脸颊浮起两朵绯色的轻云，更显温婉清丽。她也以诗回赠他：“连理枝前同设誓，丁香树下共论心。”

比起孟浩然，韩襄客的爱情宣言更加大胆、直率、热烈、坚定。孟浩然被她的情意深深感动。只此一刻，风含情，水含笑，所有世间的背景都退后消失，只有爱情鲜明而深刻地现出可爱的模样。

恋爱的日子总是轻快如顺风小舟，然而真正的爱情必然要面对婚姻。他和她，不是逢场作戏，不是一晌贪欢，他们，想做一世夫妻，长长久久地爱着，伴着，生死相依。于是忧伤开始在心中隐隐浮现，现实总会刺破浪漫的梦，露出狰狞的一角。

孟浩然心里清楚地知道，自己那个崇尚孔孟学说的父亲，头脑里有着坚固的门第之见，是绝对不会接受一个歌女作为儿媳妇的。想到爱情的甜蜜，再想到现实的苦涩，孟浩然难以排解心中的烦忧，于是写下一首《初春汉中漾舟》：

羊公岘山下，神女汉皋曲。
雪罢冰复开，春潭千丈绿。
轻舟恣来往，探玩无厌足。
波影摇妓钗，沙光逐人目。
倾杯鱼鸟醉，联句莺花续。
良会难再逢，日入须秉烛。

他们依然见面，依然在爱里沉醉，只是谁也不敢提起未来。他知道她的等待、她的忧愁、她的期盼，但他知道自己还没有足够的力量和勇气，给她一个坚定的允诺。时间一天天过去，倏忽间，韩襄客已到了谈婚论嫁的年龄，家人催归，她回了故乡。

她走了，他才觉得心里的空缺无法填补。如果她从此一去不回，余生他该怎么度过？这样的想象让他无法忍受，在几近绝望之际，孟浩然得知有位远房叔父与韩家熟识。他苦苦央求叔父为他们做媒，叔父也心软了，不但答应做媒，还答应会在孟老爷子面前隐去韩襄客曾是歌女的事实。

可是，还未等成亲的良辰吉日到来，孟老爷却不知从哪里知道了事情的真相，他的恼怒可想而知。那位可怜的叔父好心却办了坏事，只好按照孟老爷的吩咐，去韩家退了婚。

不久之后，除夕之夜，灯火辉煌，万家团聚，一片喜庆祥和。然而这样热闹的氛围，却让失恋的孟浩然内心更加凄凉。

诗人抒发感情的最好方式就是写诗，他把自己的一腔郁闷诉诸笔端。

五更钟漏欲相催，四气推迁往复回。
帐里残灯才去焰，炉中香气尽成灰。
渐看春逼芙蓉枕，顿觉寒销竹叶杯。
守岁家家应未卧，相思那得梦魂来。

——《除夜有怀》

她是否知道，他的努力、他的思念、他的痛苦？如果没有了她，接下来的日子，就算是金榜题名，洞房花烛恐怕也是无趣的吧？一想到今生将要永远地与她分开，要娶另一个女子作为妻子，他就觉得无法接受。终于，他第二次私自做了一个大胆又惊人的决定：离家出走，去找她！

他去了她的家里，她的父母对这个英俊又有才学的年轻人自是喜爱有加，女儿能嫁给这样的人，他们也欢喜。他就这样在她家住了下来，成了亲，拜了天地，过起了亲亲热热的小日子。这时候，他们大概不愿意去想未来，只要这样日日厮守，抓住眼前的幸福就好。

后来，她有了他的骨肉，他再也无法逃避。一个女子在娘家生子，总是件有伤体统的事。再说，他们也不可能永远住在她的娘家。

孟浩然决定回襄阳，劝说父母接受襄客。原本他以为，父亲就算再铁石心肠，就算再顽固，但看在未出世的孩子面上，总可以网开一面做出让步，让儿媳进门。但没想到，孟老爷子的态度依然非常坚决。孟浩然又一次负气离家，住进了鹿门山。

山寺钟鸣昼已昏，渔梁渡头争渡喧。
人随沙岸向江村，余亦乘舟归鹿门。
鹿门月照开烟树，忽到庞公栖隐处。
岩扉松径长寂寥，唯有幽人自来去。

——《夜归鹿门山歌》

山间的幽寂，让他的心也渐渐安静下来。远离尘世喧嚣，远离官场纷争，听山水清音，沐阳光清风，观星月银辉，更重要的是，可以守着自己爱的人，安宁地过自己喜欢的小日子。

有了爱情的滋养，孟浩然的笔下，也多了一些清新可人、优美柔婉的爱情诗。比如这首《春情》：

青楼晓日珠帘映，红粉春妆宝镜催。
已厌交欢怜枕席，相将游戏绕池台。

坐时衣带萦纤草，行即裙裾扫落梅。
更道明朝不当作，相期共斗管弦来。

虽然这首诗中的女子并没有明确是否是韩襄客，但我相信，孟浩然一定是心里想着妻子，下笔时才会将自然和女子的美合二为一，相映生辉，落笔才有“坐时衣带萦纤草，行即裙裾扫落梅”这样的佳句。

爱着的女子，她的一颦一笑、一举手一投足，都如春日的花草，带着让人回味的袅袅香气。这个热爱自然的男子，在大自然中享受着清淡如水的爱情，纵然，世间多艰难，但爱情为他建造了一座心灵后花园，在世俗中失意时可以退守，从而保有了完整自由的灵魂。

在孟浩然的诗中，明确写给爱妻的并不多，但我却为他对妻子的感情深深感动。

古往今来，有多少男子在顺风顺水时对心爱的女子山盟海誓，然而一旦爱情的小船遇到些许阻力，比如门第、身份的差异等，就往往露了怯，失了男人的勇敢，最终做了爱情的逃兵，就像同为唐人的元稹对薛涛、李益对霍小玉，等等。

相反，有太多的女子，在爱情里勇敢得像一株在烈火里淬炼过的钢铁玫瑰，就像一首歌里唱的“想要问问你敢不敢，像你说过那样的爱我，想要问问你敢不敢，像我这样为爱痴狂……”听到如此铿锵有力的告白，那些在爱中懦弱的男子，难道不会感到汗颜吗？

相形之下，孟浩然是个敢爱敢恨、勇于对爱情负责的人。他不顾家人的阻拦，不顾世俗观念的束缚，顺应自己的内心，最终拥有了想要的幸福，正因如此，他的心才得到安宁，一生寄情山水才有了坚实的心理基础。

或许也有人说，他这样不顾父母的感受，只顾追求爱情有点自私，但是如若有了不幸的婚姻，恐怕父母会更加为之心碎。

孟浩然一生未曾出仕，在现实的裹挟中也曾摇摆不定，喜欢做的事与应该做的事，取舍之间，他内心也备受煎熬。

他罢考、隐居、两入京都、三游吴越，但最终，他还是选择了与山水为伴，对爱情忠实，做出了内心最想要的决定。虽然他只活了五十二岁，但我想最后的时刻，他必定可以了无遗憾地对妻子说：“这一辈子，山在，水在，你在，我在，还有比这更好的人生吗？”

王维：看花满眼泪，不共楚王言

爱情最动人的模样，在于忠贞和唯一。

世间纵有百媚千红，而我独爱你那一种，这是霸王对虞姬的爱。任凭弱水三千，我只取一瓢饮，这是宝玉对黛玉的爱。娇玫万朵，独摘一枝怜；满天星斗，只见一颗芒。满眼繁花，入眼入心的只有一朵；满天星斗，只见那一颗闪烁光芒。

王维对妻子的爱，就是这样。此生唯一，她逝去，他便孤独终老。他不但自己在爱情中践行忠贞的观念，他还用诗的语言，用一段忠贞的爱情挽救了另一段爱情。

莫以今时宠，能忘旧日恩。

看花满眼泪，不共楚王言。

——《息夫人》

息夫人的故事出自《左传·庄公十四年》，她是春秋战国时期陈国（今河南淮阳县）人，出生于妫（gui）姓世家，因为嫁给息国国君息侯（相传他的祖先是周文王的十四子），后世称她为息夫人（息妫）。据说她目如秋水，面如桃花，美丽绝伦。她有一个同样美丽的姐姐，嫁给了另一个小国家蔡国的国君蔡侯。

有一次，息夫人想念姐姐，就去了蔡国探亲。这蔡侯原是个极其好色之人，之前并没有见过息夫人，这次一见之下，惊为天人。

蔡侯已有一个美貌的妻子，却还不知足，竟然对妻子的妹妹动了邪念，举止轻佻，无耻之状显露无遗。息夫人受了侮辱，但顾及姐姐的面子又不好当场发作，回到息国时便向息侯诉起委屈。息侯一听大怒，恨不得立即出兵把蔡国打个落花流水，但无奈自己国力微弱，无法与蔡国匹敌。

思来想去，他有了一个主意：瞒着息夫人去楚国借兵。

楚国的文王仗着自己国力强盛，在小国面前充满了优越感。见息侯来求，正好也显显自己国家的威风，于是也不细问缘由，就出兵帮息侯灭了蔡国。蔡侯成了楚文王的阶下囚。

事情的发展往往出人意料。有一次楚文王和蔡侯聊天，问他和息侯之间究竟有什么过节。

蔡侯此人心思深沉又毒辣，趁机向楚文王大肆夸赞息夫人的美貌。声称为了这样美丽的女人，亡国也不后悔。如果男人活一辈子，连这样绝世美人的面也不曾见过，那才是人生一大憾事。

闻听此言，楚文王心意难平。他心想，我堂堂一个楚国的国君，难道还不如一个小小息国的国君有艳福吗？楚文王于是派人去传话给息侯，说借夫人美貌一观。息侯当然明白楚文王的用心，断然拒绝。楚文王心愿受阻，不肯善罢甘休，派兵攻打息国，俘虏了息侯和息夫人。

被俘之时，息夫人本欲自尽以保清白，但楚文王以息侯性命要挟，不得已忍辱顺从了楚文王。

楚文王对息夫人异常宠爱，封她为王后。但息夫人始终对楚文王不冷不热，即使生了两个儿子，却还是不和他说一句话。

“看花满眼泪，不共楚王言。”虽然贵为王后，享尽千般宠爱，但她的心里，一直蓄满了泪，那是对旧日爱情的祭奠，对息侯的忠贞。她的心只给了一个人，无法再为另一个人怦然而动。

作为一名弱女子，她无法左右自己的命运，身体无法自由，但心可以自己

做主。她在心底最隐秘的角落，为曾经的爱情坚守，艰难又孤独地抗争着。

关于息夫人的结局，并无史料可考，有一种说法是这样的：息夫人在苦苦的煎熬中，终于等到了与昔日爱人见面的机会。

有一次，楚文王外出行猎，要两三天不能回宫。息夫人趁机偷偷出宫找到息侯。此时息侯作为亡国俘虏，被安排当守城门的士兵，每日过得生不如死，若不是因为牵挂着息夫人，他早就不想苟且偷生了。

渡过生死劫难，还能与心爱的人再次相见，这是多么令人心碎的甜蜜！

息侯拥她入怀，息夫人真想永远靠在这样熟悉宽厚的肩膀上，她宁愿不是王后，哪怕是一个民间最贫苦的女子，只要能与所爱的人长相厮守就好。但她知道，他也知道，这只能是美好的幻想。楚国那么强大，他们弱小如蝼蚁，即使逃，又能逃到哪里去呢？

因爱分离的痛竟然战胜了生存的愿望，只有一条路，他们可以一起走下去，生生世世，相依相随。

息夫人一头撞死在城墙下，息侯没有拦她，而是紧随她的脚步，撞死在一起。

息夫人终于可以安静地守着息侯，继续他们的爱情了。他们的鲜血流溅一地，状若桃花。在他们的殉情之地，长出株株桃花，每年春天，朵朵桃花绽出一片片粉色云霞，宛若息夫人美丽的面庞。人们被息夫人的爱情感动，在那里建了庙宇来纪念她，并称息夫人为“桃花夫人”。

写《息夫人》这首诗的时候，王维正坐在岐王的家中。那是公元737年的一个夜晚，岐王正在宴请一帮文士。岐王是个喜好风雅之人，杜甫在《江南逢李龟年》一诗里曾写道“岐王宅里寻常见”，意思是常常在岐王家中见到李龟年，说明岐王举办这种聚会的次数之多。

文人们在一起吟诗作赋，议论时事，有时候也难免说些八卦。

这一天聚会，不知为何话题转到了“红颜祸水”上来。有一位文士慷慨激昂地发表意见说："自古以来红颜祸水是不争的事实，且不说西施让吴国灭亡、妲己让商纣倾覆，就算是人们口中的息夫人再怎么好，也还是红颜祸水，息国和蔡国的灭亡不都是因她而起吗？"

众人听后，都纷纷点头称是，只有王维若有所思。岐王对王维说："关于这件事，你怎么看？"

王维并不答话，只提笔写下一诗，这就是《息夫人》。有时候，一个灵魂与另一个灵魂之间，有着奇妙的感应，哪怕隔着千山万水，哪怕隔着千秋万代。

息夫人不过是古代一个模糊的美丽影子，是故事中的一个名字，王维却能穿过历史的尘埃、拨开世人庸俗的目光，去靠近她，理解她，感受她的所思所想、所爱所恨。

他一眼就看出了她灵魂中高贵美丽的部分，比她的美貌更有光芒。因为王维自己，也是一个同样至情之人，是对爱情的坚贞，让他们心意相通。

据说当年王维为玉真公主弹奏琵琶，他的才华与气度让公主折服，她深深地爱上了王维，并举荐他做官，带他认识达官贵人，为他的仕途铺路。然而王维心里的爱人只有妻子一个，面对公主的热情，他不能接受，又不敢拒绝，这样两难的处境，和息夫人有几分相似。而王维最终也选择了坚守，回到妻子身边。

王维用这简短的二十个字，为息夫人呐喊，为庄严的爱情宣告，同时借这份久远的爱情，拯救了当下的一份爱情。

据说唐玄宗的哥哥宁王李宪，有一次在街上经过一家炊饼店，看到店主的妻子虽然布衣素服、不施粉黛，却俏丽异常，自有一种夺人风韵。

宁王一见倾心，竟然不顾自己的王爷身份，强行让炊饼匠妻子嫁给自己，并且万般宠爱。但这个女人虽然锦衣玉食，却并不快乐。

宁王还算是个有良知的人，读了王维的《息夫人》这首诗，他似乎明白了

炊饼匠妻子的心。

他把炊饼匠叫来，当面问他妻子：“你还爱着他吗？”女人双颊垂泪，一脸娇羞，答案不言自明。宁王于是成人之美，放炊饼匠夫妻回家团圆。

这是文字的力量，也是爱情的力量。

当你对一件事足够坚定时，自会有人受到感召，为你让路，成全你的梦想，在事业上如此，在爱情上也是如此。

就像历史上有名的红拂女，她本是隋末权相杨素的侍妓，当时还是一介布衣的李靖来拜访杨素，侍立一旁的红拂见他俊眉朗目、谈吐不凡，当即就萌生爱意。

当天夜里，她就女扮男装到客店找李靖，勇敢地对心上人倾吐心曲。李靖虽也对红拂怀有爱意，但因一时未能择得明主，前途渺茫，他们的爱情也飘忽不定。

后来，他们遇到了虬髯客，他深深为红拂对爱情的勇敢和坚贞打动，尽一切所能保护他们，还赠予他们很大一笔财产。李靖最终遇到李世民，功成名就，与红拂白头偕老，幸福圆满。

女人是情感动物。在爱情里，女人可以如水般温柔，也可以如水般坚韧。爱之路是世上最明媚温煦的路，也是最危机四伏、风疾雨骤的路。

在爱之初始，相爱的人都相信未来的美好，愿意自己是那爱神眷顾的最幸运的一个，愿意与所爱的人执手排除万难，最终修得功德圆满，尝得爱果甘饴。

但随着爱情走向纵深，常会有各种诱惑、各种意外突如其来，爱能不能继续，就看双方坚持的决心。

平日里脆弱的女人，往往在爱情的考验里变成了勇敢的斗士，有多少可敬的女子，在爱情里忍受着一切压力，只为不丢了那颗初心，只为和最初相爱的人携手天涯。

在男子犹疑不定时，在命运的风雨无情地袭来时，她们在爱情里默默坚强，她们有着花朵的性格，却有着青铜的骨骼。

爱情，正好让她们展现出自己闪光的质地，爱情，也让她们的生命焕发出别样的风情。在爱情里有所坚持的女子，即使最后得不到圆满的结局，也是另一种胜利、另一种荣耀。

王维：红豆生南国，春来发几枝

一颗红豆寄相思。殷殷红豆，爱情之种，从遥远的古代便落地生根、芽苞初萌，在历史的烟云中抽枝散叶、开花结果。红豆，珠圆玉润，色泽艳红，像极了刻骨相思之时眼中滴落的含血之泪。

据说汉代闽越国，一男子征戍边陲，他的妻子日思夜盼，等夫君回家。然而，同丈夫一同去的人都回来了，独独不见那个心心念念牵肠挂肚的人。肝肠寸断的妻子，整日站在村口的树下，日升月落，朝朝暮暮，终至泣血而死。

她站于其下的那棵树上，结满了青青荚果，成熟之际，荚衣里跳出颗颗红色的豆果，晶莹鲜艳，人们都说，这是那位贞洁的妻子用血泪凝成的相思，这种豆果从此被称为“红豆”，又称“相思子”。

红豆，作为爱情风物里最独特的存在，古往今来，象征着浓浓的思恋和爱意，寄托了人们对爱情的美好祈愿。

正因如此，唐朝诗人王维用自己的生花妙笔写下这首著名的诗：

红豆生南国，春来发几枝。
愿君多采撷，此物最相思。

——《相思》

这首名篇被谱成曲广为传唱，据说唐时著名歌者李龟年在天宝之后流落江南，吟唱这首诗时，听者无不为之动容。

这首诗简明清畅却又委婉含蓄，言浅意深，诉尽相思。红豆多生长在温暖多情的江南，春天烟雨迷蒙，红豆树也绽爆新芽。果实成熟的时节，请你多多采撷一些红豆吧，它就是我想念你的心。

王维长相俊美，多才多艺，不但诗写得好，字和画也妙不可言，所谓“诗中有画，画中有诗”。他精通音律，是一个音乐天才，不但会自己写词编曲，还弹得一手好乐器。《唐国史补》《旧唐书》记载了这样一个故事：有人拿了一幅奏乐图，去让王维看看图上演奏的是什么曲子。王维仔细端详了画面之后说：“画中人演奏的是《霓裳羽衣曲》第三叠第一拍。”这人找了一班乐工当场演奏《霓裳羽衣曲》，验证的结果正如王维所言，不差分毫。

琴棋书画样样精通的王维，得益于先天的良好基因和后天教养。王维的爷爷曾是朝廷乐官，母亲画得一手好画，父亲则在诗文方面给他以熏陶。这样帅气又有才华的青年，该是多少少女的梦中情人啊！这样的男人，一定有许多风流韵事吧？但实际上，王维一生只娶过一个妻子，且在妻子去世后，整整三十年坚持独身直至终老。他的妻子究竟是怎样一个女子？他们之间有过怎样的情深意浓，才让王维用一生坚守一份爱？

王维的诗没有一首是明确写给妻子的，史料上也没有对王维的妻子作过明确记载，据说她姓刘，与王维情深意笃、琴瑟和鸣。关于他们的爱情，有这样一个故事流传在民间：

当年，王维到了婚娶之年，很多人家的姑娘都中意他，纷纷派媒人牵线，但都一一被王维婉拒。他在等，等一个自己心目中独一无二的人。有心栽花花不开，无心插柳柳成荫。有时候，你刻意去找的，却迟迟不肯来到，但自有属于你的缘分，会在某个不经意的时刻到来，那种生命中奇妙的相遇，突如其来，像遇见一树灿然绽放的奇异花树。

王维的奇缘，因一场小病而起。他上街买药，在人流熙攘、店铺林立的街角，看到一家小小的药店，柜台后坐着一位姑娘，容貌清丽、素雅端庄。不知道为什么，他突然就有了想结识她的愿望。

他定了定神，壮了壮胆，上前问道："姑娘，我要买药，可是忘带药方了，还望多多指点。"那位姑娘听后，微微一笑，这笑容仿若三月春风拂面，令人精神一振，王维不由得心动了一动。只听她应道："愿闻其详。"

王维缓缓说道："一买宴罢客何方。"姑娘思忖片刻，既而嫣然一笑："酒毕宴罢客'当归'。"言毕，翩然而起，去药橱量取当归。"第二味药呢？"

王维接着答道："二买黑夜不迷途。"这次，姑娘居然不假思索，脱口而出："夜不迷途因'熟地'。"王维继续说："三买艳阳牡丹妹。"姑娘回答得更快："牡丹花妹'芍药'红。"……

王维共说了十句诗谜，姑娘一一以中药材名巧妙对答。原来，这是王维有意要试试少女的才学。现在看到这美丽的女子居然如此才思敏捷，再看看她娇美如花的面庞，一腔爱慕之情，在王维心中油然而生。那时节，他突然觉得，中药的香气也如此迷人，那是一种比花香、书香更别致的香，沁人肺腑，久久不散。

回到家，王维的眼前，总浮现着女子美丽的面影，她的盈盈笑意盘踞在心头，拂之不去。一颗年轻的心，第一次为一个人而激动不已。当你为一个人而心神不定、茶饭不思时，是爱情正在悄悄降临。王维无法抑制自己的感情，便挥毫泼墨，写了首诗，唤来书童，让他拿上这个"药方"去那家药店买药。

书童来到药店，将药方交给了姑娘。姑娘展开一看，是一首诗谜："二者缺一真可叹，书房偏又无石砚。金童身边少玉女，晴天无日烦心添。"

这姑娘冰雪聪明，将诗谜默读几遍后，很快猜出了谜底"一见钟情"，不禁心如鹿撞，颊飞红云，她忙问："你家公子姓甚名谁？"书童回答："我家公子就是诗人王维！"

会面时，姑娘见王维一表人才，举止文雅，本就有几分好感，现在听说他就是王维，心事更是暗喜，一颗芳心有了牵系之所。她明眸流转，略一沉思，也提笔写下一诗，让书童带回给王维。

王维正在家里焦急地等待，接到回信忙迫不及待展开观看，原来姑娘写的是："一月一日喜相逢，二人结缘去问僧。竹林深处见古寺，伊刚张口人无踪。"同王维的诗谜一样，这首诗的谜底也是四个字：明天等君。

王维解开谜底之后不禁心花怒放，自己喜欢的人也对自己中意，天底下还有比这更幸福的事吗？王维是幸运的，在对的时间遇上了对的人，两情相悦，上天注定的姻缘水到渠成。后面的事情自不待言，怎样的卿卿我我、花前月下，怎样的甜蜜陶醉、爱意渐浓，都和天底下所有美满的爱情一样，王维和姑娘一路顺遂走进了婚姻。

许是因为现实生活中幸福已牢牢在握，不必用文字粉饰，王维并不写他的婚姻和爱情，他们的幸福，只需用心感受。这并不能说明王维在婚后对妻子的爱减少，相反，随着时间的推移，他们感情日笃，不然在王维三十一岁那年，妻子因难产而去世后，余生的漫长岁月，他怎么能够抱持着孤独、寂寞，忍受着思念的煎熬，一个人硬是咬牙挺了过来？

她去后，他将自己交给佛祖，以解脱失去她的痛苦。他的母亲是个佛教徒，从小耳濡目染，他也对佛教亲近。他的字"摩诘"是佛教用语，佛帮助他安顿尘世中动荡不安的灵魂，"净"和"静"是两大精神法宝，所以他后半生的岁月寂静安然，没有大喜大悲，大起大落，他在辋川找到了一片世外桃源，守着唯一的爱，平静地度完此生。

王维在写《相思》这首诗时，大概也没有想到，一颗小小的红豆中，含映了多少世间缤纷多姿的情事。2017年底，一部名为《相思》的古风动画刷爆朋友圈。这个爱情故事以王维的诗为引子和主题线索，根据清嘉定名士王初桐和六娘的真实故事改编而成。

旖旎江南，生长红豆，也生长红豆一样的爱情。江南古街，烟雨迷蒙，人到中年的王初桐撑着红纸伞，在集市上看到一枚红豆簪。时间闪回，少年王初

桐手握红豆去找青梅竹马的六娘，告诉她，这是王维诗里的红豆。他对着心爱的女孩背诗，见女孩眼如秋水看着自己，不禁害羞胆怯，最后的“最相思”三个字在心中百转千回，终是说不出口。

女孩也是喜欢他的，站在门前等他，袖中笼着一碗热气腾腾的红豆粥。他狼吞虎咽地吃，被烫得直哈气，她看着他咯咯地笑，笑声和雨声、鸟鸣声交织，仿若天籁。时间如果能永远停留在此刻，该多好。

红豆树几度开花几度结果，倏忽间，两人已长大成人，再见时，却只能相顾无言，因为中间隔着厚厚的封建礼教和门第之见。她是富家小姐，他是贫家子弟。他们明白一切，然而又能如何？他每天读他的书，她闲暇时绣一方绢帕，红豆的枝叶间缀着青青豆荚，裂开的荚衣间，红豆等待绣上最后一笔。

突如其来的，他听到爆竹炸裂的声音，喜庆的乐声源源不断地传来。他有了不祥的预感，飞奔至六娘家。果然，是她的亲事。他趴在她经常等着他的门外，是那样无助，心碎了一地。她就在门内，却不能开门来见最爱的人，只能在雨中泣不成声。

出嫁那天，她手握绣帕，泪落如雨，泪滴在帕上，针破了手指，血滴在绣帕上，正好在豆荚的中心，那血，正好成了帕上的红豆，她以自己的血绣完了最后一笔。坐在花轿中，她的泪滴在鲜红的嫁衣上，那嫁衣的红，和红豆的颜色一模一样。他携着她绣着红豆的绢帕，乘一叶小舟去了远方。从此，天各一方，再无相见的可能。

多年以后，世事如烟，多少沧桑岁月如水流逝。王初桐功成名就，撑着与少年时相同的红纸伞走在江南的街头，一枚红豆簪就那样猝不及防地闯入他的眼帘，沉静的心海遂泛起情感的浪涛，他忆起那些陈年旧事，那像晨露一般透明又易逝、春花一般明丽又脆弱的爱情，仿佛又回到了那些青葱岁月，“郎骑竹马来，绕床弄青梅”，六娘的脸清晰如昨，她清亮的笑声犹在耳畔。心就这样柔软地疼了，是爱情，让人一个人的情怀更加美丽、生命更加丰盈。红豆，是嵌在心口的朱砂痣，记载着一个人前世今生所遭遇的温柔与痛楚。

爱情就是这样，让人甜蜜又忧伤、幸福又疼痛。在爱里，那些伤痛也变得美丽。没有什么是永恒的，财富、生命，也包括爱情。爱情最迷人之处，是沉浸在爱里的感觉，当有一天我们和所爱的人分隔天涯，当我们垂垂老矣，只有爱情留在心底的感动和光芒还一直在，就像那生长在江南的红豆，它会照亮我们清冷的眼睛，让我们觉得人生没有白来，生命曾经芳华，如此，便是圆满。

李白：相见相思知何日，此时此夜难为情

世间有一种男子，超逸如云，飘忽如风，灵魂里深深镌刻着两个字：“自由”。这样的人，生活在俗世，足踏大地，靠泥土安身立命，心却总向往蓝天，长风呼啸处，有他的梦想。他的心，不会全部交付于爱情；他的人生，自由的精神、独立的自我是主旋律，而爱情，只是其中清丽的和音。“绣口一吐，便是半个盛唐”的诗仙李白，便是这样的男子。

李白的血液里，大概天生就携带自由因子。少年时便梦想仗剑游侠，后来笃信道教，渴慕成仙。他狂热地爱着饮酒、写诗和游历。酒可以让他完全释放灵魂里被囚禁的自由，诗可以让他充分宣泄情感的激荡狂涛，而游历，可以让他的身体和心灵获得双重自由。

基于此，在李白现存的一千多首诗里，写游侠、写山水自然和仙道的诗居多，而写爱情和婚姻的诗并不多。这样的对比，鲜明地彰显出李白的思想情感倾向，这也是很多男人的共识——爱情，对于男人的生命，只是点缀，事业才是男人的灵魂。但是再怎么不羁，李白也毕竟是个正常人，常人所具有的七情六欲、喜忧爱恨，他也都有。美好的爱情，幸福的婚姻，他也有过。

从当时和李白有过交集的、李白的粉丝魏万和崔宗之的零星记载中，可以推测出李白的长相并不差。“眸子炯然，哆如饿虎”“双眸光照人”，他有一双目光灼灼的眼睛，喜欢穿紫衣，再加上他有非常强的自信，举止洒脱豪放，气质飘逸出尘，整个人有一种神秘的强大气场，再加上他的盖世才华，在少女们的心中，这大概就是最完美的梦中情人吧。

但李白仿佛不是滥情的人，历史上并没有关于他与艺妓、歌女的绯闻，有记载的，是他的四段婚姻，其中，有两段婚姻在李白的笔下留下了诗篇，有过浪漫的过程和情节。且不论结局如何，只是爱情故事本身，就足以令人沉醉、追忆，曾经拥有的美好，是生命幕布上闪烁的星群，那光芒，值得频频回首，终生回味。

李白的爱情诗并不多，但以他的别致笔力写出，自有一番风骨。

郎骑竹马来，绕床弄青梅。
同居长干里，两小无嫌猜。

《长干行》里青梅竹马、两小无猜如晨露一般纯美的爱情，是爱情最干净的模样。

绿水净素月，月明白鹭飞。
郎听采菱女，一道夜歌归。

《秋浦歌之十三》里菱塘清歌、飞音传情的爱情，是江南水乡潜滋暗长的莲荷。

美人卷珠帘，深坐颦蛾眉。
但见泪痕湿，不知心恨谁。

《怨情》里幽怨孤寂、思念如深的爱情，是落花有意、流水无情的单相思。

秋风清，秋月明。

落叶聚还散，寒鸦栖复惊。

相思相见知何日，此时此夜难为情。

《秋风清》里深情缱绻、凄清安静的爱情，是情至深处、蚀心刻骨的温情。

双燕复双燕，双飞令人羡。

玉楼珠阁不独栖，金窗绣户长相见。

《双燕离》里分隔两地、彼此相望的爱情，是柔肠百结、思君如月的孤独。

这些，只是李白艺术世界里的爱情，他自己亲身经历的爱情，和世上所有的爱情一样，有着相似或不同的甜蜜和疼痛。

公元727年的李白，风华正茂，他一路诗酒天涯，以梦为马，带着“千金散尽还复来”的豪气，来到了山水如画的湖北安陆。他对白兆山一见倾心，终日流连不去。白兆山又叫碧山，林木森茂，峰峦叠翠，流泉飞瀑，俨然世外桃源。“山名曰白兆，始知李白来”，李白发出这样的感慨，他冥冥中感觉到，自己与此山有缘。

就在这座山上的白兆寺中，爱情不期而至。那天，对于李白来说也许并不能预知特别的意义，他在寺前的山路上正为大自然的奇妙手笔惊叹不已，忽见一顶精巧小轿停在庙前，轿里走出的女子，明眸如水，鬓发如云，娉娉婷婷，柔婉多姿，恰似一朵新绽的春花，让人眼前一亮。她并不知道，不远处有一位同样风华绝代的男子，在热切地向她凝眸。

他听到有人叫她“紫烟”，不由心里又是一震，他的诗里，有“日照香炉生紫烟”之句，难道是上天注定他与她相遇？他在心里默默地念着，紫烟，紫烟，多么美的名字！和她的人一样美。紫色的烟雾，美丽、轻柔，又带着点淡淡的朦胧和忧郁。

他一向豪放率性，但初次遭遇爱情，却还是有些羞怯。他抑制住想去上前和她说话的冲动，看着她袅袅娜娜走进庙门，心里怅然若失，久久回不过神来。一颗种子轻轻落在心田里，等待萌发。

洒脱如他，也不免为情乱了心境。费尽周折，他终于打听到，她叫许紫烟，是前朝宰相许圉（yǔ）师的孙女。好友孟浩然知道这件事后，立即前去帮李白提亲。许紫烟大概也久闻他的才名，她的家人也欣然同意，就这样一拍即合，一桩天作之合的姻缘顺利修成正果。

洞房花烛夜，李白看着美丽的娇妻，心里一定感慨又满足，那一刻，他一定想过停留，就这样安定下来，守着自己的爱人，安稳度日。而许紫烟的心里，必是满满的甜蜜和憧憬。毕竟在古代，因爱情而结合的婚姻并不是很多，自已如此幸运，得到一个如此爱她又有才华的丈夫，那种幸福的感觉，让她的心陶醉。

婚后的生活浓情蜜意，那是他们最轻松快乐的一段时光。然而生活要继续，李白是一个胸有鸿鹄之志的男人，怎能一直耽溺在儿女情长的温柔乡里？更何况，他那么喜欢浪迹天涯。他告别了她，继续云游四方，希望在政治上一展宏图大志。

她纵有万般不舍，但也无法阻挡他的离去。她知道，爱他就要尊重他，给他空间和自由，当爱情一旦变成一种束缚，这爱也将离消亡之日不远了。她安静地留在安陆的家中，做他小鸟依人的妻子，为他生儿育女。他则辗转于长安、洛阳、南阳等地，为他们的未来，也为他的梦想打拼着。

在他们分别的日子里，他写了《寄远十一首》，其中主要是赠内诗。古代称妻子为内人，赠内诗就是写给妻子的诗。他这样一个灵魂带风的男子，为她写了不少赠内诗，可见他对她的爱情，也是真挚而浓烈的。他把对她的绵密浓

稠的思念与爱情，融化在一个个字里，缀连成诗篇，以解相思之苦。

三鸟别王母，衔书来见过。
肠断若剪弦，其如愁思何。
遥知玉窗里，纤手弄云和。
奏曲有深意，青松交女萝。
写水山井中，同泉岂殊波。
秦心与楚恨，皎皎为谁多。

三鸟即三青鸟，是《山海经》里为西王母取食的鸟，后借指使者或传递书信的人。他想对她说的是："收到你的来信，知道你担心我、想念我，知道你很辛苦，我很内疚，但为了更好的未来，我们又能怎么样呢？我想你会常常在窗下，用你修长纤细的手弹奏云和（一种乐器，形似古筝，但比古筝稍小），乐曲中深深的思念与爱意，我感同身受。我思念你，一如你想念我，我们就像倾注于同一口井中的两股清泉，难判多寡，难分彼此。我在古秦地长安，你在古楚地安陆，但我们的心，就像这潺潺清泉，同归一处。"

不知不觉，分别已有三年。他满怀深情地写道：

本作一行书，殷勤道相忆。
一行复一行，满纸情何极。
瑶台有黄鹤，为报青楼人。
朱颜凋落尽，白发一何新。
自知未应还，离居经三春。
桃李今若为，当窗发光彩。
莫使香风飘，留与红芳待。

“我本来只想写一行书信，诉诉我对你的殷殷思念之情。可是一下笔就收不住，写了一行又一行，纵然写得再多，又怎么能尽数表达我的情感？离别已三载，家里的桃李开得怎么样？应该在窗外绽放它们的美丽光彩了吧。这样的美景白白耗费多么可惜，等待我归来之日，会和你一起沉醉在那香风里。”

“遥将一点泪，远寄如花人。”“秋草秋蛾飞，相思愁落晖。”“忆昨东园桃李红碧枝，与君此时初别离。”“碧窗纷纷下落花，青楼寂寂空明月。两不见，但相思。”“泪尽恨转深，千里同此心。相思千万里，一书值千金。”“怜君冰玉清迥之明心，情不极兮意已深。”……一样清丽婉转又深情款款的诗句，如奔腾的溪流从他笔下一泻而出，字字含情，笔笔带意，喜欢浪游的才子，一旦用情，也是感人至深。

她在思念中守了他十年，给了他生命中最安宁的一段婚姻，为他留下一儿一女，在开元二十八年撒手人寰。那时，他在南阳游历，连她的最后一面也没有见到。失去了她，他忆及往昔她的种种好，不觉痛悔莫及。

“三百六十日，日日醉如泥。虽为李白妇，何异太常妻。”这首诗浅白如话，内里却蕴含着很深的感情。他自知嗜酒如命，生性散漫，又仕途不顺，“但愿长醉不复醒”，没有能给她富贵安定的生活，却让她独自承受家庭生活的重负。做李白的妻子，和太常的妻子有什么区别呢？

“太常妻”是《后汉书》里的一个典故：后汉周泽为太常，虔敬宗庙，吃住都在庙里，病了也不肯回家。他的妻子担心他，前来庙中探病，他却勃然大怒，认为扰乱了他敬神，竟然告发官府，让她坐牢。一年360日，周泽有359天都住在庙里，他的妻子相当于在守活寡。

在许紫烟死后，李白终于明白了妻子的感受，知道了疼惜和愧疚，但又有什么用呢？

许是为了离开伤心之地，紫烟病故之后，李白带着儿女搬到了山东。在那里，他认识了一个刘姓女子，这个女子不像紫烟那样知书达理，她不懂欣赏李

白的诗歌，在精神上也无法与李白契合，相反，她还埋怨李白不会挣钱养家，只会写没用的诗。

这样的婚姻，注定无法长久。他们的结合，估计只是出于一种现实的需要，缺乏稳固的感情基础，所以像露水一般短暂易逝。后来，李白又娶了第三个女人，关于她，史料并无详细记载，只知道她是山东人，和李白育有一子，几年后生病去世。

李白也许认为自己就此会孤独一生，不想在他四十四岁这年，却遭遇了人生中最后也是最美的爱情。那天，李白和杜甫、高适来到梁园（今开封）的古吹台游览，不知从何处飘来的琴声引得李白诗兴大发，于是提笔在墙上挥毫泼墨，一展才华。写毕，三人扬长而去，留下守园人对着那抹诗墙苦恼，他正要动手将诗擦去，却听到一声女子娇脆之声："且慢，一千两银子，这面墙我买下了！"

原来，这位女子是武则天时宰相宗楚客的孙女，不但容貌出众，而且多才多艺，她不但精解诗文，还通晓音律，弹得一手好琴，刚才李白三人听到的琴声就出自她手。方才听到有人在此谈笑，她便来一看究竟，正好看到了李白的诗《梁园吟》。这首诗写得意境高古、气势夺人，一下子便俘获了宗小姐的芳心。宗小姐身后仰慕者甚众，但她是个在精神上有所追求的女子，一心要找个心意相通的伴侣，李白的出现，正符合她对爱情的期待。

在高适的成全之下，李白和宗小姐顺利成婚。此时的李白，无钱无势，人到中年，而宗小姐家势显赫，正值妙龄。他们之间的爱情，正是有才华的人惺惺相惜、志趣相投的典范。人生难得一知己，她珍惜他的才华，懂得他的心，所以不在乎外在的一切。她和他一起谈论作文、游山玩水、饮酒放旷，他们还有一个共同之处——都信仰道教！遇到这样琴瑟和鸣的爱人，遇到这样珍贵的爱情，李白该知足了吧？

但是，什么都留不住李白风一样的灵魂。婚后，李白继续漫游。天宝十四年，李白在宣州秋浦收到宗夫人托人带来的书信，询问归期。他写下一首五言古诗《秋浦寄内》：

我今寻阳去，辞家千里馀。
结荷倦水宿，却寄大雷书。
虽不同辛苦，怆离各自居。
我自入秋浦，三年北信疏。
红颜愁落尽，白发不能除。
有客自梁苑，手携五色鱼。
开鱼得锦字，归问我何如。
江山虽道阻，意合不为殊。

他没有告诉她归期，只说预备去浔阳（今江西九江），诗中流露出对妻子的深深思念之情。

天宝十四年，安史之乱爆发，李白带着宗夫人一路南逃，后来决定在庐山的屏风叠隐居。如果他们能就此偕隐，相依终老，也是一种幸福。但李白不是普通的男人，他的生命注定如流云疾风，充满动荡和变幻。在永王李璘的一再邀请下，李白胸中一直潜藏的壮志豪情再次被点燃，他不顾她的劝阻，答应入永王幕府。

临别前，他写下《别内赴征三首》：

王命三征去未还，明朝离别出吴关。
白玉高楼看不见，相思须上望夫山。
出门妻子强牵衣，问我西行几日归。
归时倘佩黄金印，莫见苏秦不下机。

翡翠为楼金作梯，谁人独宿倚门啼。
夜坐寒灯连晓月，行行泪尽楚关西。

在诗中，他想象自己离开后妻子独守守闺、彻夜难眠的情状，而自己却显得踌躇满志、慷慨昂扬，终于等到了这样一个建功立业的机会，他怎能不激动、兴奋？

然而，命运注定李白只是一个出色的诗人，不是一个优秀的政客。正当他对未来满怀憧憬时，永王突然叛乱，被肃宗所杀，受此案牵连，李白锒铛入狱。听闻这个消息，宗夫人五内俱焚，她动用一切力量，为他奔走求救。他知道后，写诗表达他的感激和愧疚，此时此刻，他能做的，恐怕也只有写诗了。

闻难知恸哭，行啼入府中。
多君同蔡琰，流泪请曹公。
知登吴章岭，昔与死无分。
崎岖行石道，外折入青云。
相见若悲叹，哀声那可闻。

——《在浔阳非所寄内》

东汉的蔡文姬为了营救丈夫董祀，牺牲自己的尊严，在曹操面前“叩头请罪”，曹操被她感动，于是赦免了董祀。李白在这里把宗夫人比作蔡文姬，他知道她为了救自己吃了多少苦，由此可见她对他的爱有多深，情有多浓。

李季兰：至高至明日月，至亲至疏夫妻

这一幕阳春三月的场景其实很美：小小女童，在院中按照父亲的要求即兴作诗。庭中蔷薇开得一片绚烂，姹紫嫣红，枝叶扶疏。女童望着花丛，沉吟片刻，诗句如泉，从口出缓缓流出："经时未架却，心绪乱纵横。"

但父亲闻言，心下却是一惊。诚然，以六岁年纪，做出这样的诗值得赞叹，但是诗句的寓意却让父亲陷入忧虑之中。"架却"谐音"嫁却"，这两句诗表面上写蔷薇花藤未攀花架，随意纷披，实际上是写女儿家未嫁之前思春的繁乱心绪。如此小的年纪，心念便触及春情，这孩子长大恐怕是个失行妇人啊！

父亲一向以女儿的早慧为傲。她天资聪颖，弹琴作诗，样样俱佳。但太过早熟的孩子也会过早领略到人生的种种复杂滋味，少了那一份透明和轻快的童真。父亲当即决定，为不伤风化，让女儿遵守妇德，成为一个贤良淑德的女子，只有送她出家做女道士。就这样，女童的名字由李冶改为李季兰，她的人生舞台，从此转换到了一个叫"玉真观"的地方。

然而，父亲的愿望还是落了空。心窍玲珑、冰雪聪明的女孩子，情感丰富、内心丰盈、多才多艺的人尖子，一个小小的道观，岂能就此将她的心困住？身体可以被拘囿，灵魂却可以漫无天际自由翱翔，如流云，如清风。况且，唐朝的道观，并不是一潭死水、青灯古佛的枯寂之地。相反，由于大唐社会风气包容开放，道教盛行，男女皆以修道为乐，许多妃嫔公主、名门闺秀也争相来到道观，享受那一种难得的自由，因为在道观里，可以随意与各界名士交往阔谈，而不必过多担心清规戒律。

观中日月倏忽而过，不觉间，李季兰已十六岁，正值少女最好的年华，她亦出落得像一株空谷幽兰，不但姿容绝美，而且因为长期熟读诗文、抚琴歌韵，再加上在山水如画的清静道观中成长，她更是有了一种脱俗出尘的清俊气质。这使得她在女道士中显得格外出众，前来观中的文人雅士也都喜欢与她交往，听她弹弹琴，或者与她论论诗文，便是极大的享受。

二八佳人，生命如花绽放，哪个少女的心里，没有春水泛滥，没有春风鼓荡？自然的春天，草木萌发，万芳争春，蜂飞蝶舞间，季节的美才显现出来。而人生的春天，如果没有爱情点缀，就像春天抽离了四季，该是多么苍白无趣。何况像李季兰这样早慧多情的女子，心里早就满怀着对爱情的美好憧憬了。只是她格调清高，凡夫俗子难以入眼入心，她要等的，是真正能让她怦然心动的男子。

朝云暮雨镇相随，去雁来人有返期。

玉枕只知长下泪，银灯空照不眠时。

仰看明月翻含意，俯眄流波欲寄词。

却忆初闻凤楼曲，教人寂寞复相思。

——李季兰《感兴》

她不是一般的俗女子，也不像有些行为随意放诞的女道士，她不愿做只供男人赏心悦目的“交际花”，她要做自己生命的主人，像男人一样有尊严地追求自己心目中理想的爱情。

然而人海茫茫，知心者能有几人？自己身为道士，世界只是一个小小的道观，遇见的人又何其有限！前来道观的男人中，虽有很多文人雅士，但逢场作戏、追求一晌贪欢的人多，真正用心与李季兰交往的人，却很少。他们来此，或许只是一种附庸风雅的游戏，是日常生活的一种调剂和点缀，他们并不会付出真爱，在这样的境遇下，自己纯美的爱情理想，是不是永远只能如天边的星月，只能遥望，却无法实实在在地握在掌心，像诗文中描述的美丽爱情，世上真的存在吗？她年轻的心，第一次有了绵密的心事，第一次知道了烦恼和痛苦的滋味。

一个午后，为了散心，李季兰偷偷跑出道观，来到不远处的剡溪独自乘舟漂流。剡溪的清水碧波，让她的烦乱的心绪很快便平静下来。她划动小舟，溪岸边的风景一一掠过眼前，像一幅流动的画。突然，她呆住了。

就在溪边，如诗如画的背景中，站着一个男子，远远看去，气宇不凡，与这山水似有相同的质地。她的心莫名慌乱起来，她看到他在招手，意思是请求登船。她心烦意乱，迅速将船划过去，四目相对的瞬间，一向落落大方的她居然羞怯得红了双颊。

他自我介绍说叫朱放。她知道他，远近闻名隐居在剡溪的名士。缘分是最奇妙的一种东西，它会让注定的相遇变为现实，所有过程的铺排都已在暗中被忽略。他们一见如故，倾心交谈。遇见这样容貌、才学、见识都与自己相当的男人，李季兰的心，终于在那一刻翩然打开，准备迎接这期待已久、不期而遇的情缘。她写了一首《寄朱放》给他：

望水试登山，山高湖又阔。
相思无晓夕，相望经年月。
郁郁山木荣，绵绵野花发。
别后无限情，相逢一时说。

他对她亦是有意，举手投足、眼神交会的刹那，心事鲜明，让她欣喜不已。

甚至比想象中的还要美好，相爱的日子总是甜蜜。他们时常相约纵情山水，抚琴品茗，谈诗论文，如果岁月能永远这般静好，如果爱情能永远这般稳

妥，该有多幸运！但天不遂人愿，好风好日流逝如飞，心还未从沉醉中醒来，离别却已硬生生横在眼前——朱放要去外地做官。临别前，他写诗赠她：

古岸新花开一枝，岸傍花下有分离。

莫将罗袖拂花落，便是行人肠断时。

——《别李季兰》

虽有万般不舍，但也只能含泪相送。执手相看，静默无言，唯有情丝脉脉，将心缠绕得苦不堪言。她送他离开，一颗心也随了他去。这是她最初的爱恋，相思的痛苦更是切入心扉。在他刚刚离开的日子里，她茶饭不思、形容憔悴，彻夜难眠。相思之苦难以言表，相思之情无以为寄，她只好写诗：

人道海水深，不抵相思半。

海水尚有涯，相思渺无畔。

携琴上高楼，楼虚月华满。

弹着相思曲，弦肠一时断。

——《相思怨》

两个相爱的人天各一方，只有鱼雁往返，替他们诉说着绵绵情思。在一首诗中，她写道：

离人无语月无声，明月有光人有情。

别后相思人似月，云间水上到层城。

——《明月夜留别》

她俨然一个幸福婚姻中的小女人，日日倚门盼夫归来。然而他们之间并无婚约，爱情是最脆弱的允诺。她能做的只有等待，只有思念时写下的缠绵情诗。什么时候，他才能归来，抚慰她“相思无晓夕，相望经年月”的孤寂？

随着时日推移，她渐渐明白，他不可能回来了。有时候，爱情只是一种特定情境下的心灵选择，那一刻，他因需要而选择爱你；下一刻，也许有新的风景让他追逐，对过往，便选择遗忘。好在，她是个睿智达观的女子，不会让自己在失败的爱情里沉沦，她知道，来日方长，生命还灿烂，前路仍然有爱可以期待。

爱情里所受的伤，要彻底疗愈，最好的办法，是开始新的爱情。在初恋受挫之后，李季兰遇到了陆羽。世间所有的相遇，都是久别重逢。对于李季兰和陆羽来说，更是如此，他们本是旧识。当年陆羽出生后被弃，智积禅师收养了他，后又被托于李季兰父亲处寄养了几年。陆羽比李季兰小，两人小时候一起玩耍，倒也情投意合，两小无猜。只是后来，由于李家搬迁，陆羽才不得不回到寺院，两人就此分开。

陆羽也是个极聪慧的孩子，他从小饱读诗书，知识广博，尤其喜欢茶道。智积禅师有意重点栽培他为接班人，但无奈陆羽渴慕红尘，断然不肯遁入佛门。与师父意见相左，陆羽离开寺院外出闯荡，为了生活，还曾经演过戏，后来专心研究茶道，最终成了著名的“茶圣”。

不知道是偶然相遇，还是陆羽有意找寻，总之他来到了玉真观，见到了李季兰。多年前的回忆让他们倍觉亲近，再加上两人志趣相投，相谈甚欢。他发现现在的她更加美丽动人、气质卓然，她觉得现在的他见识广博、才学出众，尤其是他对茶道的执着，让她敬佩又好奇。

他们再次相约，陆羽要为李季兰亲自煮一壶香茶，让她品尝。他特地取来谷帘泉的山泉，采摘茶中精品，垒石起灶，就地生火，为她煮茶。看着他认真的样子，她的心里暖暖的。喝着他亲手煮出的香醇茶汤，她心里涌出一种特别

的感动。

随着交往更加频繁，李季兰思念朱放的心渐渐淡了。陆羽带给她新鲜的感觉，他让她感觉到踏实、安静。他的心思细腻，他的温柔呵护，都让她依赖。特别是有一次，她生了很重的病，陆羽听说后，匆忙赶来，天天为她熬汤送药，照顾得非常精心。不仅如此，他温存的宽解之言，也给了病中的她莫大的慰藉。在他的呵护下，李季兰的病慢慢痊愈，她以充满感激的心情写下《湖上卧病喜陆鸿渐至》一诗：

昔去繁霜月，今来苦雾时。
相逢仍卧病，欲语泪先垂。
强劝陶家酒，还吟谢客诗。
偶然成一醉，此外更何之。

女人固然喜欢浪漫，但贴心的照顾更真实，更能打动人心。一句热烈缠绵的情诗，比不上病中一碗热气腾腾的饭食。像李季兰这样从小离家在外的女子，更需要家庭般的温暖关怀。陆羽相貌虽不出众，但像他这样有才学又细心体贴的男子，也是少见。她的一颗心，渐渐系在他身上。她爱上了他，渴望和他修成婚姻的正果，过世间最寻常的烟火生活。

但是，也许是双方都没有挑明想结百年之好的心愿，也许是她顾虑自己的女道士身份，也许是他要云游四方去编织他的茶之梦，总之，他们的爱情就此止步，双方心照不宣，只做相知相惜的友人。

陆羽有个僧人朋友名叫皎然，他介绍李季兰与皎然相识。他们三人常常聚在一起煮泉品茗，吟诗听琴。皎然也极有才华，气度不凡。感情丰富的李季兰，一颗心又逐渐被皎然吸引。有他在，便日日是晴天。如若哪次他没有出现，她便心心恹恹，做什么都失去了兴致。但皎然对她，若即若离，似有意又无情。这更让她着迷，她喜欢他的淡然和沉着，有一种超然世外的俊朗风神。

她压抑着自己的情感，但爱情却像疯长的野草，越是重压，越是生得葳蕤繁茂。终于，她无法再勉强自己的心，鼓起勇气写了一首诗《结素鱼贻友人》赠给皎然：

尺素如残雪，结为双鲤鱼。
欲知心里事，看取腹中书。

“我把雪白的信笺，折叠成一双鲤鱼的样子。你想知道我心中所想何事？请打开书信看看吧。”

一个女子把含着暗香的心事，如此大胆热烈地袒露给一个男子，这不是爱情是什么？任何一个男子收到这样的情书，大概也难以做到心如止水吧？皎然看着信的时候，心里也定然泛起过微澜吧？只是他已然入了禅门，他又是那样自律闲淡的一个人，他能够很好地控制自己，虽然他对她并不是全然没有感觉，然而他知道自己注定是无法拥有爱情的，更别说给她婚姻了。

几经思忖之后，皎然回赠李季兰一首诗：

天女来相试，将花欲染衣。
禅心竟不起，还捧旧花归。

——《答李季兰》

她的心意，他了然于心，只是禅心如水，这一份情，不敢，亦不能接受。看到他的回应，她虽然痛惜，但智慧如她，这般有胸怀、有气度的女子，没有因爱被拒而心生怨憎，相反，她对此回应道“禅心已如沾泥絮，不随东风任意飞”。

他的坦荡、真诚，他的坚定、高洁，让她对他，自此多了敬重。一代名僧与一代才女，仍然是灵魂上的密友，虽然没有爱情，但是这种精神上的相互守望、遥相呼应，是爱情之外的另一种幸福拥有。

至此，她对爱情不再执念，不再抱着单纯的奢望。她终于明白，爱情于女人，不是生命的全部意义所在，生活有更广阔、更丰富的甘美有待她去享用、去护持。她开始以更开放的心态与诗友交游，她随性但不放荡，有男子的爽利与大度，她始终坚守自我，在可能的限度内活出真实的自我。她不愿将生命依附于任何人，她只愿遵从内心，取悦自己，让自己的生命和男人一样精彩、独立。“从心所欲，不逾矩。”她活得洒脱又认真。

在她的生命中最重要的三个男人，朱放给了她最初的心动，陆羽给了她踏实的依赖，皎然给了她更多关于爱情的思索。经历过相思和求而不得的痛苦，她对爱情和生命的理解更加深刻，也更加超脱。她虽然未走入过婚姻，但对世事和夫妻情感却看得无比透彻，这一切源于她的灵慧，也源于她在情感中的历练，是爱情让她的生命日渐丰盈、成熟，饱满如秋日的果实。

她在《八至》诗中写道：

至近至远东西，至深至浅清溪。

至高至明日月，至亲至疏夫妻。

诗句浅白如话，短短二十四字，道尽世间寻常哲理和情爱真相。世界上最近又最远的是从西到东的距离，最深又最浅的是清澈的溪流，最高最明亮的是日月，最亲密又最生疏的是夫妻。前三句的铺排，只为突显最后一句的至理真言。最是人心难测，最是情爱易变。不仅在爱情里，连朝夕相处的夫妻，几十年相守，亲密时情同一人，顷刻间可能在心里就隔了千山万水。

她将一切看得分明，于是放下执念，纵情于诗友，她与众多文人墨客谈笑风生、饮酒赋诗，刘禹锡、阎伯均等名流都与她交情甚好，她的诗名也随之远播，传到了唐玄宗耳中。唐玄宗命她进京面圣，她忐忑不安，作《留别广陵故人》一诗，描述那种喜悦又惶恐的心情：

无才多病分龙钟，不料虚名达九重。
仰愧弹冠上华发，多惭拂镜理衰容。
驰心北阙随芳草，极目南山望旧峰。
桂树不能留野客，沙鸥出浦谩相逢。

皇帝欣赏的是她出众的诗才，而多情的李季兰此时已年过四十，在对镜梳妆时，却不由感怀自己正随时光流逝的青春容貌。

进京面圣后她获得丰厚赏赐，之后便久居长安。晚年时，由于她曾与叛军首领有过书信来往，被在位的唐德宗株连扑杀。

生逢乱世，这样一个弱女子的生命，就像狂风骤雨中的花朵，身不由己地飘零、萎谢，成泥成尘，只留淡淡馨香于诗史中飘散。

女人如花，品性高洁的女人如兰如莲，她们的美，只能远远地观赏，不可轻薄亵玩。李季兰便如一朵空谷幽兰，她渴望爱，但是她更尊重生命。虽然结局凄惨，但任谁也免不了一死，她毕竟那样认真地活过，那样热烈地爱过，她在爱过的人心目中，永远是一个美好的存在。她拥有丰富独立的生命，这一生，即使没有圆满的爱情和婚姻，也无悔。

杜甫：何时倚虚幌，双照泪痕干

月明之夜，天空皎皎月轮，朦胧清辉泻地，世间万物便似真似幻，梦一样美好，此情此景最易引动文人诗情。

千年前的唐朝，一个寻常的月夜，只是因为安史之乱，在动荡中多了一些寂静、清冷和百姓对未来的惶惑不安。诗人杜甫正因战乱独自困守长安。

此时长安沦陷，唐玄宗逃往蜀地，关中大地，到处是逃难的人流，杜甫携妻儿一路奔逃，乱世惶惶，哪里才是安定的所在？经过多天的奔波流离，他们一家终于在陕西鄜州（今陕西富县）一个僻静小村落脚，然而这安定也只是暂时的。不久，唐肃宗即位，大唐的天下仍在。

身在鄜州的杜甫听到消息，一直隐藏在心底的梦想，又开始蠢蠢欲动。“致君尧舜上，再使风俗淳。”有才学、有理想的男人，一直怀着凌云壮志，然而现实总是令人灰心。乱世之后，新君上任，这是不是个绝好的机会，可以一展才华、实现胸中抱负呢？

杜甫对妻子言明心事，杨夫人知书达理，当然支持丈夫为梦想而战。她深知他怀才不遇的痛苦，她怜惜他屈居底层的抑郁，她深谙他的才华，懂得他的宽厚，纵然担忧重重，但也只是仔细为他打点好行装，千叮咛万嘱咐，唯愿一切如愿，夫君平安归来。

但事情并不顺利，杜甫的命运注定他在仕途上困顿坎坷，万般磨难。半途中，他被叛军截留，押回长安。所幸的是，他人身是安全的，只是那一段时光，失去了自由，断了与家人的音信。他心急如焚，却又无可奈何。他知道妻子带着孩子，是怎样度日如年地等待着他的消息。

那一个月夜，他看着碧空中那一轮明月，月华如水，一样的月光也照着她和孩子们吧？他们在做什么？一切都还好吗？他们是否也如自己一样，望月怀人，被深深的思念缠绕心田？他的心中有好多话想说，只好写诗。在那样的情境中，诗是最好的表达：

今夜鄜州月，闺中只独看。
遥怜小儿女，未解忆长安。
香雾云鬟湿，清辉玉臂寒。
何时倚虚幌，双照泪痕干。

——《月夜》

“在遥远的鄜州，她也一定是一个人在闺房中独自望月吧？她看着月亮，想着远去未归的人，必定也感到了思念的孤独和苦涩，虽然有孩子们在身边，但他们太小，还不懂得想念远在长安的父亲。夜渐深，雾渐浓，雾气袅袅，打湿了她的如云秀发，夜凉如水，清冷的月光照着她雪白的玉臂，她不冷吗？什么时候，我才能回到温暖的家里，拥她入怀，双双仰望明月，让那月光把我们思念的泪痕照干？”

他把他的思念与爱意，熔铸在这简单朴素的诗句里。他不是浪漫多情、感情炽烈的男子，他沉稳、内敛，心里汪着一片海。写这首《月夜》时，杜甫和妻子已成婚数十载，然而字字句句，依然充满最真切的情感，其中真挚，非华丽之语可比。

首句他写妻子“独看”明月，他可以想象她的孤寂，他心疼她，才会不单单只描述自己的孤独与思念，而是先想到她的情状，想象她在月夜的处境与感受，设身处地，感同身受。我虽然与你身处异地，但我的心能感受到你所感受的一切。尾句的“双照”是诗人对未来的希冀与祈愿，将来我会回到你身边，

我们会有重逢的甜蜜和期待。

在思念与心疼中，他亦是有愧疚的。她本是名门望族之后，先祖可追溯至西汉丞相杨敞，父亲杨怡官至司农少卿（相当于现在的财政部和农业部副部长），虽不是姿容绝代，但温文淑婉，自有一种可人气质。

杜甫当时虽有诗才，但仍汲汲无名，虽也是名门之后，但祖父杜审言建立的家业到了父亲这一辈，已经有些没落。她十九岁，正是花开正好的年纪；他三十岁，已是老大不小。但她不在乎这些外在，她看中的是他的人，他的才华和心气。

杜甫与杨夫人成婚后，琴瑟和鸣，爱情美满，只是一件——杜甫还未功成名就，作为一个有责任感的男人，他痛下决心一定要考取功名，给爱人安定富足的生活，同时也实现自已兼济天下的梦想。然而，这条路是如此漫长，就算要用一生的时间，也未必能到走到尽头。

天宝六年，朝廷公告天下，为国家选拔有志有才之士，明确提出如若当选必定重用。读书人都眼前一亮，寒窗苦读，等的不就是这一刻吗?

时年已三十六岁的杜甫兴奋得像个孩子，他背起行囊，辞别爱妻，满怀希望去参加了考试。杜甫是有真才实学的人，诗写得韵律严整、厚重深刻，策论辞赋也不在话下。可是才学是一方面，能不能被录取，主要还得看考官的态度。不善钻营奉承的才子，遇到了一代奸相李林甫，悲惨的命运早已埋好伏笔。

时任主考官的李林甫怀着龌龊私心，在考试结束后告诉唐玄宗，这次选拔没有一个合格的人才。唐玄宗竟信以为真，也不追究，此事就这样过去了。可怜多少读书人，李林甫一句话，一生的梦想就此被狠狠击碎。如果唐玄宗当时知道李林甫是因为怕有德有才之人跟自己争宠分权，如果他当时知道世界上有一个如此忧国忧民、满腹才学的杜甫，大唐的历史恐怕会改写，杜甫的命运也会有转机。

然而生活没有如果，现实的情况是，杜甫从此开始了漫长的求仕生涯，在这条看不到光明的路上走得异常艰难。虽然断断续续做过几个小官，但这解决不了生活的困顿，也离他的报国之梦相去甚远。自父亲去世后，杜甫一家的生活便日益穷困，有时候连日常温饱都成了一种奢望。

出身富足的杨夫人，她的童年无忧无虑，少女的心事如雾般轻盈柔美，嫁给爱情之后，养尊处优、锦衣玉食、富贵荣华便成过往云烟。像一个从云端跌入凡尘的仙子，她穿上布衣素服，不要环佩叮当，成了一个民间最普通的劳苦妇人。

不但如此，因为生逢乱世，清贫之外，安定的生活对他们来说，也成了一种奢望。贫穷、饥饿、疾病、频繁的分别与担惊受怕，是他们婚姻生活的关键词。

公元750年，杜甫预献《大礼赋》，引起玄宗的注意，但这次的主考官又是李林甫，他最终与功名失之交臂。五年之后他先后做过河西尉、右卫率府兵曹参军等小官，但这对于日渐困窘的家计来说，无异杯水车薪。这年十一月，杜甫回奉先省亲，却得知一个令人心碎的消息：因为饥饿，最小的儿子夭折了。

悲痛欲绝的父亲，写下了《自京赴奉先县咏怀五百字》：“老妻寄异县，十口隔风雪。谁能久不顾，庶往共饥渴。入门闻号咷，幼子饥已卒。吾宁舍一哀，里巷亦呜咽。所愧为人父，无食致夭折。岂知秋禾登，贫窭有仓卒。”一个心胸天下、满腹经纶的男人，竟然连自己的孩子都无法保全，这是怎样的一种心情！“朱门酒肉臭，路有冻死骨”，不单是诗人眼中别人的生活，更是他自己生活的真实写照。

可以想象他的愧疚和痛苦，但她对此没有怨言，她一介千金小姐，却无丝毫的娇气和势利，她能享受富贵，也能安于贫寒。她用柔弱的身躯支撑着他们的家，给他强大的精神支持，一代诗圣成就的背后，是她用爱铺就的温情背景。

一生得一知己足矣。他对她的爱亦是予以厚报，在男人三妻四妾、寻花问柳习以为常的古代，杜甫一生只娶过杨夫人一个，在文人墨客风流韵事屡见不鲜的社会潮流中，他独守一份情，只爱一个人，洁身自好，不曾有任何一点花边新闻传出。相反，对身边好友恣情欢场的行为，他还好言相劝，在他看来，“一生一代一双人”才是最好的生活，最浪漫的爱情。

与诗仙李白的性格截然不同，他沉静、规矩，守法度，重礼信。他这一生所做的唯一出格的事，大概就是对妻子的爱，突破了一夫多妻的封建旧制，在风流无罪的时代，成了一股别致的清流。他不会甜言蜜语、山盟海誓，他把爱放在心里，用最质朴的语言作最真实的表达。他三十年如一日，守着她，在许多诗人眠花宿柳的艳俗里，用最深情的文字写他的老妻：“何日干戈尽，飘飘愧老妻。”“老妻忧坐痹，幼女问头风。”“昼引老妻乘小艇，晴看稚子浴清江。”“老妻”多么亲昵又温暖的称呼，这是共同经历过岁月风霜仍紧握双手的人，才有的称呼，这一声呼唤，像从大地中生长出来，有着泥土的浑朴与踏实，有着活泼的新鲜与灵趣之美。

智慧如他，用心如他，也愿意在阴暗的生活中，为她竭尽全力，撷取一抹亮丽色彩，装点她的心情，也润泽他们的爱情。那一次，他可能有了点闲钱，便迫不及待想给她惊喜，买了脂粉和饰物。她本是美丽动人的，嫁给她之后，为生活操劳，整日素面朝天，娇嫩的肌肤也日渐粗糙。现在，他要让她恢复往日的美丽，这也是一种爱的补偿。

瘦妻面复光，痴女头自栉。

学母无不为，晓妆随手抹。

移时施朱铅，狼藉画眉阔。

——杜甫《北征》节选

稍稍妆扮之后，瘦弱的她脸上焕发光彩，那一刻，她心里一定涌动着幸福和满足。女儿娇憨顽皮，也学着母亲的样子梳起了头发，将脂粉随意涂抹，眉毛乱画一通，结果自然是满脸的狼藉。那一刻，全家其乐融融，他和她看着可爱的孩子，相视一笑，生活的窘迫，顷刻间云淡风轻。

公元760年，为避安史之乱，杜甫举家来到成都，在朋友的资助之下，于水木清华的浣花溪畔建起了一座茅屋，这就是著名的“杜甫草堂”。诗人先后在此居住了近四年，写了240首诗，其中《蜀相》《春夜喜雨》《闻官军收河南河北》《登楼》《茅屋为秋风所破歌》等均为千古名篇。

在草堂的日子，少有的安定闲适。虽然仍然清贫，但有花草溪流日日做伴，田园之乐足以慰藉心灵。他于此间写下《江村》一诗：“清江一曲抱村流，长夏江村事事幽。自去自来堂上燕，相亲相近水中鸥。老妻画纸为棋局，稚子敲针作钓钩。但有故人供禄米，微躯此外更何求？”

诗人看着亲手建成的草堂，以一种悠然自适的心情信手写来眼前所见、心中所感：清清江水抱村而流，夏日悠长，村庄里的万事万物都透着清幽之趣。燕子自在飞来去，鸥鸟相亲相依偎。闲来无事，老妻在纸上画着棋盘，当时忆起了往日琴棋书画的时光。幼小的孩子正在将一根针弯折，准备用来作钓钩垂钓。这样的日子，有老妻稚子相伴，有老朋友的帮助，生活能过得去，自己还奢求什么呢？

此时，他的生活愿望变得极其简单。只要有诗有田园，有妻有家人，此生就已足够。什么功名利禄，什么理想抱负，都已退后、变淡。也许到此时，他才体悟到了生活的真相、生命的本质，诗句里便透露出寻常情趣，这是一个生命最舒展的状态，是杜甫苍凉一生中一道清新的光亮，这光的来源想必是她，因为有她不离不弃的爱，为他建造了一座坚固的心之城池，在极度失意、半生潦倒之际，还能看到日常的细微美好，而不是呼天抢地，怨天尤人。

广德元年（763年），安史之乱平定，举国欢腾，已五十二岁的杜甫闻讯

高兴得涕泗横流，他疾笔狂书：

剑外忽传收蓟北，初闻涕泪满衣裳。

却看妻子愁何在，漫卷诗书喜欲狂。

白日放歌须纵酒，青春做伴好还乡。

即从巴峡穿巫峡，便下襄阳向洛阳。

——《闻官军收河南河北》

看到他的狂喜，她和孩子亦欢喜异常。就要告别漂泊的生活，回到故乡去了，她手忙脚乱地开始打点行装，收拾他最爱的诗书。诗人要大声歌唱，要纵情狂饮，他要带着他的妻女，在春天里，从巴峡穿过巫峡，经过襄阳一路奔向洛阳。

真正的爱情，就是同悲亦同喜。我们的烦恼、忧愁、快乐、欢喜，总愿意第一时间让最爱的人知道，让爱人与自己共享同一种心境。在最喜悦的时刻，杜甫与自己深爱的妻子一同分享，他已经激动得涕泪纵横，眼里却满是老妻忙碌而快乐的身影！

一代诗圣，注定一生饱经忧患、漂泊流离。五十九岁时，杜甫贫病交加，在江上的一条船中永远地离去。她一直伴着他，直到最后时刻。他是不幸的，也是幸福的。不幸的是人事，幸福的是爱情。她给了他一生最踏实的依赖，他给了她一生最忠贞的挚情。人生纵然是一杯苦涩的茶，爱是那苦中的丝丝回甘。

他离去后几年，她亦追随而去。他和她的爱情，驻留在唐诗中，以一种平实本真的面貌，成一道含蕴深沉的风景，让千百年来相信爱情的人们，吟哦，低回，感叹，回味。

杜甫：归凤求凰意，寥寥不复闻

年已迟暮的杜甫，徘徊在当年司马相如弹奏《凤求凰》的琴台遗迹之上。那架琴仿佛还在，琴声清越，穿过时空，一曲爱之乐章抑扬顿挫，激荡着诗人的心灵。瞬间，一代诗圣起了思古之幽情，有感于那段久远的纯美爱情，写下《琴台》一诗：

茂陵多病后，尚爱卓文君。
酒肆人间世，琴台日暮云。
野花留宝靥，蔓草见罗裙。
归凤求凰意，寥寥不复闻。

司马相如在暮年体衰多病之时，还像当年一样爱着卓文君，人生只如初见，他们的爱不随时光褪色。那时候他们为了相爱当垆卖酒的故事仿佛就发生在昨天，而今只见黄昏日暮，流云飘过琴台上的天空。琴台边的野花开得一片灿烂，多么像当年卓文君明媚的笑颜。碧草萋萋，藤蔓缠绕，仿佛卓文君当初所着的绿罗裙。这样的爱情故事，在世间也是寥寥无几，很少听说了。

杜甫的笔力的确非同一般。首句凌空而起，先从司马相如与卓文君的暮年恩爱着笔，然后回溯他们相爱的经过，再由眼前所见之景再现卓文君的美，最后以充满追忆的口吻作结。这一段才子佳人的爱情，实际上比杜甫的诗还要动人，还要令人向往和欣羡。

自古蜀中灵山秀水，才子辈出，最有名的莫过于唐代大诗人李白和宋代的苏

洵、苏轼、苏辙三父子。在汉代，蜀地还出了个有名的大才子——司马相如。

据《史记》记载，司马相如年少时喜欢读书和击剑，亲人为他取名叫“犬子”。这是旧时中国民间的传统，意思是名字起得低贱，妖魔鬼魅远离，孩子就能健康平安地长大。这就是“犬子”一词的由来。

“犬子”长大后，觉得自己的名字不好，再加上读史书，仰慕战国时名相蔺相如的为人，便更名为“司马相如”。二十多岁时，司马相如做了汉景帝的武骑常侍，这个官职是皇帝的近身护卫，在皇帝出巡游猎时陪侍左右，相当于现在的公务员，谋生足够了，可司马相如并不喜欢，他喜欢写文章，尤其是辞赋，因此常有怀才不遇之感。

后来，汉景帝的弟弟、梁孝王刘武来到京城，刘武是个文艺青年，很喜欢赋，他听说司马相如赋写得好，便慕名与之结识。与刘武结交后，司马相如认识了邹阳、枚乘、庄忌等辞赋高手。和志同道合的朋友们交往非常愉快，他开始思考自己的职业规划。是一辈子为了生活做着稳定但不喜欢的工作呢，还是果断放弃安逸寻求梦想施展的新天地？

一番内心争斗之后，司马相如选择了梦想，他追随了刘武。在刘武身边，司马相如可以充分施展才华，写自己喜欢的辞赋，他过得很开心。但是刘武自身却并不顺利。母亲窦太后喜欢刘武，有意让景帝以后传位给刘武。景帝对此心存芥蒂，后传位于汉武帝刘彻，刘武郁郁而终。

刘武死后，司马相如离开梁地回到四川临邛（今四川邛崃），生活一度陷入困窘。临邛县令王吉与司马相如交情甚好。为了帮好友提高声望，他天天去拜访司马相如，司马相如却以病托词不见。如此几次三番，临邛的人们都认为司马相如是个了不起的人物，因为他连王县令都推辞不见，可王县令不但不生气，反而对司马相如更加恭敬。

临邛有个富人叫卓王孙，听说司马相如之名，便设宴结交。相如假意以病推辞，后王吉亲自去请，相如才带着他的绿绮琴前去赴宴。司马相如的“绿绮琴”和齐桓公的“号钟琴”、楚庄王的“绕梁琴”、蔡邕的“焦尾琴”并称历史上“四大古琴”。

说到绿绮琴，也有一番来历。当年司马相如不但辞赋文章出类拔萃，且弹得一手好琴。刘武请他作赋，司马相如写了一篇《子虚赋》(此赋与《上林赋》为姊妹篇，为汉代文学的标志性作品）相赠，此赋辞藻华丽、气势恢宏，梁王读后极为欣喜，就以自己收藏的“绿绮琴”回赠。“绿绮琴”是传世名琴，琴内有铭文“桐梓合精”，即用桐木和梓木的精华合制而成。相如得此琴，可谓人琴俱遇知音，绝妙琴音需有精妙琴艺操弹，至此，“绿绮”成了古代名琴的别称，也成了司马相如的标志性符号。

因此在卓王孙家的宴会上，众人提议司马相如一展琴艺，对绿绮名琴的天籁清音，大家都非常期待。司马相如也不推辞，立即弹奏起一曲《凤求凰》。琴声袅袅，绕梁不绝，众人赞叹不已。在屏风后面，有一位女子目不转睛看着相貌儒雅、气定神闲弹琴的司马相如，在琴声中如痴如醉。她就是卓王孙的女儿卓文君。

卓王孙祖籍赵国，赵国都城邯郸是战国时著名的冶铁中心，卓家以冶铁致富，秦始皇一统天下之际，卓家迁至蜀地临邛定居。到了汉代，文景之治，社会安定清和，卓王孙经营有方，家财倍增，成为当地首富。卓文君就在这样的家庭里长大，可谓金枝玉叶、身份尊贵。不但出身高贵，卓文君还生得眉目如画、面若芙蓉，琴棋书画无所不精，被誉为蜀中第一才女。只可惜佳人薄命，出嫁不久丈夫便去世，在人生最好的年华寡居娘家，可以想见她会是怎样的心境，伤春悲秋，孤寂凄清。年轻的心，像冰冻的泥土，需要有一阵温煦的春风，来使之柔软，重新获得蓬勃生机。

此刻，司马相如的琴声，就是那缕春风。当那悠扬的韵律飘过卓文君的耳畔，宛如天籁。她的心就像春风中的冻土，一点点融化，有什么东西落入心田，仿佛有细密的根须如触角伸向心灵深处。

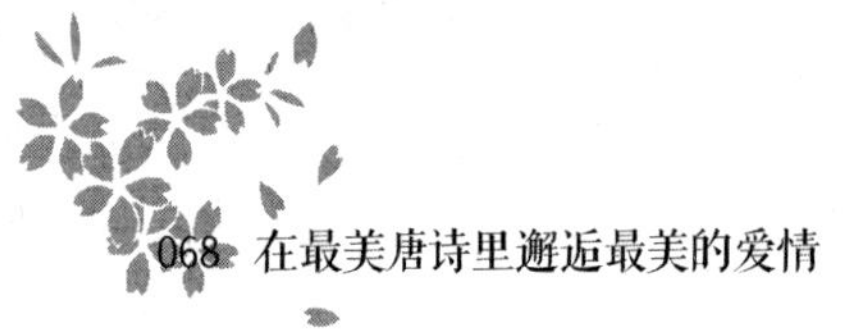

入夜，司马相如早已回家。卓文君在静夜里辗转反侧，难以成眠。那琴声一直在夜风中飘荡，那才子的一颦一笑总在眼前挥之不去。她实在按捺不住心潮起伏，悄悄叫来婢女，打听得到司马相如的住处，有一种奇异的力量在她身体内奔突、涌动，她竟然做出了一个连自己也有些吃惊的大胆决定：去找他，就是现在！

她那样勇敢、那样热情，以至于忘记了所有，什么封建礼教，什么三从四德，什么贞节烈女，什么父母之命，什么夜黑风高，统统在心中像烟雾般淡去，只有想见他的心，如此激烈地跳动着，他的琴声和他的面庞如此清晰鲜明。

她就那样意外地出现在他的面前。他又惊又喜。对她的才貌，他早有耳闻，亦是远远地仰慕着，只因为隔着重重障碍无法靠近。之前的她，就像天边的月、雾里的花，可望而不可即。现在她竟然就站在他的面前，在这样的夜晚，这样真实，令他幸福得手足无措。

爱情就这样惊艳地降临了。可是，这样的爱有未来吗？他是一贫如洗的寒门学子，她是寡居娘家的富户千金，世俗会允许他们相爱吗？不管世事多么艰难，真正相爱的人会努力寻求一切办法，为爱找寻出路。心底里，有个声音同时响起：离开这里，到一个谁也不认识的地方去，在那里，天地容得下我们和我们的爱情！

两个同样热情而勇敢的灵魂，又一起在深夜上路，他们一路奔波，来到了成都。但是现实是无情的，两个人要吃饭，要生活，在这举目无亲的地方，他们没有任何亲朋可以给予一点资助，司马相如没有任何官职，生计问题如何解决？虽然生活让人忧愁，但这丝毫没有动摇他们相爱的决心，她无悔，他亦坚定。

万般无奈之下，司马相如提议再回到临邛，因为在那里他有故旧知交，彼此可以照应，不至于日子无以为继。虽然觉得回去有些难为情，然而别无他法，卓文君只好同意。回到熟悉的故乡，各种风言风语已经遍天飞舞，他们连夜私奔的消息早已传遍小城。因为此事，卓王孙在当地颜面扫地，非常生气，但他也爱司马相如的才华，没有硬生生拆散这一对佳偶，只是表示不愿认这个女儿。

司马相如和卓文君卖掉车马，凑到了一些钱，就在街上开了一家酒肆。卓文君不顾千金小姐的身份，当垆卖酒，管理账目，司马相如亦放下才子的清高，跑前跑后帮忙料理杂务。得到了世间最珍贵的爱情，这是生命最强劲、最鲜活的力量，他们累并快乐着。有爱托举，生活中所有的艰辛劳顿、非议磨难、世俗偏见，都淡若清风。

卓王孙见这一对年轻人如此有骨气，被他们自力更生的自强精神和对爱情的执着打动，他也心疼女儿，毕竟是亲生骨肉，他怎么忍心看着女儿为生计所苦，却能安然地冷眼旁观？再加上亲朋好友从旁相劝："司马相如是王县令的贵宾，还如此有才学，必定不是久居人下之辈，文君寡居，能得这样一个夫婿也算终身有靠。你家财万贯，就认可他们的关系，给他们一些帮助吧。"

卓王孙考虑再三，后来终于想通了，将家产分给这对小夫妻一些。得了父亲的资助，卓文君和司马相如又来到成都，购田置宅，日子暂时安定下来。他们终于可以安静地享受爱情、享受生活了。但司马相如是个男人，他要工作，要实现人生理想，不能一辈子靠岳父的接济过活。

正在司马相如为前途忧虑之时，机会来了。汉武帝即位后，读了司马相如的《子虚赋》，大为惊叹。司马相如应召来到京师，那时汉武帝修建了上林苑，极需要有人欣赏和赞颂。司马相如遂发挥平生所长，以华丽铺排、汪洋恣肆的文笔，写了一篇浩荡长文《上林赋》，盛赞上林苑的壮阔繁华、山川草木以及皇帝狩猎时的盛大场面。汉武帝极为欢喜，立即授予司马相如官职。

此时的司马相如在长安如鱼得水、踌躇满志，而卓文君则孤身一人守在成都的家中。虽获知夫君荣耀得官，心下甚为欣慰欢喜，但念及往日当垆卖酒的时光，两人虽然辛苦操劳，但日夜厮守、相伴相随，那种甜蜜真是令人回味。

在思念中煎熬，她只盼有一日夫君荣归故里，夫妻团圆，从此永不分离。

司马相如不但在文学上极有才华，也颇有政治和外交才能。当时汉武帝为了拓展西汉版图，派唐蒙经营西南夷，但由于修路耗费太多人力物力，使巴蜀两地人民怨声载道。由于司马相如是四川人，对蜀郡比较熟悉，汉武帝就派他到西南安抚民心。司马相如用他的神来之笔，写下一篇《喻巴蜀檄》，又针对西南百姓反对开发的情形，写下《难蜀父老》一文，最终以亲和的态度、远见卓识和滔滔雄辩，说服巴蜀父老，打消了他们的疑虑，至此汉武帝的通边大业得以顺利实施。这样的功劳，自然受人瞩目。

司马相如和卓文君荣归临邛，当地达官贵人纷纷庆贺，百姓夹道欢迎。卓王孙自是满心欢喜，满脸骄傲，对爱婿和爱女热情招待，唯恐不周。想当初司马相如失意时，与卓文君酒肆谋生，那种酸苦与今日风光十足，真让人感叹世事多变，此一时，彼一时。

宦海浮沉，阴晴不定。后来司马相如因为上书谏止汉武帝狩猎，武帝心中不悦，给了他一个有虚名但无法真正发挥才干的闲散官职。环境安逸，再加上与卓文君多年夫妻，已有些审美疲劳，司马相如不禁心猿意马，起了拈花惹草之意，想要纳妾。

卓文君知道他的心思后，很是伤心。想想当年她不顾声名决然抛弃锦衣玉食的生活，连夜和他私奔，他的感动，他的誓言，而今生活安稳，他却有了异心。多少有情人，都只能共苦而不能同甘啊！难道就这样眼睁睁看着他的心慢慢远离，自己不顾一切获得的爱情就此风流云散，不留一点痕迹？痛心之余，冰雪聪明的卓文君想出一个办法，她用饱含感情的笔墨写下一首《白头吟》诗：

皑如山上雪，皎若云间月。闻君有两意，故来相决绝。

今日斗酒会，明旦沟水头。躞蹀御沟上，沟水东西流。

凄凄重凄凄，嫁娶不须啼。愿得一心人，白头不相离。

竹竿何袅袅，鱼尾何簁簁！男儿重意气，何用钱刀为！

“真正的爱情，应该像山上白雪、云间明月一样洁白明亮。而今你怀有二心，这是我们之间最后的对话。今天我们还在一起，明天就要分开了。我慢慢走过沟渠，渠水就像明日的你我，各自东西流去。悲伤一重又一重，想当初我嫁给你，那样苦的日子都没有哭泣，我只希望和一心一意爱我的人白头偕老。相爱的情意应该如竹子那般坚贞，相爱的人儿应该像鱼儿一样活泼快乐。真正的男子汉，应是有情有义，真爱不是金钱能买到的。”

这首诗写得情深义重又不卑不亢。她既没有居高临下地责骂他负心，也没有以弱者的姿态乞求他回心转意。她心地坦荡、思路清晰，既维护了自己的尊严，也为彼此留有了回旋余地。她借诗向他表白，她仍旧爱他，不想失去他，就看他是否能够回头，如若不然，只有诀别。如此深情，又如此决绝。这是一个敢爱敢恨的女子，是一个勇敢又不失睿智的女子，她尊重爱情，也尊重自己。当爱情来临，她会努力去抓住。当爱情远走，她会挽留，但不会哀求。真的爱情，是彼此尊重、彼此珍惜，能够抵御外界的一切诱惑，她深知这样的道理，所以写这首诗，分寸拿捏得刚刚好。

诗后，她附上《诀别书》：“春华竞芳，五色凌素，琴尚在御，而新声代故！锦水有鸳，汉宫有木，彼物而新，嗟世之人兮，瞀于淫而不悟！”随后再补写两行：“朱弦断，明镜缺，朝露晞，芳时歇，白头吟，伤离别，努力加餐勿念妾，锦水汤汤，与君长诀！”

她用彩色掩盖素洁、新声代替旧琴等寻常所见事物作喻，慨叹世人喜新厌旧，不知醒悟，后语含幽怨谈到即将离别，劝他好好吃饭，不要挂念她。这样深情又坚决的口吻，读来令人柔肠寸断。任是铁石心肠的人，也恐怕难以无动于衷。

爱情和婚姻里，再忠贞的人也会难免受到外界的诱惑，当自己的爱人乱了方寸、进退维谷之时，只是一味地埋怨，或是不顾尊严地乞求，都不是维护和挽回爱情的最佳选择。尽管伤心难过，但仍要保持理智和冷静，仍要以优雅和高贵的姿态，让他明白你的感受、你心中所想，尽一切努力唤醒沉睡的昔日感情，把你能做的、想做的做到极致，余下的，顺其自然。如果能够失而复得，再好不过。如若不能，也不留遗憾。

毕竟，他是爱她的。读了一诗一书，他的心碎了，痛了，悔了，他突然明白，自己已经拥有了世界上最好的爱情，最好的妻子，此生何求？让那些旁逸斜出的念头从此消失吧！至此，他果然与她一生一心，白首安老。

韩翃（hóng）：纵使长条似旧垂，也应攀折他人手

烂漫花事迷人眼，朵朵总关情。花总与春天、与爱情关系密切，与春花同在的青青柳色，自古缀满离情。离别之情，关乎亲情友情，也关乎爱情。

唐代诗人韩翃最著名的诗作是《寒食》：

春城无处不飞花，寒食东风御柳斜。
日暮汉宫传蜡烛，轻烟散入五侯家。

他还有另一首诗《章台柳》，因了诗歌背后的动人爱情，也广为世人传诵。

韩翃与李益等人并称“大历十才子”，他少有才名，不但才华出众，且相貌俊朗、性格沉静坚毅，是个内外兼修、很有人格魅力的人。所以他虽出身寒门，但也有很多名人雅士慕名与之结交。

天宝年间，韩翃来到长安求取功名，与一位李姓豪门子弟结识。这位李生倾慕韩翃才华，遂频频宴请韩翃在他家饮酒畅聊。

在一次宴饮中，一位美丽的女子出现在韩翃的视野中，她是李生的宠姬，姓柳。觥筹交错中，诗酒喧哗中，柳氏抬起脉脉含情的眼睛，恰与韩翃的眼神交汇，刹那间，电光石火，两个人的心，同时受到了震动，像有隐隐的雷声使春天惊醒，像有种子落在潮润的泥土里等待萌发，那一刻，无言的心事开始生长。

爱情来的时候，就这样毫无道理，不分时间、地点、场合，不问因由，不

管结局，爱了就是爱了，初次相见的人，仿佛前世的久别重逢，短短的一瞬，却可以是一生一世。心念百转千回，身外的世界却还是灯红酒绿。她是身不由己、名花有主，他是卑微清贫、一介书生，他们，会有未来吗？

宴席结束，柳氏看着韩翃离开。难道这一别，就从此天涯陌路、永无交集了吗？她真的不甘心，一生难得遇见心动之人，就这样放弃，岂不太可惜。在一些关键时刻，人与人的胆识、胸襟就显出了差别。如果是一般的女子，断然不敢泄露自己的心迹。可是她不是，她是柳氏，有着红拂和卓文君一般的勇敢和执着，她要拼尽全力，争取自己的幸福，哪怕只有一线希望也绝不放弃。

她明知这样做会有非常大的风险，她也不敢想象李生听到这样的话后会做何感想，结果会如何，但她就是要这样去做，否则，她无法对自己的心交代。她直言相告，自己爱上了韩翃。幸运的是，李生虽为富贵公子，也许风流纨绔，但终不失善良仁厚，且有一副豪侠的宽阔胸襟。他居然并不生气，而是宽容地表示理解，不但如此，他还成人之美，让柳氏嫁给了韩翃，再外加三十万家财作为结婚礼物。

李生是明智的，既然她的心已随了韩翃，强留又有何用，不如放手，不如成全，一个是他敬慕的朋友，一个是他喜爱的美姬，这两人的人格如此高洁、才貌如此相当，能成佳偶，也是美事一桩。在爱恨纷争里，如若人人都能像李生一样想问题，这世界该是一派清明和静。

柳氏确实非同一般。在封建时代，身为富家男人的姬妾，受到男人的宠爱当是最好的生活资本，为此，女人不惜一切代价要赢得男人的心。可柳氏不同，她视富贵如浮云，她不愿做贵公子的宠姬，只愿做微寒书生的知心爱人。她大胆追求爱情的举动，也正恰恰印证了一句话：当你用生命去做一件事时，全世界都会为你让路。

能娶这样心性和见地的女子为妻，韩翃会有多幸运，也会有多珍惜。其实，柳氏不但勇敢，还极有眼光，韩翃虽然当时身份低微，但他才学深厚、性情沉稳，是名副其实的潜力股，只是机遇未到，暂时屈居底层。成婚后，自是说不尽的浓情蜜意、卿卿我我、天高地阔、光阴静好。韩翃在和柳氏享受着美满爱情的同时，只待时机一到，便大鹏展翅、凌空而起。

喜讯果然如期降临。一天深夜，一位韦姓友人敲开韩翃的房门，他的声音携带着夜风，还有明显的抑制不住的喜悦："恭喜恭喜，你升任驾部郎中了，而且还让你起草皇帝的文书与诰令，这可是翰林学士才有的待遇啊。"韩翃一听之下也是又惊又喜，细问缘由。韦友人说，最近皇帝身边缺少起草诏书之人，后来德宗亲自批示说起用韩翃，且指定是那个写"春城无处不飞花，寒食东风御柳斜"的韩翃。当时朝中还有一个与韩翃同名同姓的人，且那人家世显赫、名声颇重，而德宗特意提拔此韩翃，就是因为读了他的《寒食》一诗，慧眼识英才，这才使韩翃的人生迎来柳暗花明，也足以证明柳氏识人的眼光独到、犀利。

一切都很美好，这时候的韩翃和柳氏，是命运的宠儿，一切都向着花好月圆行进。可是突然之间，风起云涌，"渔阳鼙鼓"打破宁静，安史之乱让世事都变了模样，大唐盛世如绽放的烟花，正在夜空中缓缓落下华丽的色彩。

战争造成多少家庭离乱、爱情残损。韩翃在巨变中亦与柳氏离乱，漂泊天涯，最终来到淄州节度使侯希逸幕府做了掌书记。时间一天天过去，两京沦陷，国势动荡，而柳氏也毫无消息。韩翃心中始终记挂着所爱的人，四方寻找，终于打探到她的下落。但他不知她的近况，她是否还爱着他，是否在战乱中委身他人，是否安好，他们是不是还有劫后重逢的那一天？

心心念念，相隔千万里，终是牵肠挂肚，无法割舍。韩翃写下一首诗《章台柳》连同一囊碎金，托人带给柳氏。"章台柳，章台柳，往日依依今在否？纵使长条似旧垂，也应攀折他人手。"章台的如丝碧柳啊，昔日你是如此依依、如此柔情，如今还是那样吗？纵然那细长柔嫩的枝条飘垂如故，恐怕也已被他人攀折得不成样子了吧。

古人素有“折柳赠别”的习俗，《诗经》里的“昔我往矣，杨柳依依”，李白的词里“年年柳色，灞陵伤别”，都用柳承载着幽幽离情。又因为“柳”与“留”谐音，也有“挽留”之意。韩翃在这里用“柳”这个意象表达了离情和相思，也暗含着对往日爱情的追回挽留之意。垂柳的婀娜多姿也和女子有几分相似，且“柳”也是爱人的姓氏，韩翃在这里用“章台柳”指代妻子。他想说的是，经历了离别战乱，你还像往日那样美丽吗？你还对我一往情深吗？假使你的心还一如往昔，恐怕身体已遭他人摧残了吧？

如此爱意绵绵、缱绻幽深的情诗，感动了无数人，韩翃和柳氏的爱情随这首诗也成了流淌在天地间的诗，以至于这首诗的诗题《章台柳》后来成了词牌名，千秋万代被人吟咏。只不过，在韩翃的笔下，章台是一个浸润着满满历史文化气息的地名，“章台柳”是美丽柔情的化身，但到了后世，却不知怎的，演变出了轻薄之意。

令韩翃欣喜的是，过了一段时间，他竟然收到了柳氏回赠的一首《杨柳枝》诗：“杨柳枝，芳菲节。可恨年年赠离别。一叶随风忽报秋，纵使君来岂堪折！”面对韩翃“往日依依今在否”的探询，面对“纵使长条似旧垂，也应攀折他人手”的隐忧，柳氏以诗作答，遂也成了千古名篇。

《杨柳枝》本为汉乐府横吹曲辞，也作《折杨柳》。李白名句“此夜曲中闻折柳，何人不起故园情”中的“折柳”就是指《折杨柳》曲，后白居易进行翻新创作出《杨柳枝》曲。柳氏所作的这首《杨柳枝》与李白、白居易的诗作均有不同，字字句句均是对韩翃《章台柳》一诗的深切回应。杨柳柔枝，年年芳菲，可恨总关离情。光阴易逝，岁月蹉跎，世事变迁，当年青青柳色，如今已是秋来枯索，纵使与君再见，恐怕已不堪攀折！

按说在颠沛流离中能与韩翃重新取得联系，互相往来的诗句中应充满失而复得的喜悦才对，但柳氏的《杨柳枝》，句句满含忧伤与哀叹。如果韩翃了解分别后她经历过什么，大概就会明白心爱的人儿何而发出如此忧叹了。

原来，当时两人别后，长安沦陷，柳氏担心自己被乱兵擒获受到侮辱，便削发为尼，寄身于一所庵堂之内，如此才平安度过战乱。在磨难中，她一直心存希望，期待与韩翃重逢，再续前缘，做一生一世的夫妻。这样的力量一直支撑着她走到现在。而今，果真奇迹出现，她的韩郎竟然也安好无事，还托人带来了碎金和诗。但是虽说音书已通，但相隔迢遥，世事多艰，谁知道接下来会发生什么事呢？他们能够越过重重阻隔，再度牵手，相亲相爱吗？只怕到那时，已是物是人非，所有的一切都改变了吧？

柳氏是个绝顶聪慧的女子，当年她慧眼识人，准确地抓住了爱情的命脉，现在她又凭自己敏锐的感知对世事有所洞见和预感。事实证明，她的担心一点也不多余。因为时隔不久，韩翃还未回到长安，她便被平乱有功的藩将沙吒利发现，强纳为妾。生逢乱世，红颜如弱柳，只有忍受命运的风任意摆布，哪能做得了自己的主？她悲叹，她不甘，她也曾想一死了之，但终究还是挺了过来，她是个坚强的女子，心底里，她仍然盼着与爱人再见一面。这个希望，让她忍辱偷生，所有的一切都变得可以忍受。

而韩翃却对此一无所知。他收到她的诗后，猜想她的种种变故，心里不安。后来柳氏音讯全无，他虽心急如焚，却也一直无法回到长安。直到侯希逸转任左仆射，韩翃才随之回到京城。

一到长安，韩翃便四处打探柳氏的下落，他一直不曾忘记她。怎么可能忘记？这样的女子，这样的爱情，令人刻骨铭心。但寻找的结果，却是迟迟没有她的消息。难道她已不在长安？难道她遭遇了不测？难道她变了心，嫁给了别人？他在焦灼不安中等待着、悬想着，也思念着，却不想命运往往在最阴暗的时刻会迎来转机。

这一天，韩翃怀着思念爱人的心情，在街上闷闷独行。忽然一辆篷车驶过他身边，车中传出一个甜美的女声："这不是韩大人吗？"韩翃回头一看，顿时惊呆，一阵狂喜让他一时不知如何应答。原来车上姿容秀美的妇人不是别

人，正是他日思夜想的柳氏！因耳目众多，不便倾心交谈，柳氏便让女仆传话给韩翃，说自己被沙吒利强娶为妾，今晚不便细谈，只请韩翃明日一早在道政里门等候。

此刻，韩翃的心情必定十分复杂。乍见久别的爱人，还来不及惊喜，却获知她已另嫁他人，惆怅失落伤心之余，她又相约明日见面。那么，她还是没有忘记他，她还是爱着他的吧？她一定是迫不得已，有深藏的苦衷。所有的疑问，且待明日来解吧！

一夜无眠，好容易挨到天亮，韩翃如约来到相会的地点，片刻之后，柳氏乘车前来。看见爱人就站在她的面前，她多想冲下车去，和他紧紧相拥，告诉他，她的爱和思念，她的苦楚、她的隐痛，她的无奈和悲伤。然而她什么都不能做，连下车和他面对面说说话也不能。她在车中递给韩翃一个梳妆盒，双眼盈满泪水，悲泣道："此次相见，当是永诀，这个梳妆盒就留给你做纪念吧。"

车子缓缓离开，柳氏在车上频频向韩翃挥手，她满是泪痕的脸，那一刻，永远定格在韩翃的心中。虽然心痛欲碎，但他亦明白，她已嫁于沙吒利，沙吒利助朝廷平定叛乱、收复长安，是皇帝的有功之臣，威势显赫，而他，只是一介儒士，身微言轻，又如何能与之抗衡？他和柳氏之间，是永无相聚之日了，她重情重意，故来此与心爱的人最后道别。

韩翃满心伤感，郁郁而返。当天有朋友请韩翃前去酒楼相聚，席间韩翃精神萎靡，言语间竟至有些哽咽。有位叫许俊的朋友，天生侠义慷慨，见状便问韩翃有何难处，不妨说出来，也好助一臂之力。韩翃一腔忧闷抑郁之气不得纾解，见朋友诚恳关心，便道出实情。

许俊闻言，当即让韩翃给柳氏写了一封信，然后换上装束、带上弓箭骑马直奔沙吒利府邸，在门外等候。终于等到沙吒利要外出了，许俊等他走远，便冲进大门，一直进到里间，边走边喊说"将军得了急病，让我来请夫人"！

府中人闻言都惊得不知如何是好，许俊一路旁若无人，进到柳氏居室，拿出韩翃的信交给柳氏。柳氏看完信，明白是朋友前来相助他们夫妻团圆，就跟着许俊上了马，一路飞驰来见韩翃。座中友人无不感叹唏嘘，一则感念许俊豪侠仗义，二则感念有情人历经磨难，终至破镜重圆。

柳氏终于逃出牢笼，获得了自由，可以与心爱的人相依相随、携手天涯了。她百感交集，喜极而泣。韩翃也自是感慨万状，难以成言。那一刻，友人静默无声，看这一对深爱的伉俪“执手相看泪眼，竟无语凝噎”。

虽有许俊相助，韩翃与柳氏得以重聚，但许俊明白这只是暂时的安宁，以沙吒利的权力和地位，他定不会就此善罢甘休。无奈之下，韩翃只好求助于侯希逸。侯希逸听闻此事，为两人的真情所感，同时又为许俊的举动感到惊讶、敬佩。身为宰相，侯希逸是能够直接向皇帝进言的，他向代宗奏明此事，说韩柳二人重情，许俊大义，虽擅自做主，但动机纯良，而沙吒利强占人妻，实为不该。代宗听后，颁下诏书，以二百万钱安抚沙吒利，准韩柳二人再续前缘，至此破镜终于重圆，皆大欢喜。

所有圆满的爱情，在于双方在遇到世事挫折时，始终坚信爱情的真与纯，始终怀抱一份对对方的信任与忠贞，始终相信爱会冲破一切障碍，相爱的人会有上苍垂怜，爱可以让人得到救赎，会激发出人性中美好善良的一面，这是这个世界之所有让人迷恋的理由。就像在韩翃和柳氏的爱情故事里，除了当事的两个人心怀美好爱情、执着坚贞之外，李生、许俊、侯希逸，还有唐代宗，都是被爱情所感动的人，他们助力这一场爱情如诗般完美书写到结尾，这在他们的生命中，也必然是一次美好的经历，就像在春天看到一株柔嫩新芽，因为怜惜、因为心存善意，所以施以水露灌溉，然后一天天看它茁壮起来，抽枝散叶，绽开花苞，最后结出甜美的果实。

宣宗宫人：殷勤谢红叶，好去到人间

大自然中，有些花长在人迹罕至的幽僻之地，自开自谢，独守一份无人欣赏的美丽。人世间，有些女子生活在深宫高墙之内，就像开在无人处的花朵，从青春到迟暮，在寂寥凄清中度过一生。

这些女子就是古代服役于宫廷的宫女。她们本也有慈爱的双亲、温暖的家庭，是女儿家中的佼佼者，姿容、品性俱佳，只是一旦被选入宫，便一生闭锁深宫，与世隔绝，无法与家人团聚，除了极个别受到帝王宠幸的宫女升为嫔妃，绝大多数宫女都无法拥有寻常人的爱情和婚姻，在宫里孤独终老。

寥落古行宫，宫花寂寞红。
白头宫女在，闲坐说玄宗。

唐代诗人元稹在《行宫》一诗中，用诗人独有的敏感和体恤之心，看到了宫女内心深处的悲凉，用诗句替她们表达出无处宣泄的情感。正是春天，空旷寥落的古旧行宫中的花开得正好，然而因为环境凄清，连花朵的红色也透着寂寞。当年入宫时的妙龄宫女，现在已是满头霜发，寂寞单调的宫廷生活漫长难挨，闲来无事，她们只好坐下来，说一些宫中旧事。

白居易在《上阳白发人》一诗中写道：

上阳人，上阳人，红颜暗老白发新。
绿衣监使守宫门，一闭上阳多少春。

玄宗末岁初选入，入时十六今六十。

同时采择百余人，零落年深残此身。

上阳宫中的宫女，红颜已逝，白发新生，有太监把守的宫门，就像幽禁的牢狱，一闭经年。当时进宫时的女子只有十六岁，转眼年已六十。同时进宫的同伴有百余人，现在只剩下几个人还残存于世。相比元稹，白居易的诗更直白、更鲜明地让世人看到了宫女的悲惨人生。

女人如花，需要欣赏和呵护，有爱情的滋润，女人的生命之花才会绽放得更加灿烂。可是宫女一旦入宫，就与爱情绝缘。被帝王发现、宠幸的只是凤毛麟角，绝大多数宫女一辈子连皇帝的面也见不到一次，爱情只是天边的云，是一种奢侈的、永远可望而不可即的梦。

但也有受到命运垂青的宫女，在不经意间与爱情邂逅，收获幸福，留下传奇。

那是唐宣宗时的故事。宫中日月长。有一位姓韩的宫女在百无聊赖之中，来到一条御水边。水流得很快，宫中的日子很慢。水面上漂荡着一片红叶，她捡起来，在叶上写下了《题红叶》一诗：

流水何太急，深宫尽日闲。

殷勤谢红叶，好去到人间。

“流水啊，你为何流得这样匆忙，闭锁深宫的闲日却太慢、太长。流水上的红叶啊，我殷切地祝福你，快快跟随水流离开这里，好好地去到自由的人间吧！”

身在深宫，宫女是没有自由的。所以当她看到这一片随波逐流的红叶，也不禁羡慕起来。它会载着她的诗，随水流来到宫外。会有人恰好经过，看到那

片红叶、读到那首诗吗？会是什么样的人？读完之后，他（她）会想些什么？她痴痴地想着，又轻轻地摇摇头，苦笑一声，叹息一声。身处深宫，一生的命运已经注定，还是好好做自己的宫女吧，宫外的天空，永远是无法抵达的幻想。

日子又平静下来，一天一天地过着，如一潭死水。突然有一天，起了变化，不知什么原因，也许是因为她犯了错，也许是上天动了慈悲之心，要恢复她自由之身，总之她竟然被遣送出宫了。很快有人做媒，她嫁给了一位叫卢渥的官员，过上了正常女人的婚姻生活。

一次，她整理家务，看到一个箱子，打开来，她吃惊地瞪大了眼睛，里面竟然放着她当年题过诗的红叶！后来，丈夫才告诉她，当年他进京赶考，在御水边看见一片红叶，上面还题有诗句，就将红叶捡起来，收藏在箱子里，没想到，题诗的人竟然最终成了自己的妻子。

有缘之人自会相聚。大约是月老在长天操控，于是兜兜转转埋下伏笔，以红叶、以诗为信物，成就了一段爱情佳话，让深宫之中少了一双悲泣的眼睛，让世间多了一对恩爱的夫妻。

和“红叶题诗”的故事相比，诗人顾况的故事虽然结局不够圆满，但过程显然更为曲折生动。据《云溪友议》《本事诗》等书记述，天宝年间，洛阳有位宫女在梧叶上题诗一首：

一入深宫里，年年不见春。
聊题一片叶，寄予有情人。

相比韩氏宫女，这首诗写得更为直白、大胆，诗里明显蕴含着火辣辣的激情，可以说是标准的情诗，只等待有缘人看到，成就一段情缘。虽然这样的希望很渺茫，但是至少有期待就会有机会。

幸运的是这片题着诗的梧叶被诗人顾况看到，他于是回赠一首诗：

愁见莺啼柳絮飞，上阳宫女断肠时。
君恩不闭东流水，叶上题诗寄予谁。

诗也题在叶上，随水流进宫去。过了些许时日，御沟的流水又带来一片梧叶，上有诗：

一叶题诗出禁城，谁人酬和独含情。
自嗟不及波中叶，荡漾乘春取次行。

流水在这里承担了信使的角色，一来一去，叶如尺素频传情。遗憾的是，两人的缘分仅限于此。他和她的爱情，不能仅仅靠流水送梧叶就能成就，她无法出宫，他有诸多牵绊。相信在顾况的生命中，梧叶上的诗会是一道轻盈美丽的光芒，留在记忆里的是一种诗意的感动和温暖。

除了在树叶上题诗，唐玄宗开元年间的一位宫女，还曾以“袍中诗”引出一段旷世奇缘。

那是在寂寞清冷的夜晚，宫女们接到命令，要为守边将士缝制棉袍。有一位宫女，大约是富有诗心、感情丰盈又有才华的女子。她没有像其他宫女一样只顾埋头干活，手起手落，一针一线缝缀着棉袍的同时，她的心绪开始像风一般飞扬。

“在那遥远的边关，夜晚是否如宫里一样冷寂？那些将士们此时安眠了吗？此时我正在缝制的棉袍，会穿在谁的身上？他是个什么样的人，年轻还是年老，高还是矮，胖还是瘦？他穿上棉袍的那一刻，会不会想到缝制它的人？

“幽居深宫，无法与外界互通消息，能做的，只是细细密密地缝衣，安安

静静地想想心事。身体受着禁锢，但心灵是自由的，且让我胡思乱想一会儿吧，这是生命中难得的放松时刻。如果没有进宫，我会为我所爱的人缝制这样的衣服，感受看他穿上之后的欣喜，享受生活中平淡又真实的幸福。但是现在，那个即将穿上这件衣服的人，我与他，素不相识，只能在这样的夜晚，凭空想象他的模样，此生，永不会有与他相见的机会。”

这样想着的时候，她突然被一股奇异的力量控制了，她突然想在如此苍白死寂的生活中，制造一点小小的意外。请允许自己轻轻地放纵一次，这是唯一能让灵魂飞扬的时刻。被这种念头驱使着，她写下一首诗：

沙场征戍客，寒苦若为眠。
战袍经手作，知落阿谁边。
蓄意多添线，含情更著绵。
今生已过也，结取后生缘。

“征战沙场、戍守边关的将士，忍受着寒冷和辛苦，只为保卫我们的安宁。今天经我之手做好的战袍，不知会落到谁的手里。我将怜恤的情意缝制在袍中，穿此袍的人啊，今生我们无缘相见，但愿来生我们能够结缘。”

写完诗，她将写有诗的纸缝在袍中。像完成了一个小小的壮举，她带着些窃喜和忐忑，看着那棉袍和其他众多袍衣一起，被送往遥远的边关。

棉袍到达边关，开始向士兵分发。一位士兵打开棉袍，惊讶地发现了袍中诗。他大约也受了感动，并没有随意丢弃。但他也不敢隐瞒，就将此事报告给了上级，上级又报告给了更上一级。说来也怪，这样一件小事，最后竟然一级一级呈报到了唐玄宗那里。大约因为是宫女所写，一牵涉到宫中之事，再小的事也成大事，所以没有人敢随便做主，便只好由皇帝来定夺。

唐玄宗叫来宫女，向她们询问这首诗是谁人所作，并且承诺说主动承认者不予加罪。这样一来，没有什么顾虑，袍中诗的主人于是大大方方出来承认了。此时的玄宗极富人性，大约他也是爱过的人，深知渴望爱情的痛苦，于是灵机一动、大发慈悲，降下旨意来，让得到袍中诗的士兵与写诗的宫女成婚。

叶上题诗与袍中诗，让我们窥见宫女心中难言的哀痛和她们对美好爱情的向往与追寻。对爱情的渴望与生俱来，是生命最鲜亮的底色和最鲜活的源泉。不论处于何种境遇，只要还能对爱情抱着渴念，生命就不会萎谢。是爱情，点燃生命之火，让人有勇气寻找一切可能，突破命运幽闭的枷锁，为灵魂带来一些诗意和意趣，从而让不论怎样幽暗孤寂的生活，也能找到可供回味和记录的理由。

李益：从此无心爱良夜，任他明月下西楼

在古代，有一个独特的女子群体，她们寄居烟花柳巷，在风月欢场中安身立命，靠迎来送往、取悦男性讨取生计。但她们只卖艺不卖身，冰清玉洁、洁身自爱。她们是女人中的佼佼者，姿容秀美，才艺出众，只是因为命运不济，沦落社会底层，成为男权社会的牺牲品和附庸。她们就像孤绝地开在早春枝头的白玉兰，本有遗世独立的高贵之美，却不幸被雨打风吹，零落于尘世的污浊泥淖，令人怜惜、悲叹。她们有一个共同的名字叫“艺妓”。

身为艺妓的女子，棋琴书画、诗词歌赋，样样都得修炼，再加上美丽的外表，这使得很多文人雅士也喜欢与她们交往。她们的存在，就像平淡流年中绽开的明艳花朵，给世俗生活一点浪漫诗意的点缀。这样的交往，是催生风花雪月的温良土壤，有多少爱恨痴缠，就能演绎出多少传奇情事，唐朝诗人李益与著名艺妓霍小玉的爱情，就是一出凄美的悲情剧目。

唐大历年间，陇西出了个叫李益的青年才俊，年方二十便考中了进士，一下子成了京城的文化名人。每每他的诗刚刚做成，就有人上门来求，教坊乐工将之谱上曲子到处传唱，一时之间，“李十郎”诗名动京城。

年少得志，春风得意，李益也并非浪得虚名，他的诗的确富有才情、工丽雅正，尤其是他的边塞诗，更是于高适、岑参之外，别有风致。“几处吹笳明月夜，何人倚剑白云天。”“回乐峰前沙似雪，受降城下月如霜。”在壮怀激烈之外，又有些伤感和悲凉，读来触人情思。

自古才子多风流，从进士及第到朝廷委派官职，会有一段等待期。在这个时期里，李益不甘寂寞，开始四处寻觅佳偶，不过他最初的想法大概并不是找结婚对象，只是为了填补一下精神的空虚，以让这段难得的闲散时光更浪漫多情一些。

以李益的条件，要找一个才貌双全的女子并非难事，只是李益本人的品位和眼光非同一般，不用说庸脂俗粉入不了眼，就算会吟诗弹琴的美貌女子，如果在气质和格调上逊色，也不是李益理想的人选，所以最初“博求名妓”的结果并不如愿。

冥冥中有命运之手暗中操控，让注定有缘的人适时相遇。李益和霍小玉，通过一个姓鲍的媒婆联系在一起。鲍媒婆本是薛驸马家的婢女，后赎身嫁人，因之头脑活络、言语爽利，故交游甚广，她便利用这一优势做起了保媒拉纤的营生，对普通小市民来说，也算个糊口的好办法。

李益曾经厚礼诚心相托，让她帮助寻觅佳人。因为李益要求颇高，所以迟迟没有配对成功。鲍媒婆心下歉疚，正在着急之际，她心念一闪，突然想到了一个人：一个叫郑净持的女人。

郑净持原是霍王爷府中的一名歌舞姬，她长得美貌动人，而且唱歌、跳舞样样精通，受到王爷宠爱，遂纳为小妾。好日子还没过多久，突然之间，平地起风雷，安史之乱席卷大唐，霍王爷奉命出战，其时郑净持正身怀六甲。她等啊盼啊，等着王爷凯旋，到时孩子再降生，其乐融融的日子会继续下去。但天不遂人愿，她最终等来的，却是王爷战死的噩耗。大树已倾，栖息于树上的鸟儿便四散而飞，各自保命。郑净持无依无靠，带着初生的女儿霍小玉流落民间，勉强度日。

因为有在王府生活的经历，郑净持不但自己心气颇高，对女儿也寄予厚望。她深知在那样的社会，女人要想过好日子，唯一的途径就是嫁个好郎君。而要嫁得好，不仅要美貌，还要有才华、有艺术特长，这些都是加分项目。因此虽然日子清苦，她也从不放松对女儿的教育，以富养的标准，满足女儿在吃穿用度和学习方面的要求。

霍小玉也果然没有辜负母亲，她继承了母亲的良好基因，不但长相清丽，而且能歌善舞、通晓诗文。稍大些时，因母亲年纪渐老，迫于生计，她便走了母亲的老路，做了一名艺妓。在母亲的忠告下，霍小玉在欢场中严格把持分寸，在接待客人时仅献艺，不卖身。保持一个清白的女儿身，日后或许可以遇到有官职、有品性、有情意的有缘人，那时便可脱离风尘生活，做一个寻常良家女子。

当鲍媒婆说出李益的名字时，郑净持眼前一亮，如此年轻、有才华又出身好的人，未曾婚配，且论相貌、心性也与女儿相当。只是像他这样的人家，会不会在意女儿的艺妓身份？转念又想，有此良机，自当好好把握，先让两人见见面，别的以后再说。郑净持对女儿一说，霍小玉自然知道李益，心下也十分中意。

鲍媒婆喜滋滋地来向李益报告，她一副伶牙俐齿，将霍小玉说成是上天贬入凡尘的仙女，容貌如何姣好，品性如何温良，才艺如何出众，且出身高贵，是霍王爷的女儿。至于霍小玉的艺妓身份，她当然不能隐瞒，只巧妙地轻描淡写一带而过，且明确告诉李益，此女子忠贞贤淑、守身如玉，是难得的节烈之人。

李益本就没有抱着结婚的心态，此刻也不会考虑太多，只凭鲍媒婆舌灿莲花就对霍小玉动了心思。他想象着有佳人在侧的乐境，不禁飘飘然起来，已经有些迫不及待想要见面了。期盼中的日子总是漫长，好容易到了相见的那刻，现实中的彼此，和想象中的一样美好，一见钟情原来是真实存在的。

眼前的她，比想象中更美，不说姿容娇艳，且说那风度气质，真是脱俗拔尖，非一般女子可比。且况她还说，自己喜欢他的诗，最喜欢吟诵“开帘风动竹，疑是故人来”两句。人生难得一知己，而且还是如此美丽、如此富有才情的红颜知己，李益的一颗心顷刻间已意乱情迷。

霍小玉对李益，也已是芳心暗许。眼前的人儿，风华正茂，才学卓绝，风流倜傥，自己在心中偷偷想了千万遍的心上人，就该是这样。内心的欣喜让她面若桃花，目含秋水，虽未明言，但李益已明显感觉到佳人的款款深情。

就这样陷入爱情，只享受眼前的欢娱，不去预支未来的忧愁。这份爱，能不能开花结果，在他，是来不及去想，在她，是不敢想不能想。他是不问将来，只求一晌贪欢；她是战战兢兢，只怕惊飞了这一场细梦。

最初的激情过后，她说出她的担心，她自知以自己的艺妓身份，和他相爱已属不易，而日后如若年老色衰，花颜月貌随岁月消磨成憔悴老妇，到那时候，恐怕爱情早已消失不见。眼前的爱情越是甜蜜，她内心的忧虑就越是沉重，患得患失让她在喜忧交加中纠结不已。

他听了她的话，也非常感慨，但他说，能遇到像她这样的爱人，是自己平生所愿，如今真的实现了，怎么会不好好珍惜？即使粉身碎骨，也会不离不弃。为了让她安心，他拿过白绢，在上面郑重写下爱的誓言。

那一刻，他必定也是真心诚意。那一刻，他是真的相信自己会有巨大的力量冲破重重阻碍，许她一个圆满的未来。人都有趋利避害的本性，愿意相信事情是按自己的意愿发展，愿意相信自己是那侥幸的一个，她由此信了他，安了心。

最美的时光总是走得太快。倏忽间两年已过，他的任命下发，要去郑县任主簿。虽然官职不大，但与不计其数未得功名的学子相比，已是幸运。在他，这是期待已久的愿望落了地，是仕途的起点，是人生新篇章的开启。在她，却意味着不知归期的离别，漫漫无期的等待，和爱情飘摇的渺茫。

临行前，她向他求一个“八年之诺”。他时年二十二岁，离三十而立还有八年。她希望他把这八年时间留给自己，八年之后，他自可去寻觅门第登对的佳偶，而她将退出他的世界，不再相扰。她自知拥他一世是奢望，是遥不可及的梦，便退而求其次，将一生的期许微缩成短短的八年，这是她的聪慧，也是她的悲哀，是在绝望中的挣扎和努力。为了爱，她低到尘埃里，唯一能做的，

只是这样苍白无力的挽留。

听了这样的话，李益如何能不感动。他让她安心等着，八月会来接她。听起来很好，有明确的时间节点，仅仅只需等待数月，重聚便可近在咫尺。于是暂且心安，两相作别。只是这一别，天各自一方，李益像风筝似的飞远，而霍小玉还愿意相信，自己手中扯着爱情的细线，终有一天会将他拉回来。

李益上任，忙着开始新的工作和生活。人生像一场渐次打开的旅程，不断会有新的风景，更何况男人的世界本就广阔无边，爱情在这大背景下，也就慢慢地淡了下来。回家省亲的时候，李益得知，家人已为他定了亲，对方是表妹卢氏。

怎么办？一边是情深义重的霍小玉，一边是门当户对、家人钦定的卢氏，该如何选择？家人的态度异常坚决，以他们的思想观念，是断断不肯接受一个风尘女子进门做媳妇的，哪怕做妾也不行。

李益陷入了两难之中。如果听从父母之命，媒妁之言的婚姻顺理成章，不会与习俗、与礼教冲突，不会引起家人冲突，除了没有爱情，一切仿佛都是顺风顺水，一路坦途。但如果选择了霍小玉，那就意味着要与家庭决裂，与习俗、与礼教抗争，会陷入各种矛盾和冲突的漩涡，唯一得到的只有爱情。对于当时的李益来说，他还缺乏这样叛逆的勇气，或者说爱情在他心目中的分量，还不足以让他为之付出巨大的代价和牺牲。这时候的他，从爱情的梦中醒来，理性地做了最安全的选择。

霍小玉在忐忑不安中等待，度日如年，靠着往昔的甜蜜回忆，任日子来了又去。转眼八月已过，心上人音信全无。许是公事繁忙，许是身体欠佳，许是有事耽误，许是……她在心里猜测着各种可能，虽也有不祥的预感一闪而过，但还存着一线渺茫的希望。她多么想有一天，他能突然出现在她面前，对她说：“我回来了！”然后，所有的忧伤烟消云散，所有的冰雪瞬间融化，从此，岁月安好如初。

然而，不管她是安静地等待，还是四处奔走寻求他的讯息，他就像从这个世界上消失了一样。在她苦苦忍受思念的煎熬之时，他在为他的婚事四处奔忙，不肯有一点音信给她。他如此绝情地斩断情丝，一方面是往日的爱情会给现在的他带来困扰，一想到霍小玉他就会有负疚感；一方面，他也许是愿意长痛不如短痛，就此断了她的念想，好各自平安度日。

李益或许没有想到，他遇到的是这样一个痴情、执着的女子。霍小玉一直苦苦地等待着，生活也日益困窘，最后不得不将霍王爷的遗物紫玉钗也典当出去。几番爱恨痴缠，几多相思折磨，最终她抑郁成疾，卧倒在床。人性的恶在那一刻显现，李益得知霍小玉病了，他非但没有自己前去探望的勇气，也不曾托求别人去看看昔日爱人的安危，他懦弱地选择了逃避。这时候的他，没有一点点写边塞诗时的豪气和壮阔，在现实与爱情的拉锯战中，他是一个自私、卑怯的小男人。与孟浩然相比，他缺乏那种带着些任性的叛逆，这是父母的幸运，是爱情的悲哀。

霍小玉为爱成病的消息在长安城传得沸沸扬扬，人们纷纷指责李益，一时之间，他成了“薄情郎”的代名词。这样一来，他更是害怕见霍小玉。世间总有主持正义、打抱不平之人，即使素不相识，也要管管这桩闲事。有位黄衫客，为豪侠之人，看到霍小玉病重，便决心助她一助，以全其心意。

那一日，阳春三月，李益和朋友一同踏青出游。崇敬寺的牡丹开得国色天香，李益与友人观赏美景，吟诗畅谈，好不快活。有一位叫韦夏卿的，是李益的密友，他说：“春天这么美，花草这么繁茂，但是那个可怜的姑娘，却独自一人躺在病床上。大丈夫做事，应有胸怀有担当，你不应该狠心抛弃她啊。”

黄衫客在此时飘然而至，只说仰慕李十郎之名，愿与之结交，只求前去一叙。后来李益心生疑惑，但被那人挟持着，也无可奈何。等到了目的地，李益才发现，这是霍小玉的病床前！昔日风华绝代的佳人，此时已如雨后的落花，憔悴不堪。

霍小玉见到李益，又惊又喜。就在昨晚，她梦见有人带着李益来到床前，让她脱鞋。“鞋”即“谐”，意味着会合，而“脱”则意味着分开。她已然明白，她会见他一面，然后便是永诀。所以清晨起来，她便要求母亲为她细细装扮，虽在病中，她仍要以最美的样子见他。

仿佛有一股奇异的力量支撑着她，缠绵病榻多日、柔弱无骨的她，居然飞身下床，向李益走来。四目相对，百感交集。她直视着他，满眼的情爱，满眼的幽怨，她深深地看着他，直看进他的灵魂里去，一眼，便是一生。他不敢迎接她的目光，到了这样的时刻，他居然还是习惯性地想要逃脱。

她向他举起酒杯，一字一顿地说：“我薄命如此，你负心如此，可怜我年纪轻轻，将饮恨而终。日后，慈母无人供养，世间的繁华将与我无关。我能有现在，全是拜你所赐。今天，是我们的永诀之日，我死之后，必定化为厉鬼，使你的妻妾终日不得安宁！”说这些话，好像耗尽了她所有的气力。她最后用力一掷，酒杯应声而碎，而她，也倒地气绝，一缕香魂，悠悠而去。

人往往如此，总要在失去以后，才明白拥有的珍贵。她在的时候，那样爱着他，将全部身心交付于他，而他，用世俗功利打败了爱情，不懂珍惜，狠心辜负。如今她永远离去，他才感觉到痛悔难当，念及她的种种好处、万般柔情，身边的风景，都失了颜色。

“水纹珍簟思悠悠，千里佳期一夕休。从此无心爱良夜，任他明月下西楼。”本是月色很好的夜晚，然而他躺在床上，却难以成眠。竹席上的纹路像水波一样荡漾，他的心思也悠然起伏，那样美丽的爱情，在一夜之间便不见踪影。失去心中所爱，从此夜晚再美，也没有了观赏的心情，任凭明月自顾自地在天上挥洒她的美，他的心，再也感受不到点滴美好。

也许是霍小玉临死前的诅咒应验了，也许是李益自己原本有心理问题，总之，他以后的日子总与灵异事件和妒忌情绪纠缠不清。虽然仕途顺遂，但他的家庭生活难称美满。他总在有意无意之间，发现妻子不忠的蛛丝马迹。失去爱情的同时，他也失去了心境的安宁。如若霍小玉泉下有知，她不知对此做何感想？是会露出幸灾乐祸的笑容呢，还是会后悔当初发的毒誓？爱与恨总是水乳交融，至死也难以理清。

可叹郑净持，把后半生的希望寄予女儿身上，盼她嫁个好人家，自己也好老来有个依靠，却不想到头来，反要白发人送黑发人。如若霍小玉能够豁达一些，对爱情不那么痴恋，对过往不那么执念，在李益变心之后，能够修复伤痛，重新鼓起生活的勇气，日后找个寻常良人嫁了，也能安稳度过一生，就算平淡，也至少对得起仅此一次的生命，对得起母亲的一番良苦用心。

对爱情的忠贞值得颂扬，但过于执迷却大可不必。当爱情不再，美好的部分，留待日后回忆，为灵魂取暖；伤痛的部分，选择遗忘，与往事、与自己握手言和。放过曾经的爱，放过爱过也伤过你的人，走出去，天高海阔，生命还有无限可能，谁能说，前路上没有更迷人的风景？

刘采春：朝朝江口望，错认几人船

薛涛、鱼玄机、李季兰、刘采春，并称唐代四大女诗人。对今天的公众来说，前三者名望颇高，而刘采春的名字有些陌生。这是因为刘采春不但会写诗，而且歌唱得特别好，她的歌名掩盖了诗名，而唐代以诗为尊，唱歌的人和唱戏的人一样，被视为不入流，因此，刘采春的才名多少有些被埋没，人们津津乐道的，只是她与大才子元稹之间的一段爱情。

江南自古是灵秀风流之地，得天独厚的自然风物，滋养得才子佳人辈出。江南美女多，才女也多。生于淮甸（今淮安）的刘采春，在典型的水乡长大。她家境贫寒，父母早亡，随几个兄弟姐妹以逃荒乞讨为生。但生活的磨难不仅没有阻碍她的成长，反而赋予她独特的天分和灵性。

许是在水边长大，她不仅相貌出落得如出水芙蓉一般清丽可人，还有一副水一样清澈动听的歌喉。逃荒乞讨生涯虽然风餐露宿、奔波劳苦，但随着脚步踏过的泥土增多，刘采春的眼界也随之扩大。她不像一般的女孩子，养在深闺人未识，养尊处优，或者娇生惯养，如温室里的花朵，受不得一点风吹雨打。她是苦孩子出身，从小走南闯北，吃过各种生活的苦，走过很多的路，见识过各种各样的人，会说很多地方的语言。她发挥她的音乐天赋，唱歌卖艺，小小年纪便已有了很多粉丝。

到了情窦初开、谈婚论嫁的年龄，刘采春在演艺生涯中认识了比她大几岁的周季崇。周季崇是个伶人，以唱戏为生。起初他和弟弟周季南搭档演参军戏。参军戏是古代戏曲的一种形式，据《太平御览》记载，参军戏起源于东晋，后赵的周延任石勒的参军（官职名），后犯事下狱，出狱后被列为“优人”，由此成为民间戏弄羞辱的对象，人们在戏中加入周延的角色，演出滑稽讽刺的剧目，这些戏称为“弄参军”。后来出现了由其他人来扮演周延的“参军戏”，一般由两个角色出演，被戏弄者叫参军，戏弄者叫苍鹘（hú）。后来，参军戏发展为多人演出，情节也渐趋复杂，除男角色外，还有女角色出场。

刘采春就是在这个时候加入了周季崇的家庭戏班，并很快成为“台柱子”。每日里一起演戏，同进同出，朝夕相处，再加上有共同的兴趣爱好，刘采春和周季崇之间情愫暗生。他总像大哥哥一样呵护、照顾她，而她的娇俏、玲珑则让他心动不已。像一家人一样在一起工作、生活，日久自然生情，爱情水到渠成地降临。在风雨飘摇的乱世，在艰难困苦的人世，遇到这样一个志趣相投、相知相惜的伴侣，也是人生一大幸事。

他们很快便成婚了。婚后的刘采春，因为爱情的滋润，精力更加充沛，歌声更加优美动听。周季崇慢慢发现，他的爱妻，原来是这样有才华的一个女子。她的嗓音宛若江南的流水般清越，且音域宽广、音色多变，演唱时饱含感情，常常一开口，便能使听众受到强烈感染，可以说是“唐代好声音”、天才歌后。不仅如此，她还会作词作曲，所作歌词便是诗。

《全唐诗》收录了刘采春六首《望夫歌》，也即《啰唝曲》。《啰唝曲》以思妇的身份来诉说思怨之情：“莫作商人妇，金钗当卜钱。朝朝江口望，错认几人船”，“那年离别日，只道住桐庐。桐庐人不见，今得广州书”……

这些诗歌语言质朴浅近，韵律简洁，很适合人民大众的口味，再加上同为女性，刘采春虽并不是思妇，但也能理解女人在爱情中的感受，多了感同身受的共情基础，这些诗被唱出来时感情饱满，因而受到热烈追捧，很多人都能以亲耳听到她的歌声、亲眼看到她的演出为幸事。这其中也包括一个著名人物——元稹。

原本刘采春和周季崇过着他们的演艺生活，夫唱妇随，日子平淡而安稳。刘采春虽身为艺人，但一直非常自律，对一些男人不怀好意的挑逗，她熟视无

睹，对他们的钱财荣华之诱惑，她也不为所动。她只愿意守着她忠厚的丈夫，安然度日。如果没有那次意外的相遇，他们可能一生都是这样，像天底下所有的寻常夫妻一样，恩恩爱爱，厮守到老。日子波澜不惊，也有小小的欢喜和美好，像山间寂静安然的小溪，没有悬潭飞瀑的惊心动魄，没有大江大河的波涛起伏，任生命自然流淌，最后汇入浩瀚海洋，有一个圆满的结束。

但繁华世间事，总会有旁逸斜出、节外生枝的情节。那一年，刘采春与周季崇来到越州演出（今浙江一带）。当时元稹正在越州做官，远方有一位著名的女诗人薛涛正在苦苦盼着他的音信。但男人往往是处在爱中情比火烈，一旦离开感情就会迅速降温。元大才子此时早已淡忘了浣花溪畔为他一首接一首写着情诗、望眼欲穿等他回归的才女，他的心，对美是那么贪婪，对美貌又有才气的女子，简直毫无抵抗力。元稹一边与薛涛藕断丝连，一边怀着对刘采春的仰慕之情观看了刘采春的演出。

一见之下，惊为天人。眼前的刘采春，比传闻中更富魅力。舞台上的她艳光四射、风情万种，一颦一笑都那么迷人，更妙的是她的美妙歌声，真个是“此曲只应天上有，人间能得几回闻”。元稹为刘采春的风姿深深倾倒，也不顾她有夫之妇身份，频频示爱。诗人最有力的武器便是诗，他写了一首《赠刘采春》：

新妆巧样画双蛾，谩里常州透额罗。
正面偷匀光滑笏，缓行轻踏破纹波。
言辞雅措风流足，举止低回秀媚多。
更有恼人肠断处，选词能唱望夫歌。

元稹用他一支生花妙笔，在诗里极尽一切美好的字眼，盛赞刘采春，说她的新妆、蛾眉、额前轻覆的纱、光滑如笏板的肌肤、缓缓行来的凌波微步，风流优雅的谈吐、秀丽婉媚的举止，都让人着迷。最撩拨人情思的，是她能作词唱歌。

这样的字字句句，怎能不让一个女人的芳心怦然而动？刘采春内心深处，一定也是有过挣扎的。宽厚恩爱的丈夫，对自己呵护有加，但是以她的才艺，特别是诗才，就使得她的心性高于一般女子，在精神生活上的要求也会更多一些。丈夫虽好，却似乎总有些美中不足，在精神的匹配度上，还差她一截。她理想中的爱人，应该是有才华、有风度又有格调的风流才子，就像元稹这样。

本不奢望会有这样的福气，但上天眷顾，让她遇到了他。以她的生活圈子来说，遇到这样出众又对自己有真情实意的人，也并不容易。拥有向往中的爱情，此生才不虚度，既然机会来临，岂能白白错过？也许就在这样的心情驱使下，她不顾一切，投入到元稹的怀抱。

不管周季崇如何伤心，如何不甘，他也毫无办法。论才华、论地位，哪一样他都无法与元稹匹敌。他只有眼睁睁看着娇妻投入另一个男人的怀抱，感叹情爱不过是一场过眼烟云。

刘采春与元稹的幸福持续了七年。七年在人生中，不长也不短。对刘采春来说，恐怕太过短暂，但在元稹来说，他待她已是够厚。他与女校书薛涛不过相爱短短数月，与其他女子的情缘也如露珠稍纵即逝，只有与她，竟然共度了七年的光阴。

在他的意识里，女人如花，女人就是用来让男人赏心悦目的，至于所爱之人的内心感受，他无暇顾及，他只要在乎自己的感受就好。所以当七年之痒来临，他渐渐对她失去了兴致以后，冷落、离弃就是必然。

只是刘采春还一直沉浸在梦里。爱情的梦太美，会让人产生错觉，以为这梦会一直做下去，所有的甜蜜欢娱都能和生命一般绵长。梦太美，会让人丧失理性，不愿清醒地睁开眼看看现实。

关于元稹与薛涛的故事，刘采春应该是知道的。他对薛涛始乱终弃，难道

对自己就不会吗？只是中了爱情的毒，女人都会天真地以为，自己是他最爱的那一个，是最幸运的那一个，所以还是被动地爱着，极尽温柔之能事，希望留住他的心，希望他就此停下来，做自己一生一世的温暖港湾。

所有的爱情，只能有两种结局：白首偕老或者相忘于江湖。七年之后，爱情淡去，分离在所难免。刘采春因为元稹失去了原本安稳的家庭，此时此刻，面对元稹的薄情，她是否会后悔爱上他，她是否会忆起与周季崇那些点点滴滴的过往？

据说离开元稹后，刘采春又嫁了人。可是他们之间的爱恨痴缠还没有断，几年之后，在一次宴会中，他们再度相遇。看到熟悉的面容，往事如潮涌上心头，忆及过去情人的温情可人，元稹的心弦再次被拨动。任他如何风流，想要再遇到像刘采春这样人尖子似的女人也不容易。旧情复萌，元稹又向刘采春展开爱情攻势。

虽然有恨，但心底里，她还是爱着他的。女人一旦将感情投射到一个男人身上，便有如泼洒出去的水，再难全身而退。她禁不住他的一番巧言情语，禁不住他的糖衣流弹，又一次信了他。她想，兜兜转转，他还是回来找她，那是不是说明，她是他生命里最难以割舍的人？失而复得的爱情，他必会珍惜吧？就像他说的那样，拥一世细水长流的幸福，你侬我侬，相伴到老，那样美好的画面，真令人神往！

破镜重圆的幸福并没有持续太久，他又恢复了风流随意的本性，爱上了别人。她知道，她再也等不到他了。“朝朝江口望，错认几人船。”她唱的怨曲，打动了多少妇人的心，说出了她们的心声。她曾暗暗同情过她们，甚至为自己庆幸。没想到今日，这歌也是唱给自己听，自己也成了一个幽怨的妇人！至此，刘采春终于绝望，从元稹身边彻底消失。她去了哪里？有人说，她将自己的芳魂托付给了悠悠流水，还有人说，她寻了一处世外桃源隐居，安静地度过余生。不论怎样，她都在爱情里死去了。

问世间情为何物，直教人生死相许？看人间多少故事，最销魂爱恨情仇。相比于薛涛的把持定力、安然自守，刘采春显然更富生命的激情，然而激进也意味着冒险。她为爱情燃烧的同时，偏离了寻常安稳生活的轨道。爱情是把双刃剑，享受爱的甜蜜，同时亦要承受爱的折磨，这是爱的丰富性，也是爱的残酷性。薛涛选择了孤独，也规避了爱情的伤害。她与刘采春，究竟谁更幸福？这个问题，应是见仁见智，没有标准答案，或许根本就不会有答案，就像“爱情和生命本身有什么意义”这个问题一样，是一个永久的谜题，生生世世，人只在追寻的梦里行走，永远没有抵达。

崔护：去年今日此门中，人面桃花相映红

满树和娇烂漫红，万枝丹彩灼春融。

何当结作千年实，将示人间造化工。

——唐·吴融《桃花》

红粉青娥映楚云，桃花马上石榴裙。

罗敷独向东方去，漫学他家作使君。

——唐·张谓《赠赵使君美人》

一树桃花一树诗，万千花语为谁成诗？如果要在自然风物中评选出最佳爱情之花，当属桃花无疑。

桃花，灼灼其华，色彩温馨轻盈，如美丽女子白里透红的面容，因而自古以来就是文人墨客吟咏的对象，成为美女的代称，自然也与爱情结下不解之缘。

桃花的花语是“爱情的俘虏”，因而“桃花运”便成了邂逅爱情的诗意指称。

人间三月，春风十里，遇见一树一树桃花开，便似有爱情在隐秘的地方等待，等你一回眸，一闪念，心在一瞬定格，人在刹那柔情，满世界便像有漫天花雨悠然而落，俯拾皆是诗，天地遂为之开阔明媚，那种来自灵魂深处的悸动，让寻常人世拥有了清新风景。

古长安，诗歌流韵，风满大唐。长安城南，桃林漫漶，一入春，千万株桃花联袂而开，遂开成一朵粉色巨云，开成一个柔美灵动的梦境。

一位名唤崔护的书生，便向这梦境迤逦而来。桃花朵朵，在春风里张开粉嫩温柔的花瓣，看着看着，那花朵在崔护眼里，突然幻化成一个女子的面影。崔护欣喜异常，正待开口轻唤，却见倩影早已杳无踪迹，留在眼前的，只有朵朵桃花在春风里嫣然浅笑。

那真是一场美丽的梦么？那梦境如此真实，又如此虚幻，如此迷人，又如此伤感。此情此景，最是撩人情思。崔护情不能自已，诗句如泉，脱口而成："去年今日此门中，人面桃花相映红。人面不知何处去，桃花依旧笑春风。"诗成之后，崔护才仿佛如梦初醒，原来那不是梦，是真实的存在，是令人留恋的过往，那是去年今日一场动人的邂逅。

一年前的春天，像此时一样天日晴和、碧空流云，春风如水荡漾，人心如酥。崔护心怀春天一般新鲜的希望，在家人殷切的目光下，背起行囊来到京城，他要参加一场与命运相关的考试——进士选拔。这样的考试是所有寒门学子华丽转身的重要机会，可谓一试决成败，考中，未来便大有希望，不中，理想便遥遥无期。多少人屡败屡战，就这样将一生蹉跎在期望中。

考试结果揭晓，很不幸，崔护落榜了。没考中进士，一切理想都是幻想。想起寒窗苦读的辛苦，想起父母双亲的殷殷厚望，想起自己的一身才学和报国之志，他感到无比失落与郁闷。身在异乡，身边也无亲朋故旧，崔护一腔忧烦无处纾解，只好纵情山水，来到长安城南踏青春游，想借此一消胸中块垒。

春天的野外，绿草如茵，繁花耀眼，随意一处景物皆可入诗入画。外出游玩的人，大都兴致勃勃、谈笑风生，尽情在春光中欢悦。独有崔护，面对春光无限，却依旧安静沉闷。好景致也需要好心境来欣赏，如若不然，心中不宁，即使身处仙境，哪怕最美的景也让人视若无睹。

为了寻求心灵的宁静，崔护一个人走上一条僻静的小路。周围一片寂静，鸟鸣清幽如笛，春泉叮咚如琴，空气中充满草木花朵的清香，春风如盈盈纤手

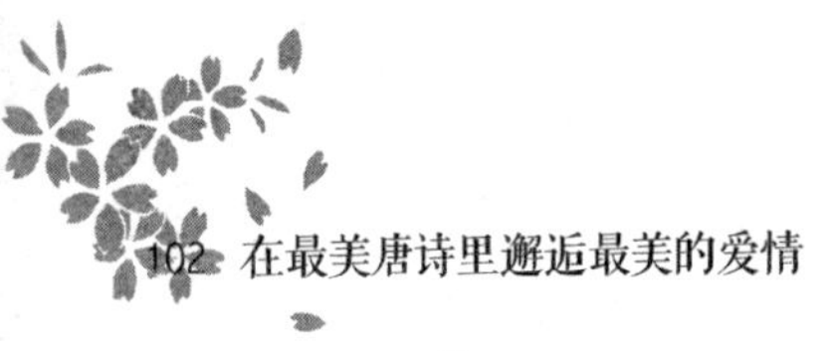

轻抚身心，大自然各种清新色彩让眼睛也倍感润泽。不知不觉间，崔护感到心里的烦闷渐渐淡了。他这才发现，自己一个人竟然走了很远的路，快走到山顶了。看看四周空无一人，天色向晚，他慢慢回程，向山下走来。

走到一处，倏忽眼前一亮，一片桃林如梦境般出现在眼前。千万朵桃花连缀成的粉红花海，像轻云一般温柔，崔护心上顿时像得到了抚慰一般，放松下来。这时候他才感觉到疲劳和饥渴，于是拖着沉重的双腿向桃林深处走去。

片刻之后，桃林里现出一座茅舍来，茅舍四周围着篱笆，柴扉轻掩。柴扉茅舍，嵌在山野桃林之中，是如此自然天成的一幅田园山水图，有一种超然物外的宁静和幽雅之感。崔护看着看着，身上的疲累也消减了一些，只是口渴难当，便上前轻叩柴门，准备向屋内主人讨口水喝。

他心想门里一定住着一位老人，有着古铜色的肌肤和饱经沧桑的脸庞，待人亲切和善，就像远方自己家中的父亲一般。屋内没有动静，崔护担心主人不在，转身正欲离去，没想到门却在这时候“吱呀”一声打开了。

出现在眼前的是一个妙龄女子。她身姿窈窕，粉脸桃腮，一双明眸如蕴秋水，正静静地看着崔护。过了好一会儿，崔护才回过神来，他羞红着脸，拱手说道：“姑娘，冒昧来访，在下崔护，游山一时忘形，口渴难耐，能否讨一口水喝？”姑娘听罢，莞尔一笑，侧身回答道：“崔公子请进，稍等片刻，水马上就来。”说罢，姑娘一闪身，就像春天山林里轻捷的小鹿，率先进了院子。

院中平整干净，正中一株桃树，花开得正好，与院外的桃林遥相呼应，相映成趣，别有一番意味。桃树下有石桌石凳，不远处是一口老井。姑娘请崔护坐在石凳上，她去井边打水。很快，姑娘端着满满一瓢清水递给崔护，崔护早已口干舌燥，见到如此清甜甘洌的泉水，自是一通狂饮。姑娘看着他大口大口喝水的样子，不觉掩口轻笑。她轻启朱唇，柔声说道：“崔公子，焦渴之后，饮水不可过急。”崔护这才察觉到自己的失态，他不好意思地擦擦嘴。姑娘的话让独在异乡的他感觉到一丝温暖，感动之余，他很想对她说些感谢的话，可一时又不知道怎么说好。

正在两人默默无言时，忽然一阵清风徐来，桃花点点随风洒落，漫天花雨如蜂飞蝶舞，在空中悠然飘荡。姑娘正站在桃树下，花雨纷飞中，姑娘披上一件粉红霞衣，再加上她面若桃花、明眸如水，一时之间，宛若桃花仙子。

姑娘看着崔护，黑亮的大眼睛里似有千言万语，默默此情谁诉？生性温厚的崔护见此情状，早已心魂摇动，手足无措，他张了张嘴，感觉有满腹心事欲向姑娘吐露，却只是不知如何说起。

姑娘嫣然浅笑，接过正在发呆的崔护手中的水瓢，轻声问："崔公子可是上京赶考来的？"闻听此言，崔护方如梦初醒，他结结巴巴地回答道："这个……是……不瞒姑娘说，在下名落孙山，实在惭愧。"姑娘听了，柔声道："公子不必灰心，今年不中，来年再考就是了。以公子这般饱读诗书的才子，来年必能高中！"

姑娘清脆悦耳的声音像清风拂过耳畔，她温柔体贴的话语就像刚才崔护所饮的山间井水一样，清凉润泽，缓缓流进他的心房，困扰多日的忧愁苦闷顷刻间烟消云淡。对啊，自己还这么年轻，跌倒之后再爬起来就是，今年不中，明年再考，只要功夫真，铁杵磨成针，有什么理由自暴自弃呢？

心念及此，崔护抬头对姑娘说："多谢姑娘赠言，我一定好好用功，来年再考，力争高中。"姑娘听了，脸上绽开喜悦的微笑，真像开在春风中的桃花。那一刻，春风如醉，时光静好，空气中仿佛有什么东西悄悄侵入心间，就像含露花蕊中的那份清甜。如果，时间能停留在那一刻多好，我和你，就这样站成永恒，相顾无言，但一切尽在不言中。

不知道过了多久，姑娘轻轻说道："来年公子若能高中，请一定前来相告。"崔护这才发觉天色渐晚，天边一抹晚霞，映得桃花越发灿烂，迷离恍惚如梦境。崔护努力使自己镇定下来，礼貌地辞别姑娘，快步下山。走了好久，崔护回首，暮色中，姑娘的身影，还倚在柴扉上，像一朵轻柔的桃色云霓。

一年光阴倏忽而过，不必说备考的辛苦，不必说等待的漫长，所有的一切，因为春天盛放的桃花，而有了不同的模样。每每疲累的时候，每每坚持不下去想放弃时，一想到长安城南的桃花，一想到姑娘的眼睛，崔护便像获得了崭新的力量，他知道，自己不能辜负父母亲人的期待，也不能辜负她的鼓励。她在那里等着他的喜讯，他怎么忍心让她等太久？

备考、赶考、考试、放榜……终于等到了结果，不知道是借姑娘吉言，还是命运之神的眷顾，崔护考中了！那一刻，他的欣喜无法抑制，不仅是因为这圆了自己的立业之梦，还因为这关系着一个桃花似的梦境。

得知喜讯之后，崔护急急赶往长安城南，山野的春天像去年一样迷人，可是他无心欣赏，他急切地想要见到她，告诉她这一切。他急急地走着，不顾山路崎岖，不管春色撩人，他只想早一些看到那片桃林，那座茅舍，那位桃花似的姑娘。

终于，他风尘仆仆、气喘吁吁站在了柴扉前。他的心跳得厉害，一年了，她还好吗？她长成了什么样子？要是知道他考中，她会有怎样的喜悦？她的家人知道他们见过面吗？来不及多想，他迫不及待地叩响了门。可是许久许久，都无人应声。他一遍一遍地敲门，直到暮色四合，柴门始终紧闭，周围一片寂静，没有一点人的踪迹。难道她真是降下尘凡的桃花仙子，告别人间回到了仙界？难道从此再也不能相见，去年桃树下的种种美好，只能永远在追忆中重温？

环顾四周，桃花开得一片烂漫，如云似霞，像她明媚的笑靥。想想去年，桃花掩映中，她面似桃花、柔情似水，而今，她在哪里？只有朵朵桃花不知忧愁，在春风中笑得绚烂。无限感慨中，崔护文思泉涌，出口成诗，这便是“人面桃花”的来处。许是天定姻缘，情思萦绕，心念百转千回，灵光一闪间，崔护拿出随身携带的笔墨，将方才做成的诗题写在门扉上，然后才怀着怅然与恋恋不舍的心情，慢慢走下山来。

回到长安城后，崔护心里一直无法平静。姑娘的娇颜巧笑始终在他心中挥之不去，令他终日梦萦魂牵，寝食难安。她是不是暂时外出？她是否也对他有意？她是否也在等待，等待桃花树下的重逢？在经历了不知多少个辗转反侧的不眠之夜后，相思终于促使崔护鼓起勇气，再次踏上那条熟悉的山路，向那片桃林行去。

穿过灿如云霓的桃花林，来到茅舍前。他希望她会像第一次相见一样，轻轻打开柴门，露出她桃花似的脸庞，美目流盼，低眉浅笑，温言细语，共话离愁。可是，柴门前空空如也，轻叩柴扉，有人应声，开门的是一位老者，面容似有悲戚，自称是姑娘的父亲。崔护说明来意，老人引他进入屋内，然后，他知道了一件事，仿若平地起惊雷，晴空响霹雳，他被这个消息震得差点跌倒在地，很久很久，他都以为这是梦，他多希望这只是个梦，梦再残酷，也有醒来的时候。

然而，他清醒地知道，这是真真实实的，老人明明白白地告诉他：那天崔护来访时，姑娘和父亲正好外出，家中无人。待归来时，看到门上的题诗，姑娘一下子羞红了脸。原来她也早就倾心于他，这位风神俊朗、温厚贤良的才子，正是自己梦寐以求的意中人模样。明了崔护的心意，她痛悔错失见面良机，一时郁闷不已，再加上日日思君，相思成疾，竟至一病不起，香消玉殒。

他终于看到了她。她双眼紧闭，静静地躺着，仿佛沉浸在美梦之中，浓密的睫毛长长地垂覆在眼睛上。她的脸有些苍白憔悴，颊上还残存着些许桃色的红晕，一如窗外的花。她樱唇微启，仿佛有千言万语要向他倾吐，可是他却再也听不到她的声音、看不到她对他顾盼有情的笑容了！

巨大的心痛向他袭来，突然间，他产生了一种前所未有的勇气，顾不得什么礼教规条，他一把抱起她，一边大声哭泣，一边摇晃着她，他多希望她只是睡着了，他多希望她能睁开美丽的眼睛，从沉睡中醒来，看他一眼。

他哭着哭着，哭得天昏地暗，哭得筋疲力尽，他忘记了一旁姑娘的父亲，

忘记了周围的一切，他心里只有她，只有失去她的痛，满满地在心里堆积。突然，他听到她咳了一声，一口浓痰从她口中喷出，她竟真的睁开了眼睛，冲他微笑！原来，她只是被那口浓痰噎住没了呼吸，此时在他的摇晃下，她口中的浓痰被震出，人自然也就清醒了。

他拥着她，喜极而泣，她也含着泪微笑，他们的泪水交织在一起，汇成一条幸福的小溪，淙淙而流。这何尝不是爱情的力量？她也许是在走到奈何桥前，听到了他的呼唤，才转回阳间，与他续一世情缘。

爱，可以令人生而死，死而生。爱是世间最强最美的光，可以穿透生死、穿越今古。爱是人类唯一的救赎，因为有了爱情，人世间的一切非难，才变得可以忍受，人生才不至于索然无味、平淡苍白。爱情，是人类生生不息的源泉，也是人生在世心底蕴藏的温情诗意。

千年之后，年年春日，长安城南的桃花依旧开得烂漫如诗，桃花树下的爱情，唐诗里的爱情，至今为人们津津乐道。桃花一绽，流韵千年。爱情一瞬，生命永恒。诗与爱情，像年年绽放的桃花，在岁月风云中，在流年蹉跎里，悬挂在世人心灵的枝头，惊艳了眼眸，润泽了灵魂，任世事变迁，永不凋零。

薛涛：欲问相思处，花开花落时

唐朝，浣花溪畔，一位美丽的女子临水而居，她的名字叫薛涛。

唐朝是诗的国度，薛涛的命运也和诗紧密联结。诗就是她生命中的白雪，带来惊艳，也带来寒凉。

唐建中四年（公元783年），十三岁的薛涛随父亲薛郧宦游成都，那时的她，还不知道这片土地对于自己的意义。十四岁时，父亲病逝，薛涛与母亲裴氏相依为命，柔弱的母女像两片漂萍，不知道未来的生活会变成怎样。

然而，天无绝人之路，薛涛虽然年少，却有着出众的美貌和惊人的才华。她精诗文、通音律，是少有的全才女子。这为她的命运带来了转机，解了生活的燃眉之急。

作为冰雪聪明、兰心慧质的女儿家，薛涛早在七八岁时便展露惊人诗才。一日，薛涛与父亲对坐梧桐树下，父亲触景生情，望着梧桐树吟道："庭除一古桐，耸干入云中。"小女孩脱口对出下两句："枝迎南北鸟，叶送往来风。"父亲大喜，却又隐隐忧虑。

果然，一诗成谶，随着父亲去世，家道中落，薛涛被时任剑南节度使的韦皋看中，随即应召入其幕府，成为一名官妓。可以说韦皋是薛涛生命中的第一个贵人。因为他慧眼识珠，他欣赏她，不仅仅是因为她的美貌，更是因为她的才华。他不仅让她侍宴赋诗，还委派她做一些官府中的文字工作，相当于女秘书。他还曾打算上报朝廷举荐薛涛担任校书郎一职，结果遭到很多思想封建同僚的反对，于是不了了之。

她对他的感情，如父如兄，毕竟她只有十五岁，而韦皋已经四十多岁。她

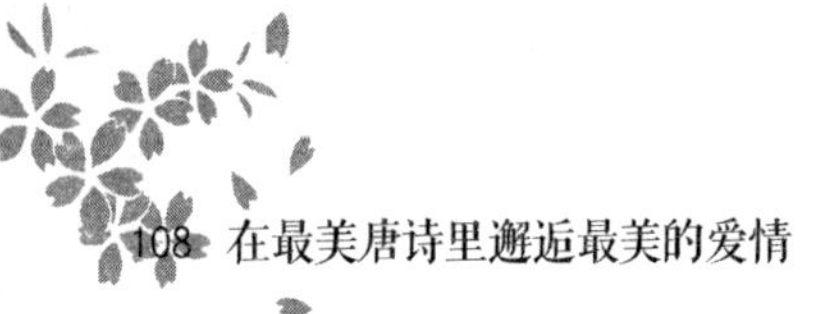

感激他的知遇之恩，但因为他是她的长官，她只是身份卑微的艺伎，因而他们之间不可能产生平等的爱情。

早在韦皋上任之初，一次宴会上，薛涛即兴创作一首《谒巫山庙》诗，艺惊四座。因为在唐朝，全民热爱诗歌，薛涛虽然只是艺伎，但她才华出众，盛名远播，许多文人墨客仍以与她结交为荣，渴慕者自然不在少数，这其中也包括大才子元稹。

在与元稹相遇之前，薛涛有过一次惨痛的经历。毕竟年少轻狂，薛涛被众人追捧得有些飘飘然，对有些人为了求见而送来的钱物，她竟然自作主张照单全收，这下惹恼了韦皋，将她发配到松州做营妓。

在被贬之地的寒天苦水中，薛涛一口气写下十首诗给韦皋，这就是著名的《十离诗》。韦皋很感动，将薛涛召回成都，并且帮她脱了乐伎身份。后来，韦皋去世，但继任的剑南节度使李德裕同样非常欣赏和敬重薛涛。说来也是诗带来的幸运，在薛涛的生命里，先后十一位任职剑南节度使的官员都对她极为青睐，这使得她的生活并不像一般的风尘女子那样动荡，而是有着相对的安稳和自由。

韦皋死后四年，元稹进入薛涛的生命中。此时的薛涛虽然未老，却已历尽沧桑，她安静下来，隐居在浣花溪畔，过自己的小日子。她并不知道，一场甜蜜的浩劫正向她袭来。有些情，是逃不掉的劫，注定相遇的，便总有机缘在暗中做推手。

唐元和四年（809年）春天，三十一岁的监察御史元稹奉朝来蜀地。在两人都认识的严绶的撮合下，薛涛答应与元稹见面。当时在她的心里，这不过是一场平平常常的交际应酬，就像之前她遭遇过的许多次一样，与热爱她的人见面、作诗、论诗、弹琴、唱歌，然后就分开，淡忘。这样的生活，在以前是她的工作，她只是抱着完成任务的心情前去赴约，心里并没有太多的期待。而元稹却不同，他久闻薛涛才名，正苦于无缘相见，此时恰逢良机，不禁心中暗喜，男人永远对有着美貌而又有才华的女人有着浓厚的兴趣。

彼时，正是三四月间，唐朝的春天和任何一个时代的春天一样美好。天空蓝如亮瓦，流云飞白，浣花溪流淌着诗的韵律，到处花开似海，空气里充满甜香，蜂飞蝶舞间，世间的生命都在蠢蠢欲动。

两人就这样相见了。虽然薛涛比元稹整整大了十一岁，但她天生丽质，又有诗书滋养，再加上恰到好处的妆容，立于元稹面前的人儿，依然风致楚楚，相比年轻女孩儿，更有一种动人心魄的魅力。更何况薛涛久入社会历练，举手投足、谈吐应对自然从容成熟，元稹的一颗心为她怦然而动。

起初，薛涛是带着职业性的礼貌和心情来与元稹酬唱的。可是几番交谈之后，她发现眼前的这个男人，竟然有很多时候能够洞穿自己的心灵，自己心中想说的话从他口中说出，薛涛突然感到一种前所未有的震撼与激情。金风玉露一相逢，便胜却人间无数。两个热情如火、才貌相当的人儿，就这样一头跌进了温柔的深渊。虽身为乐伎，但薛涛的身心仍然冰清玉洁，她像一只扑火的飞蛾，将自己全部都交了出去。

缠绵过后，幸福笼罩在心头，会永远这样岁月静好吧？难以抑制心中的欢悦，薛涛提笔写下《池上双鸟》：

双栖绿池上，朝暮共飞还。

更忆将雏日，同心莲叶间。

碧波微漾的池水上，一对鸟儿双双栖落，不论清晨还是黄昏，都同飞共还。最使人难忘的，应该是幼鸟出生后，它们还能在莲叶间仍然如初恋般卿卿我我吧？

此时的薛涛，蜕去才女的外衣，她是一个柔情万种的小女人，渴望与自己心仪的人，守着小小的家，共一世细水长流的幸福。女人是爱情至上的忠实信

者，遇到一个懂得的人，世界便小到只有他和自己。元稹那时也是动了真心的吧？不然他不会写下这样的诗句：

诗篇调态人皆有，细腻风光我独知。

月下咏花怜暗澹，雨期题柳为欹垂。

世间情事，开篇各有其独特韵致和精彩，而结局却总是百转千回，令人难以猜透，一万个故事有一万个结束的姿态。蜜一样的日子，倏忽而过，很快，分别便像利刃，生生插进人的心脏。元稹要走了，要去继续他的奔波，做他的官，未来如何，不敢问，不敢说，只怕一开口，便惊醒了这一湾轻浅的春梦。离别之际，薛涛写了《赠远》二首：

芙蓉新落蜀山秋，锦字开缄到是愁。

闺阁不知戎马事，月高还上望夫楼。

扰弱新蒲叶又齐，春深花落塞前溪。

知君未转秦关骑，月照千门掩袖啼。

俨然是以新婚妻子的口吻，对远行的丈夫诉说浩荡离愁。

元稹带走了春天，也带走了一个人的心。幽居浣花溪畔，离世索居，薛涛能做的，只有无尽的等待。时间仿佛无涯的荒野，让人四顾茫然，顿觉生命了无意趣。她的爱与哀愁，无处诉说的蚀骨思念，只说于诗笺。

《春望词其一》：

花开不同赏，花落不同悲。

欲问相思处，花开花落时。

《春望词其二》：

搅草结同心，将以遗知音。

春愁正断绝，春鸟复哀吟。

《春望词其三》：

风花日将老，佳期犹渺渺。

不结同心人，空结同心草。

《春望词其四》：

那堪花满枝，翻作两相思。

玉箸垂朝镜，春风知不知。

起初，只是睹花思人，期盼重续前缘，随着岁月的流逝，心上人音信渐渺，这种相思日渐深浓，失望加重了悲苦，花草春风，朱颜对镜空自怜，离情之苦重重封锁着一颗不老的诗心。

情至深处，天空的云、溪畔的柳、院中的花，似乎都成了元稹的样子，她就对着它们诉说衷情。寂寂长夜，庭中牡丹开得一派嫣然，可是一同看花的人又在哪里？

去春零落暮春时，泪湿红笺怨别离。

常恐便同巫峡散，因何重有武陵期。

传情每问馨香得，不语还应彼此知。

只欲栏边安枕席，夜深同花说相思。

——《牡丹》

她拼尽全力去爱的人，除了在离开后为她写过一首诗外，便宛若一场琉璃梦般杳然了。除了在相思中无望地等待，除了以诗来排解，她真的不知道还能做什么。

有些人，错过了便不必再等，痴心的女子便只有将自己沉溺其中，一执念，便是一生。这边厢，她痴痴等。那边厢，男子已然移情。元稹别过薛涛之后，除了回到长安托人带给薛涛一首诗外，已经慢慢地淡出这场爱情的局。

苦等十几载，等来的，却是元稹和另一名才女刘采春的绯闻。再等，元稹再娶，新娘不是薛涛。或许我们不必太苛责，毕竟年龄、身份的差距悬殊，元稹娶薛涛，需要很大的勇气，但他对她的爱，还不足以支撑直这股力量。但是她对他的爱，却支撑起了她长长的余生岁月。

二月杨花轻复微，春风摇荡惹人衣。
他家本是无情物，一任南飞又北飞。

——《柳絮》

薛涛终于明白，元稹的爱就像柳絮般飘飞不定，自己，该放手了。除了诗才、情怀和容貌，薛涛这时显示出了她另一个过人之处——强大的内心。失去了爱情，女人仍然要活得漂亮。她孤身一人，却并不心如死灰，她仍然写诗，笃定地过每一个清晨和黄昏。因为历尽世事沧桑，她已然明了，女人再怎么视爱如命，都敌不过男人的薄情。女人将爱情当作温暖灵魂的命衣，而男人不过认为爱情是织锦上的一朵花，有更好，没有也不致太过痛苦，更何况天涯何处无芳草，丢了这一朵，还有其他。

痛定思痛之后，薛涛看清了人性，放过了爱情，也放过了自己，她与生命握手言欢。

认真对待生命的人，会收到意外的馈赠。薛涛为爱情写下无数诗句。飘落心事化香泥，那些美丽的诗句，也要有美丽的纸来配，才能印证那一腔爱过的深情。很难说不是爱的驱使，让薛涛发明了浣花诗笺。那是一种深红色的小彩笺，以浣花溪的水，加入芙蓉树皮和芙蓉花汁为原料制成，题诗在上，诗与笺相互映衬，独具韵味。这种独特的设计既美观又节省纸张，所以“薛涛笺”一经问世，便在社会上迅速风行，成了畅销文创产品。这让已经实现身心自由的薛涛，也实现了财务自由。

我们不必认为薛涛晚景凄凉，谁说女人不能在一个人的世界里像花一样独自美丽、独自优雅地活着？她活到了六十五岁，在唐代可以说是长寿，这是一个自足圆满的结局。其他三位与薛涛齐名的女诗人，结局都令人叹息：李季兰风流成性，且身陷党争，被唐德宗下令乱棒扑杀，鱼玄机因妒杀女婢被处死，刘采春被元稹抛弃后，据说投河自尽……

相比之下，薛涛是活得最漂亮的一个。她离开的时候，嘴角一定含着微笑，而她没说出口的话，应该是这样的：比起爱情，女人生命中最重要的，是自我成长、自我实现、自我圆满。如果没有人陪你颠沛流离，那你就成为自己的太阳，如花似玉的，活给自己看。

元稹：唯将终夜长开眼，报答平生未展眉

曾经沧海难为水，除却巫山不是云。

取次花丛懒回顾，半缘修道半缘君。

“见过沧海之水和巫山之云，便觉别处的水云都不值一看。而我如今置身万花丛中，却懒于回首一顾，这一半是因为修道，一半是因为你。你是这世上唯一的美，唯一使我心动的理由。”

写这首诗的，是唐代诗人元稹。他的情诗写得深致婉转、缱绻凄美，字字句句都像美丽的令箭，无比准确地洞穿了相爱人的心灵，被奉为情诗中的典范，世代传扬。这位才情横溢的诗人，因为多情，历来被人所诟病。然而，爱情是世间最说不清、道不明的，多情却似总无情，薄情的背后，也许正暗含着痴情，又岂是简简单单一句话能下得了定论的？

元稹的爱情经历确实足够丰富：据说与崔莺莺情投意合，如胶似漆，恋爱失败后写下《莺莺传》；后来与一代才女薛涛以诗遇合，惺惺相惜，结果无疾而终；再后来，与才情歌女刘采春一见倾心，缠绵热烈，最后仍是天各一方。

诗人表达爱情最有力的武器，便是诗。每遇到一段爱情，元稹都会写诗。“气清兰蕊馥，肤润玉肌丰”是他写给崔莺莺的诗，他爱的，是她的青春美貌。“言语巧偷鹦鹉舌，文章分得凤凰毛”是他写给薛涛的诗，他倾慕的，是她的才情。“更有恼人肠断处，选词能唱望夫歌”是他写给刘采春的诗，他钟情的，是她宛如天籁的歌喉。这些诗句，无一不是极尽溢美之词，字句纤秾，贲张着如火的激情。唯独写给妻子韦丛的诗，是另一番模样。

谢公最小偏怜女，自嫁黔娄百事乖。

顾我无衣搜荩箧，泥他沽酒拔金钗。

野蔬充膳甘长藿，落叶添薪仰古槐。

今日俸钱过十万，与君营奠复营斋。

——《遗悲怀三首·其一》

这是韦丛病逝后，元稹以极悲痛的心情怀念爱妻时，从心底汩汩流出的最真切的情话。他对着已天人永隔的她，娓娓诉说他们爱的过往，用最平常的字眼，蕴蓄了比海更深的情感：

遇见他之前，她是当朝太子太保韦夏卿的千金，如同东晋宰相谢安偏爱侄女谢道韫一样，韦夏卿最爱的是这个容貌美丽、才情出众、性情温良的小女儿。她从小锦衣玉食，过着无忧无虑的日子。对于女子来说，婚姻是生命的一个转折点。情窦初开之时，命运的机缘让元稹出现，从此一切开始不同。

那时的元稹是风神俊朗、血气方刚的青年才俊，正在京城为理想孜孜以求。韦夏卿从人群中发现了他，欣赏他、喜欢他，做父亲的，便动了心思，想要把自己最爱的女儿托付给他。她亦是爱慕他的，才貌双全的男子，哪个女子不倾心？于是，顺理成章，她做了他的新娘，然而正如他所说“自嫁黔娄百事乖”，娇小姐嫁给清贫文人之后，从此百事不顺。

说百事不顺，是他的感觉，是他对她心存内疚的愧欠。在她，却是毫无怨言，对清贫生活安之若素。她是那样一种女子，能享受繁华，也能安于平淡。

他是男人，总要出去应酬，为了能让他穿得体面，她翻箱倒柜，没有合意的，便彻衣不眠为他缝制衣衫。他好酒，男人有时候像小孩子一样，酒瘾发作，他便缠着她，软磨硬泡，要她去买酒。她哪里有钱呢？但她又不愿委屈了他，便拔下头上的金钗，拿到金银首饰店铺去变卖，再把酒给他买回来。

那样的日子真是不堪回首，他们的生活实在是太穷了，常常没米下锅，她

就把田间地头的豆叶、野菜捡回来，洗净、煮熟，拿来充饥。那样难以下咽的东西，从小娇生惯养的她却吃得很香甜。没有柴烧，她就去树林里扒古槐的落叶。她这样含辛茹苦、勤劳俭朴，哪里像是高官家里出来的娇小姐啊！这使得他心里又感动，又惭愧。他在心里暗想，一定要努力，一定要让她过上好日子。

她就这样陪伴着他，不离不弃，安静又温厚。常常是，他在外奔波，她独自在家照看孩子，操持家务，生活的艰辛和岁月的风霜过早地侵蚀了她的身心，七年之后，他终于事业有了转机，薪俸多了起来，可以给她衣食无忧的生活了，可是，命运如此残酷，她被病魔之手掳走，从此一去不回。

她离开的时候，他还在外地办案，最后一面竟也没能见到。他写了祭文，托人在她灵前代读，是他对她的依依惜别。她下葬之日，他在远方怀着一颗破碎的心，为她写下悼亡诗，这就是著名的《遣悲怀三首》，感动古今，令天地为之泪落。

他泪眼望天，在心中对着她喃喃："这是我们无数次共同展望过的未来，现在终于实现了，我升官了，月薪已超过十万，可以和你一起享受荣华富贵了。可是老天爷不长眼，竟然让你匆匆地离开了人世，永远地离开了我，离开了你最亲爱的丈夫，这怎能不使我伤心欲绝！为了安慰你的在天之灵，我只能是常请高僧来为你超度，多多地献上丰厚的祭品，以表达我对你的无限思念、一片深情！"

少了那个能将心填满的人，他在她留下的空白里，细细地回想，不厌其烦地诉说，他的痛，他的悔，他的歉疚，他的怀念和爱恋。

昔日戏言身后意，今朝都到眼前来。

衣裳已施行看尽，针线犹存未忍开。

尚想旧情怜婢仆，也曾因梦送钱财。

诚知此恨人人有，贫贱夫妻百事哀。

——《遣悲怀三首·其二》

曾经，他和她在一起开玩笑，说到如何安排身后之事，那只是戏言，谁知如今竟真的一一应验在眼前。她穿过的衣裳，他送了人，剩下几件留着做永久的纪念。她为他缝缝补补所用过的针线盒，他一直像宝贝似的珍藏，却从不忍心打开——睹物思人啊，他怎能承受没有她的日子！

因为想念她，他对曾经侍奉过她的婢仆，也格外地怜惜。想起她跟着他过的那些苦日子，那样为钱所苦，他就常常做送钱的梦，在梦中给她送去许多许多的钱财。生离死别，人人都会伤心，但只有他的伤心最甚，因为他们是共过患难的爱侣，经历过贫贱夫妻所有应该面对的艰难的事，这样一起吃苦的幸福，如今想起来，令人肝肠寸断！

悲怀如何能遣？伤痛如何能愈？只有诉诸诗，因为文字是生命的出口，是心灵的良药，他在无以言喻的伤痛里，一首接一首为她写诗，字字泣血，句句盈泪。

闲坐悲君亦自悲，百年都是几多时。

邓攸无子寻知命，潘岳悼亡犹费词。

同穴窅冥何所望，他生缘会更难期。

唯将终夜常开眼，报答平生未展眉。

——《遣悲怀三首·其三》

闲来独坐，他便抑制不住地拼命想她。他为她悲伤，也为自己悲伤。愁肠百结，思绪纷乱如麻，他总在无法控制地悲叹：“你跟着我受了那么多苦，现在日子好了，你却不在了，这怎能不使我感到万分的凄凉和悲哀！虽说人终有

一死，但你的生命却太过短暂，这让我如何接受得了！”她死时，只有二十七岁，正值人生最好年华。

他想到古人，西晋时的邓攸，在战乱中为了保住侄子的性命，牺牲了唯一的儿子。还有潘岳，爱妻逝去，写下哀情切切的《悼亡诗》。他觉得自己与他们的悲伤，相通相连。可是再悲伤又有何用？逝去的人永远不会知道这一切，人生有命，无法强求，也许命运注定要他承受这样的痛苦和孤独，又能如何呢？

他想起和她的约定，要同死同葬，如今这个愿望落了空，那么寄希望于来世结缘，再做一世夫妻吗？那样的希望，又何其渺茫！他所能做的，只有夜不能寐，终夜睁着双眼苦苦地把她思念，以此来报答她生前跟着她所受的苦，弥补她常常愁眉不展的遗憾。

现在读来，这样的诗句穿透岁月的烟云，仍然感人肺腑，与写给其他恋爱对象的诗不同，元稹在写给韦丛的悼亡诗中，用字纯朴浅近，写的都是夫妻生活中极其细碎的日常小事，但其中蕴含的深情，却如长天，如碧海，写出了诗人的至爱、至悲、至性、至情，成为历代悼亡诗中的千古绝唱。

这样的诗句背后，是元稹对妻子的挚爱深情。作为一个情感丰富的诗人，他没有在失去爱妻后心如死灰，他的风流多情，也许只是人性的另一个侧面，是人自然情感的真实流露，况且在那样的时代，男人的爱可以不系于一处，这是社会的公允，我们无法据此认为元稹滥情。他把他最真、最深的爱情，献给了与他共度烟火人生、一起吃过苦的妻子，这难道不是专情的另一种诠释吗？

武则天：看朱成碧思纷纷，憔悴支离为忆君

武则天留给人们的印象，大多是一个处于权力巅峰的霸气女人，有着男人一样的谋略、胸襟和气度，少了女人的阴柔，多了男人的阳刚，多少年来，人们解读她，是把她置身于和男人一样的天平上。然而，武则天毕竟也是人，且是一个女人，她也有温婉的一面，有柔软的内心世界，有对浪漫爱情的渴望和需要。

古代大凡出类拔萃的女子，都要被选入宫里。进宫后的日子，或者远远地侍奉，或者近在咫尺地陪伴，总是为帝王服务。入宫时青春正好，此后，长长的一生便耽溺在深宫高墙之内，直到苍颜白发，香消玉殒。自由与梦想、爱情与婚姻，于她们来说，是奢望。最是繁华之地，也是最最悲凉的所在。

在这样的环境下，有些才智卓绝、具有野心的女子，会在政治的漩涡、后宫的争斗中拼尽全力，在博弈中获胜，成为皇帝的妃嫔，也算是人生的赢家。武则天便是其中之一。贞观十六年，武则天——当时的武媚娘因才貌出众，被直接召入宫内，成为李世民的才人。入宫仅一两个月，她便受到李世民的频频宠幸，不能不说，这位女子的身上，自有别具的魅力。

其时，武媚娘正当妙龄，而李世民则已进入暮年，且身体每况愈下。有臣下进言，说大唐日后会为一武姓女子所毁。李世民由此对武媚娘冷落下来，这使得武媚娘失去了为李世民孕育龙种的机会。按唐朝的法律规定，凡是被皇帝宠幸过的女人，如果没有生育子女，在所侍奉的皇帝过世后，便会被送到寺院了却残生。

命运给武媚娘安排了转机。虽说不再受宠，但她仍然随身服侍李世民，这

就有了与李治相遇的机缘。李治是唐太宗与长孙皇后的第三子，其时长孙皇后已逝，对母亲感情深厚的李治，便每天来太宗身边陪侍。

李治体弱多病，宅心仁厚，性情温和，对权力地位毫无兴趣。自他看见武媚娘的第一眼起，便似有一股神奇的力量，吸引着他的目光不时投向于她。也难怪，年貌相当的青年男女，日日相见，本就容易暗生情愫，更何况碍于太宗，两人无法直接交流，反倒是这种不能言说的含蓄与默契，助长了被暂时压抑的情感萌芽，在暗中葳蕤。

有时候，两人的目光偶然相遇，武媚娘的目光是热烈无畏的，而李治则显得有些羞涩和慌乱。从李治游移的目光中，武媚娘看出了他对她的迷恋和陶醉。日日相伴，虽脉脉不得一言，却早已两心相属，两情相悦。迫于情势，这样婉转的暗恋，相较露骨直白的爱情，更有一种缠绵悱恻的动人力量。

两人就这样在太宗的身边，眉目传情，在心里偷偷地享受着甜蜜。那时候，未来于他们，渺茫如雾中花、云中月。她是身不由己的宫人，命运流转无力如飘蓬，她的来去只看皇上的一句话。他是一个普通的皇子，号称晋王，没有权力，没有野心，常常将自己置身皇位争斗的事外。他也曾留心打听，得知她是父亲失宠的才人，身份的隔绝，让他只有暗叹无奈，唯一能做的，只是常来宫口，只要能常常见到她，便心满意足了。

有人说，当初的武媚娘对李治没有爱情，是纯粹的勾引，是为了实现她的权力野心。其实，当时的李治并不是太子，也没有多少迹象表明他会一定成为太子，武媚娘再有心机，也毕竟是一个正常的女子，也有人的七情六欲，也有对爱情的憧憬和想象。她和李治之间的相互吸引，是发自内心，情动于衷，不然，后来她不会为他写出那样深情款款的诗句。

或许，连同这份爱情一起，她是藏有私心的，那是任何一个身处宫廷的女子最现实的考量：皇帝年事已高，也许不久命赴黄泉，作为没有子嗣的妃嫔，日后的最终结局就是进入寺院，与青灯古佛为伴，孤独终老。她需要为自己找一个依靠，像洪流中抓住最后一棵救命稻草，命运这时候让她遇到了李治。

大概上天注定武媚娘的一生不可能平淡无奇，她的身上总能发生传奇。贞观十七年，太子李承乾因涉嫌谋反被废，长孙无忌向太宗提议立李治为太子。原本太宗并不看好文弱的李治，有意立魏王李泰为太子。但经过长孙无忌的劝说，再加上对李泰一些行为举止的不满，李世民最终决定立李治为太子。

“无心插柳柳成荫”，李治在这场政治斗争中不战而胜，有多少皇子的命运便是如此，做梦都想当皇帝的，拼了命也破了梦。无意于皇位的，却偏偏被硬生生安插在宝座上。李治被立为太子的当夜，李世民在甘露殿举行家宴，武媚娘侍酒。

席间，李治起身如厕，武媚娘紧随其后，四顾无人，便柔声说：“殿下，恭喜你成为当朝太子！”李治闻言转身，听着那娇媚的声音，看着那如花的俏颜，一时不能自持，他不由一把拥她入怀，忘情亲吻。片刻，武媚娘轻轻推开李治，在他耳边轻声细语：“殿下，来日方长，请尽快回席，不要叫人生疑。”说罢，轻抬纤手，用手绢轻轻擦拭李治颊上唇印，那短暂的温柔，长长久久地留在年轻太子的心中。

自此，两人的感情更深一层。于李治来说，他越来越痴迷于武媚娘的美，而武媚娘则冷静得多，她告诉他，要等待，要忍耐，相信会有花好月圆的那一天。贞观二十三年，太宗病重，呼吸困难，汤药不进，命在旦夕。李治与武媚娘每日随侍陪伴，终于在一个无人打扰的时刻，有了肌肤之亲。

云雨过后，武媚娘以充满幽怨的眼神看着李治问：“殿下会忘了我吗？”任何一个男人在这样的眼神下，恐怕都难以有招架之力。更何况此时的李治正初尝爱之甜蜜和销魂，情至深处，他毫不犹豫地说：“我会爱你一生，绝不反悔！”“此言当真？那你以太宗的名义发誓！”李治当真发了誓，武媚娘心里的一颗石头落了地。

当年五月二十六日，唐太宗驾崩。六月一日，李治即位，是为唐高宗。太

宗死后，武媚娘和众多宫人一起，被送往长安感业寺。寺中的日子寂寞清苦，然而武媚娘心中始终怀着一线希望，盼着有朝一日，高宗会忆起旧日情意，接她回宫。

正是在寺中那些被绝望和希望折磨的日子里，武媚娘怀着对李治的深切思念，写下了她最有名的一首情诗《如意娘》：“看朱成碧思纷纷，憔悴支离为忆君。不信比来长下泪，开箱验取石榴裙。”“对你的思念纷纷扰扰，以致使我神思恍惚，竟将红色看成了绿色。对你的思念，使我容颜憔悴不堪，使我的心支离破碎。你不相信我会因为思念你而泪水长流吗？那就请开箱看看我石榴裙上的斑斑泪痕吧。”

也许正是因为这首诗被李治读到，他忆起了旧情，想起感业寺内，还有人等待他实现诺言。永徽二年，后宫纷争，王皇后和萧淑妃为立太子之事痴缠不休。高宗为此颇感烦乱，郁闷中，爱火重燃，他决心践行誓言，去会武媚娘。

到了五月二十六日，太宗逝世两周年纪念日，高宗以慰问先帝旧时宫人和察看先帝供奉为名，仅带十几位随从，微服前去感业寺。久别重逢，任何言语都显多余。屏退左右，两人紧紧相拥。武则天依偎在高宗怀里，动情地说：“如若陛下抛弃臣妾，我唯有一死，愿魂魄化为蝴蝶，追随陛下前后。”一番话说得凄婉伤感，不由高宗心软。“卿且忍耐，不久我即设法接你回宫。”皇上又一次承诺，离开前，他留下钱物，并叮嘱老尼好生照顾武媚娘。

李治没有食言，武则天在感业寺度过了四年之后，终于回宫，成为皇妃。他们的爱情终于修成了正果，可以长相厮守了。只是，他这个皇帝当得力不从心，而她身为女儿，内里却有一颗男儿心，才智、野心、计谋、机变，他需要她的帮助，而她也愿将生命蓄存的光华全数绽放，于是就有了权力的一步步倾斜，他逐渐微弱，她日益强大。终至，他成了她背后的男人，而她由武媚娘变成了武则天。

他和她的爱情，缘于彼此吸引、个性互补。他柔弱，她坚强；他温软，她凌厉；他一心只想逃离权力的纷争，而那恰恰是她所热衷的。他们的爱，裹挟在王朝的命运和政治的洪流中，不再如朝露般纯净，然而在骨子里，却仍是深挚。

唐弘道元年（公元683年），李治驾崩，终年五十五岁。她将他葬于乾陵。此后，她一步步走向权力巅峰，成为中国古代唯一的女皇，建立了自己强大的帝国，她像一个无畏的战士，在世间突围厮杀，只为将自己生命的热力毫无保留地倾泻，活成一个极致的传奇。她本就是那样的一个奇女子，复杂、立体、矛盾重重，然而拨开层层迷雾，在她的内心深处，爱情的纯美，依然如澄澈山泉，潺潺在心间流淌。八十二岁，她自知不久于人世，留下遗言，要后人将她和他合葬。至此，她褪下种种华丽外衣，重新变为当年那个温婉、感性、会写情诗的小女人，永远地与最爱的他相伴碧落黄泉。

上官婉儿：书中无别意，唯怅久离居

“叶下洞庭初，思君万里馀。露浓香被冷，月落锦屏虚。欲奏江南曲，贪封蓟北书。书中无别意，唯怅久离居。”这是上官婉儿所写的诗——《彩书怨》。从中我们可以窥见一代女中翘楚，凭借过人的美丽和才情，在周旋于政治权力中心之余，内心情感的秘境。

相聚太短，离别太长。秋天又起，落叶悠悠，飘于洞庭碧波之上，而我想念的人儿，却在万里之遥。相思比秋夜更长，秋露浓重，香衾寒凉，只有清冷月光空照锦屏。真想弹奏一曲江南的采莲曲，把它封在信中，寄给远在蓟北的人。信中没有写别的，只是写了长久以来的相思与惆怅。

女人如花，爱情如露，每一个女人，都渴望爱情的滋养，即使如武则天、上官婉儿这样欲与男人平分秋色的女子，也不例外。上官婉儿的一生，如舟行浪尖，充满传奇也充满惊险，看似尊荣实则凄苦，寻常女子所拥有的细腻深远的爱情，终是与她无缘。

《彩书怨》究竟是上官婉儿写给谁的，不得而知。也许，那个人只是一个幻影，是上官婉儿心目中理想爱情的化身，是她爱而不得的安慰与悬想，诗中独守闺中思念远人的女子，也许正是内心最深处，上官婉儿最想成为的自己。

上官婉儿出身名门，她的祖父上官仪是初唐著名御用文人，常为皇帝起草诏书，开创了“绮错婉媚”的上官体诗风。麟德元年（公元664年），上官仪为高宗起草废除武后的诏书，被武则天处死。当时，上官婉儿刚刚出生，便随其母郑氏一同被流落至掖庭为奴。虽然生活一落千丈，但母亲并没有放松对上官婉儿的教育，从小她便熟读诗书，显露出过人的聪颖与天资。

武则天的过人之处，在于她有伟岸男儿一般博大的胸襟，听说上官婉儿的才名之盛，她竟不顾对方是仇人的后代，要召其进宫来试试这个小女子的才学，是否如传闻中所说的那样厉害。十四岁的少女，第一次见到威风凛凛的女皇，自己的祖父曾因她而丧命，但上官婉儿没有丝毫畏怯，这与武则天身上有些部分颇为相似，极其冷静、胆识过人。

女皇当场命题，令其作文。上官婉儿略加思索，须臾便成一篇妙文，辞藻清丽，文意畅达，武则天一见之后，大为欢喜，当即命令脱去上官婉儿的奴婢身份，让其掌管宫中诏命，相当于皇帝的女秘书。

也许是武则天太爱才，也许是两人身上有相似的气质，令女皇对这个小女孩一见就打心眼里喜欢，总之，上官婉儿从此平步青云，逐级接近了帝国中心，也从此开始了她动荡不安的生命旅程。

正是情窦初开的年纪，上官婉儿因为贴身陪侍武则天，常常和皇子们见面。年轻的太子李贤，举止端雅，令上官婉儿一见倾心。李贤也爱上了这个灵秀、美丽的小姑娘。初恋就这样在暗处芽苞初萌，只待岁月的雨露滋养，开出期待中的甜美花朵。

然而命运的风暴总是突如其来，不久之后，李贤被废，处死太子的诏书就出自上官婉儿之手。她握笔的纤手，一定是颤抖的。她的心也一定流着泪、滴着血，最初的爱恋，只来得及绽出一点嫩蕊，便被雨打风吹去。然而表面上，她不动声色，小小年纪，她便已懂得为生存隐忍。皇宫的天地，危机四伏，瞬息万变，不适合生长爱情。她从此更加清醒、更加理性，唯一的目标，便是要博得女皇的赏识，抓住这来之不易的翻身机会，活出自己的风采。

果然如上官婉儿所愿，武则天对她很信任、很欣赏，她在朝堂里如鱼得水，真正开始了“称量天下”的政治生涯。“称量天下”是一个有关上官婉儿出生的传奇故事，出自《新唐书》，据说上官婉儿将要出生时，其母郑氏梦见

一个满身金鳞的巨人送给她一杆大秤，说：“持此称量天下。”说完便消失不见。梦醒之后，郑氏请星象家解梦，星象家解释说此梦兆示郑氏会生一个才能出众的儿子，日后会把持朝政，必定大富大贵。传说毕竟只是传说，但上官婉儿具有男儿的心性却是千真万确，她也的确有足以“称量天下”的能力和气魄。

陪侍君侧，上官婉儿得以和皇帝身边的许多亲信接近，这其中就有武则天喜爱的侄儿武三思。武三思长相英俊，在朝中权势显赫，他对上官婉儿这样美貌又有心机的女子自然很欣赏。而上官婉儿，除了两性的吸引之外，她也极需要在朝中为自己找到更强大的靠山，爱情无疑可以作为政治权谋最好的黏合剂。就这样，上官婉儿与武三思走到了一起。他们暗通款曲，除了情爱上的甜蜜，也有事业上的默契与互助。他们的关系，更像是合作伙伴，彼此需要。纯粹的爱情，在那样的境遇下，已然邈远得宛如梦中的星辰。

随着时间的推移，武则天日益年迈，有意立武三思为太子，经狄仁杰劝谏，改立庐陵王李显为太子。后张柬之等人发动政变，迫使武则天退位，拥立李显登基，是为唐中宗。武则天失势，但武三思却安然无恙，这是因为他的儿子娶了中宗的女儿安乐公主。武三思为了进一步巩固自己的地位，便把上官婉儿引见给中宗。中宗自是欢喜，封婉儿为婕妤、昭容。

虽然上官婉儿并不爱中宗，但身为皇妃，她拥有了另一种幸福。中宗倚重她的文才，仍由她掌管宫中制诰文书。因为对文学的喜爱，上官婉儿向中宗提议设置昭文馆，广纳饱学之士，一时之间，吟诗作赋，酬唱品评，蔚然成风。每每赛诗会上，上官婉儿便代中宗、韦皇后作诗，文辞华美，格调不凡，这令皇帝皇后更加看重她。她爱书，曾藏书万卷，据说所藏之书均以香薰过，以至百年之后依然芳香扑鼻且无虫蛀。她喜欢伴花而读，最爱的是在夏日黄昏，在玉簪花的幽香中，细细品味书中的佳词妙句。如果没有染指政治，她会是一个纯粹的诗人，风雅安静，诗一样美好。

只可惜，她的生命注定不是风日静好。因为宠爱，中宗在上官婉儿所居的宫中常常设宴，与大臣们饮酒行乐。后上官婉儿在宫外另购宅第，得以与宫外人员交接往来，这为她的最后一段爱情提供了契机。崔湜就是在这个时候进入上官婉儿的生命中的。其时，上官婉儿已年逾不惑，且情感空虚。长相极为俊美的崔湜，颇有文才，且极懂女人心理，比上官婉儿小六岁的他，以其独具的魅力乘虚而入，让这个阅人无数的厉害女人很快堕入情网，且越陷越深，不能自拔。

崔湜与上官婉儿情事的开端，是诗词酬唱，这让上官婉儿以为真的遇到了心灵相通、情投意合的灵魂伴侣。没有圆满的爱情，是女人一生的憾事。正因为来得太迟，所以更要全力以赴地珍惜。上官婉儿正是有这样的心理，于是为了这段爱情付出了全部，而在崔湜温情脉脉的面纱后面，是自私功利的龌龊面目。他想尽一切办法讨上官婉儿欢心，只是为了官位。在仕途遭遇危机时，他又将他的温柔献给了权势日盛的太平公主，而上官婉儿竟然是他们中间的牵线之人。

中宗驾崩之后，韦皇后垂帘听政，朝廷局势更加复杂，太平公主与当时的临淄、日后的王李隆基联手，力图恢复李唐王朝。善于审时度势的上官婉儿，此时开始设法向太平公主靠拢，然而她并未得到信任。后李隆基与太平公主发动政变，杀死韦皇后和安乐公主等人，拥立李旦为帝。上官婉儿的八面玲珑此时失去了效用，李隆基毫不留情地置她于死地。

上官婉儿的一生，表面上看似骄傲、荣耀，光芒四射，然而内里却充满着动荡、纠结，悲凉凄清。在权力与爱欲的痴缠中，在光明和黑暗的交界处，她的灵魂离诗意的宁静越来越远。选择进入纷繁的名利场，也便远离了纯粹甘美的爱情。

内心深处，最动人的风景，还是最初的爱恋。据说李贤被废后流放巴州，寄身木门寺，写下“明允受谪庶巴州，身携大云梁潮洪，晒经古刹顺母意，堪

叹神龙云不逢”的诗句自怜。后上官婉儿来此寻访，得知李贤已被害，就在李贤晒过经的石头上修建了亭子，题诗于上：“米仓青青米仓碧，残阳如诉亦如泣。瓜藤绵瓞瓜潮落，不似从前在芳时。”那一段清浅的初恋，是上官婉儿生命中唯一的暖色和诗情，摇落繁华，只有至纯真爱可以慰藉生命。只可惜，红尘纷纷，情爱迷津，又有几人能心思澄明一路顺风顺水渡到彼岸？

白居易：天长地久有时尽，此恨绵绵无绝期

故事开始以前，最初的那些春天，每个人都是一股清澈的溪流，虽然免不了有小小的迷茫、孤单和感伤，但比起成长和爱所带来的痛楚、沉重，那段时光是少有的纯净、自由、轻快。

在遇见爱情之前，最初的溪流按自己的流向蜿蜒，直至有一天，与另一股溪流交汇，灵魂悸动，命运也从此改写。此后，两个生命融合，在这世间的运行轨迹也变了方向。前路未卜，也许流经的是一片坦途、绿茵铺岸、鲜花遍野，也许进入逼仄的峡谷，从悬崖峭壁跌落深渊，也许邂逅世间顶尖繁华、尽享人间至尊富贵，却刹那幻灭，如烟花在夜空消失。

杨家有女初长成，养在深闺人未识。

天生丽质难自弃，一朝选在君王侧。

回眸一笑百媚生，六宫粉黛无颜色。

春寒赐浴华清池，温泉水滑洗凝脂。

侍儿扶起娇无力，始是新承恩泽时。

云鬓花颜金步摇，芙蓉帐暖度春宵。

春宵苦短日高起，从此君王不早朝。

——白居易《长恨歌》

在遇见那个叫李隆基的君王之前，唐朝女子杨玉环的生命，就是那股清澈的最初溪流。杨玉环的父亲杨玄琰经商，因此家境颇为优渥。与三个姐姐一

样，杨玉环从小娇生惯养，出落得娇艳妩媚、姿容动人。后父亲客死他乡，姐姐们相继出嫁，只留杨玉环一人陪侍病母。到了该出阁的年纪，在堂兄杨国忠的帮助下，杨玉环成了寿王王妃。

杨国忠本名叫杨钊，天性机变、工于心计，年少时曾终日饮酒豪赌，荒淫无度，挥金如土，后结识了高力士等几个有权势的太监，从此凭借钻营之术，开启了在大唐朝廷的辉煌权臣生涯。“国忠”便是日后受到唐玄宗专宠时的御赐之名。

偶然一次机会，杨国忠听说皇上要给寿王选妃，寿王李瑁是唐玄宗的第十八子。如若玉环能嫁给寿王，自己日后在朝中也能多个靠山。心念及此，杨国忠便想方设法为杨玉环争取到了参选的机会。寿王喜欢歌舞，而杨玉环的舞跳得特别好，再加上她本人仪态雍容、美貌无比，最终成了那次选妃之争的最大胜利者。

开元二十三年（公元735年），不满十七岁的杨玉环嫁给了寿王，从此开始了生命中难得的华贵尊荣与悠闲安逸并举的王妃生活。身为王子与王妃，玄宗却严禁他们与外人私下交往，因此杨玉环和寿王除了定期参加朝参辞见等礼会之外，大部分时间就是在府中举行歌舞宴饮等游乐活动。这样的日子多好！锦衣玉食，养尊处优，日日笙歌，岁月静好。她善舞，他懂欣赏。她轻舞翩跹，他的眼眸只追随着她的身姿跃动。在她眼中，他是与自己才貌相当、志趣相投的如意郎君；在他眼中，她是艳光四射、令人迷恋的人间尤物。

那时候的他们，身在宫廷，却置身权力纷争之外，尽情享受着爱情的桃花源、水云间。但人在紫陌，怎可能纤尘不染？作为皇帝的亲属，很难不被卷入政治的漩涡。寿王的母亲武惠妃，一直处心积虑想让儿子成为太子，但终未能如愿，开元二十五年，武惠妃病逝，寿王的太子梦宣告破灭。痛失慈母庇佑，而身边的隐忧祸患仍在，寿王难免心情郁闷。杨玉环陪在夫君身边，极尽温柔善解之能事，尽力安抚寿王那颗伤痕累累的心。

寿王也许不知道，这样的伤心，比起日后，根本算不了什么。上天夺走了权势、夺走了母亲，最后连仅剩的最珍爱之物——爱情，也要夺走。在那一次巧遇之前，他还享受着她的陪伴和爱，她只为他而起舞，他们像世间最寻常的夫妻一样，拥有踏实安宁的幸福。然而，也许是她的美太过耀眼，就像装在檀盒里的珠宝，光芒藏都藏不住，捂得再严，也总会从缝隙中透出，引动艳羡之目，觊觎之心。

一切都源于一个叫华清池的地方。长安东南，骊山迤逦，风景清幽，水木清华。玄宗敕令在此建造行宫，宫成之后，画檐飞角高耸于青山绿水间，皇家的雍容华贵与天地大美融为一体，玄宗命名其为华清宫。宫中有一方水域，水波潋滟，水体温热，水面氤氲一层浓浓淡淡的白色水雾，分为东西两池，东池为龙泉，池边有精雕巨龙口喷涌泉，西池为凤池，一只彩凤呈戏水状临于池上，两翼下泉水潺潺而出。池底池壁皆用碧色石砖砌成，与池中碧水浑然天成，晶莹碧透，想那仙界瑶池，也不过如此光景。

看着这一番杰作，唐玄宗作为帝王的虚荣心大大得到了满足。一日天气晴朗，玄宗下诏，令后宫妃嫔以及公主、王妃等一干人入华清宫试浴。皇帝的恩泽，大家欣然享乐。于是一众美丽的女人来到这精美建筑之中，真个是美色辉映、衣香鬓影、娇声俏语、环佩叮当，那景象好不热闹、繁华、美艳，令男人看得心旌摇荡。

杨玉环自然也在其中，她正在为这美的欢娱陶醉，却突然感觉到一双眼睛，将目光直直地射向自己。不用回头，她也能感知到那目光的温度。凭着女人的直觉，她知道，那是一双男人的眼睛。本能地躲避，羞怯地逃开，她依然能感觉到身后的目光，像一只执着的野兽，眈眈追随着她走远。

那是唐玄宗的眼睛。也许是命定的邂逅，他恰好走到这里，恰好她在，一见之下，他仿佛着了魔。后宫佳丽三千，但这初见的女子，却仿佛有一股强大的吸力，一瞬间，便将他的心魂摄走。那一刻，他已经不再是阅尽美人无数、

气吞万里河山的帝王，而只是一个不经意被爱之箭误伤的小男人。他的所有骄傲，在她的美貌面前低伏于地，俯首称臣。

有一幅画，很耐人寻味。画上的主体是杨玉环，高贵美丽、气势逼人，背倚大朵大朵盛开的牡丹，占据了整个画面，而在画面的右下角，画的是唐玄宗，他缩到很小很小，且敛首低眉，仿佛她是女王，他只是她的仆从。这幅画大概很能诠释唐玄宗初见杨贵妃时的感觉，很像张爱玲见到胡兰成的感觉：见了她，他变得很低很低，一直低到尘埃里去。

爱情的火热激情，能让一个极度理性的人心智迷失。唐玄宗身为盛世大唐的一国之君，坐拥天下，掌控着整个国家的命运，却在爱情来临时，无法掌控自己的心。在杨玉环离开后，他竟然忘记了一切，只顾看着她的背影，痴痴呆呆，帝王之态尽失。位高权重之人，身边永远少不了像心灵创可贴一样的人。高力士就是这样，他永远能够一望而知主子的心事，知道他的喜好和憎恶，从而不露声色、想尽办法去满足主子各种不便明言的需求。

看着皇上的失态，一旁随侍的高力士立即明白接下来他要说什么、做什么。他先是贴近皇上，小声告诉他，那女子是谁。然后，他对皇上耳语一番，如此这般，皇上的脸笑开了一朵花。短短的一瞬，就决定了有些人命运的流向。

对这一切，杨玉环和寿王浑然不觉。他们以为，他们还可以做一世夫妻，她舞他看，像所有世间的平常夫妻一样，白头偕老，日子安稳。然而不久之后，一道圣旨打破了平静。皇上令寿王妃于万寿庵出家为尼，为冤死的皇太后祈福。那么多王妃，为何独独是她？寿王的心里或许也疑虑过，但是又能怎样？他只能眼睁睁看着心爱的人，穿上素服，走进庵堂，从此恩爱两相隔。

杨玉环也是万般不舍。突如其来的诏令，让她的命运至此发生转折，溪流改变了方向，从此是福是祸无法预知，只有顺应，与心爱的夫君告别，含着泪，一步一回首，走向那清寂的所在，心里是无法排解的忧伤和忐忑。从此以后，她多了个法名“太真”。在青灯古佛前，她真能获得像法名一样的宁静么?

而当时身为杨玉环公公的唐玄宗，得知这个美人儿已然进了尼姑庵，心里的一块石头落了地。按照高力士的周密计划，他只需静待时日，便可美梦成真。几天后，寿王接到圣旨，皇帝已为他另选了韦照训的女儿为妃，并御赐万两黄金、千匹彩缎作为结婚贺礼。叩头谢恩，口呼“万岁万岁万万岁”，寿王的心，却痛如刀绞，怨愤深重，但又无可奈何。他明白，这一次，确定无疑地，他是要彻底失去心爱的妻子了，这一别，将是永生。

听从高力士好事多磨的建议，虽心急难耐，唐玄宗也只好按捺下性子，在焦躁不安中等到了来年春天。再无须什么冠冕堂皇的理由，高力士将杨玉环秘密接进宫，在让她见唐玄宗之前，用自己的三寸不烂之舌对其进行了一番入情入理的劝解，大意是像她这样一副绝世容貌应享受人间至尊富贵，否则有负天姿，能蒙皇上青睐，也是身为女人的万幸，应当机立断，忘却旧情，慧识时务，莫失良机，莫负皇上一片厚意。

此时的杨玉环二十出头，唐玄宗则已到知天命之年，再说曾经和寿王浓情蜜意，她心里一定有过挣扎和斗争，然而事到如今，君命难违，一个弱女子如扶风柳丝，只好随命运的风暴来吹。如若不然，要以死守卫贞节吗？她不是那样性情刚烈坚贞的女子，她只是一个俗人，她知道人要活得现实，才能享受这世上美好的一切。虽说儿媳再嫁公公有些别扭，但既然无法逃避，也只好顺从，退一步来说，做皇上的妃子，是多少女人的终极梦想，得到皇帝的宠幸，那种荣耀和尊宠，对一个年轻的女子来说，也有着巨大的吸引力。总之，杨玉环很快就调整好了心态，以高力士所希望的那样，来见唐玄宗了。

终于再见到了那张美丽的脸，温香软玉，莺歌燕语，终于可以好好地、肆无忌惮地看着她了，自此以后，她属于他一个人。

回眸一笑百媚生，六宫粉黛无颜色。

春寒赐浴华清池，温泉水滑洗凝脂。

侍儿扶起娇无力，始是新承恩泽时。

新浴后的杨玉环，肤如凝脂，娇嫩鲜艳，如一朵沉香亭畔盛放的牡丹。他牵住她的手，拉她入席，酒酣耳热之际，美人在侧，唐玄宗心花怒放，喜不自胜，不禁诗兴大发，提笔写道："端冕中天，垂衣南面；山河一统皇唐，层宵雨露回春，深宫草木齐芳。升平早奏，韶华好，不行乐何妨？愿此生终老温柔，白云不羡仙乡。"词句间得意满足之情溢于言表。入夜，良宵如金，极尽欢娱。

云鬓花颜金步摇，芙蓉帐暖度春宵。

春宵苦短日高起，从此君王不早朝。

慢慢地，什么国事、权贵都渐渐淡去，只有美人占据整个心房，唐玄宗从此陷入温柔乡，一发不可收拾。

杨玉环成了皇上的女人，她的家族也一荣俱荣，促成此事的杨国忠和高力士更成了皇上身边的红人。一时之间，杨氏家族气焰之盛，映天蔽日，权倾朝野。

承欢侍宴无闲暇，春从春游夜专夜。

后宫佳丽三千人，三千宠爱在一身。

金屋妆成娇侍夜，玉楼宴罢醉和春。

姊妹弟兄皆列土，可怜光彩生门户。

杨玉环被封为贵妃，帝王的恩宠登峰造极。她喜欢吃鲜荔枝，他就不惜一切代价，派人快马加鞭从南海一路飞奔运至长安。路途中人马伤亡，冲撞行人、践踏庄稼，无法计数。别的都不重要，只要她吃到色香味如同初摘的荔枝那展颜一笑。

长安回望绣成堆，山顶千门次第开。
一骑红尘妃子笑，无人知是荔枝来。

——杜牧《过华清宫》

杨玉环如此令皇帝着迷，除过人姿容美艳之外，还因为她的舞技高超。一曲《霓裳羽衣舞》，她跳得出神入化，虽体态丰腴，但一旦舞动起来，便如流云在天，轻盈柔美，更如雪舞回风，袅娜多姿，令颇具文艺细胞的玄宗一见之下，惊为天人。从此便把爱她的心，又狠狠地加深。

那时候的杨玉环，是身在命运之巅的贵妇，女人该享有的一切，她似乎都拥有。美貌、才艺、恩宠、地位、荣誉、财富……因为她，根深蒂固的传统观念几乎被颠覆，“遂令天下父母心，不重生男重生女”。中国人自古认为男尊女卑，然而如今，杨门出了个叫杨玉环的小女儿，令家族中人人平步青云、飞黄腾达。有些堂堂七尺男儿，苦读诗书数十载，也只不过博取一个低微小官，更有甚者，一生与功名无缘，令家庭陷入绝境，这样的事例比比皆是。相反，只要养出一个美貌的女儿，从小细加调教，将来有幸选入皇宫，成为贵妃，便可改变整个家族的命运。

“汉皇重色思倾国，御宇多年求不得。”如果没有杨贵妃，不知道晚年唐玄宗还会不会如以前一样睿智英明。总之，他疯狂地爱着这个女人，忘记了自己是一个君王，忘记了身后还有一个大唐帝国，还有千千万万的臣民。“骊宫高处入青云，仙乐风飘处处闻。缓歌谩舞凝丝竹，尽日君王看不足。”他日日与她沉浸在欢娱里，却不知道，大唐的万丈光焰正在一寸寸黯淡下去。

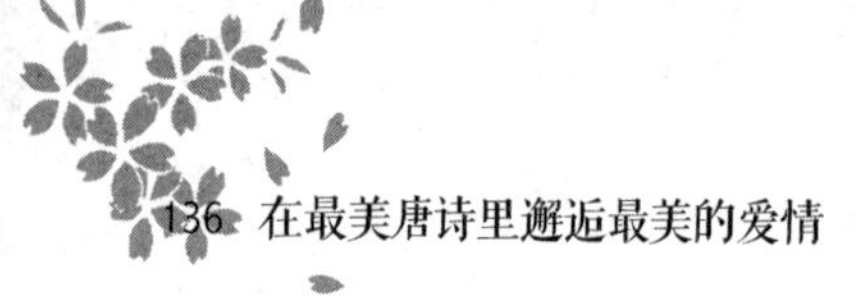

物极必反，繁华最高处，也预示着极端的悲凉。对于大唐帝国来说如此，对于唐玄宗和杨贵妃的命运来说，也是如此。突然之间，玄宗极尽宠爱的胡人安禄山起了二心，联合史思明想要让江山易主。“渔阳鼙鼓动地来，惊破霓裳羽衣曲。”反兵步步进逼，玄宗犹在一面饮酒，一面看杨贵妃的霓裳之舞。

杨国忠将消息告知皇上，玄宗听后如闻晴天霹雳，如今之计，为保全身家性命，只得仓皇向蜀中奔逃，杨玉环随行。当一干人马行至马嵬坡（位于今陕西省兴平市）时，变乱再生。因为匆忙出逃，军士们十分辛苦，不但要开路架桥，还要时时在皇上营帐外守卫安全，以至通宵不能睡觉，粮食也异常短缺。军中渐渐怨言四起，再加上众人早就对杨贵妃和杨国忠在朝中一手遮天的权势极为不满，此时便将安史之乱的缘由归结于他二人身上。愤怒的将士先杀了杨国忠，后闯入玄宗驻地，请求赐死杨贵妃。

玄宗根本没有想到突然之间，他和她已经到了生离死别的关口。他那么爱她，怎么会、怎么能让她死，她的舞姿他还没有看够，她的柔情他还没有享尽，她怎么能离他而去？不，断然不能，身为帝王，怎么能连自己心爱的女人都保护不了？可是，眼前的他，已不是那个开元盛世的缔造者，只是个正在逃跑的可怜人，他的生命，尚且需要手下的将士来保护，他已是自顾不暇，如何能够保全了她？

她看着他，眼神中充满对死亡的畏惧和对他的乞求。他迟疑不决，只恨自己不能生出翅膀，带她逃离这荒唐人世。一个君王，到头来却要受臣下胁迫，亲口下令杀死自己心爱的女人，这是多大的讽刺！

时间一分一秒地过去，一边是仍惹人怜爱的她，一边是咄咄逼人的将士。他闭了眼，明白自己已无可选择。她被推出门去的刹那，回首看他，眼中有无限哀怨。他不忍直视，任她慢慢远去，感觉心碎成一片一片，像花瓣零落一地。

“六军不发无奈何，宛转蛾眉马前死。花钿委地无人收，翠翘金雀玉搔头。君王掩面救不得，回看血泪相和流。”那个被视为红颜祸水的女人死了，唐玄宗的心也跟着死了。从此，他成了一个面容枯槁的老人，空有一副皮囊，内心空空如也。年轻的杨贵妃能带给他生命的激情，能让他体验到活着的美好。那样曼妙舞动的女子，顷刻间香消玉殒，成为大唐盛世最后的哀歌，日日响在玄宗的心中。

杨氏一门尽遭杀戮，军心安定，民心大快，只揉碎了君王孤独的一颗心。他的痛无从诉说，谁人能听他说！如行尸走肉般，他被护送至成都，此前太子已然即位，玄宗遂失去皇位。不久，长安收复，太子请父亲回去。回到宫里，玄宗仍时时念着杨玉环，他想当时她被赐死草草掩埋，如今要将她重新厚葬，遭到臣下反对，只好暗中命高力士前去探看。

高力士赶到马嵬坡，掘开坟墓，昔日美人已成一堆白骨，只有随身香囊仍色泽鲜艳、暗香隐隐。高力士奉命将白骨改葬，后将香囊带回给玄宗。玄宗视若珍宝，日夜带在身边，看着香囊，就像看到她一样。她是否在天有灵，留下个贴身物件代她陪他余生?

也有后人传闻说，有人偷偷放走了杨贵妃，她逃到日本，最后终老东瀛。但玄宗是确信她死了。“归来池苑皆依旧，太液芙蓉未央柳。芙蓉如面柳如眉，对此如何不泪垂。”回到宫中，景物如故，然已是物是人非。灿然绽放的芙蓉花，就像她美丽的脸庞；细嫩弯曲的柳叶，就如她舒展的眉。触目皆是她的影子，触目皆伤情，叫人怎不柔肠寸断、泪雨纷飞！玄宗从此把岁月交付孤寂与伤感，日复一日，在刻骨的思念中度过。

如果有来生，如果可以选择，杨玉环是否会拥有不一样的人生？不要生在什么世家大族，不要什么花容月貌，不要什么尊贵荣宠，只要生在平常人家，穿布衣素服，可以在田间流着汗水自由地一边劳动一边歌唱，可以嫁一个情意相投的平民丈夫，与他过热气腾腾的烟火生活，为他生几个孩子，一家人和和乐乐，她会活到很老很老，脸上会有平静安详的微笑。与她如烟花一般绚烂又短暂的此生相比，那样的人生是否是她所向往的?

“在天愿作比翼鸟，在地愿为连理枝。天长地久有时尽，此恨绵绵无绝期。”白居易以鸿篇巨制《长恨歌》写尽了唐玄宗与杨贵妃的爱情传奇。能让一个称雄天下的君王如此深爱，杨玉环应该是幸福的。然而，爱情里的她，必定也是孤独的。他爱她，只是因为她的美，像贪恋一件艺术品，他可曾深入到她的内心，去真正了解过她的喜怒哀乐、所思所想？她的一生，她的情爱，都浮在云端，看起来高贵荣耀，却有着高处不胜寒的清冷。她奢华薄凉的人生和平民女子人间烟火的温暖相比，哪一个更幸福？

一曲《长恨歌》，梦回大唐爱。李隆基与杨玉环的爱情，仿若在金碧辉煌的宫殿里，阴暗的角落，有女子身着红衣，伸出纤纤素手，泠泠弹响古琴，一曲奏罢，琴声悠然回荡，女子指尖犹凉，如触着红尘间的轻怜蜜爱、情痴虚妄。又仿佛，一件华丽丽的丝绸披在身上，色泽夺目，但触及身体却是冰冷，那美是浮着的，像夜色里蒸腾的月光，留一点晕晕的光，在天地间迷迷蒙蒙地亮着。

白居易：我有所念人，隔在远远乡

一首《长恨歌》，写尽世间最美也最悲的爱。若非真真切切地爱过，若非爱得刻骨疼痛，若非相爱不相守，没有深处其中的感同身受，任有盖世才华，怕也难以将爱情写到这般极致。白居易用尽才华、饱蘸感情，难道仅仅是在写别人的故事？不，他实际上是在写自己，写自己的爱情，如夜雨琉璃一般迷离、凄清又婉丽的过往。

每一位写作者都有一个精神的原乡，对于白居易来说，宿州符离就是他的精神原乡。那里是他生命最初的源头，也是爱情出发的地方。

安史之乱后，大唐的华丽光芒开始渐趋黯淡，是为中唐时期。大历七年（公元772年），白居易出生于河南新郑。两岁时，小白居易的父亲白季庚因功升任徐州别驾，但因徐州战乱频发，便将家眷送往宿州符离居住。自此，白居易的人生画图，在符离徐徐展开。

那是人生最美好的一段时光，孩童的眼睛清澈如原始山泉，世界呈现出的全是纯净和美的样子。在童年时期，门第之见和男女有别的世俗观念可以淡化，穷人家的孩子和富人家的孩子，男孩和女孩，可以丝毫不受束缚地自由交往。由此，白居易得以结识湘灵。

湘灵是白居易邻居家的女孩，小他四岁。她的人像她的名字一样，透着一股空灵清透的娇俏可爱，她的嗓音清脆悦耳，说起话来如百灵啼鸣。诵读诗书之余，童年也难免寂寞，她是他最好的玩伴，两人一起读书认字，一起搞小小的恶作剧，一起顽皮淘气，又一起在无数个瞬间，望着对方痴痴傻傻地笑。

时光如水流过，小男孩长成了俊朗的青年，小女孩成了一朵山间带露的百

合花。那些青梅竹马的过往，渐渐在岁月中堆叠起一种暗生的情愫，至此已如花开般明晰醒目。像是前世的默契，他们交换着彼此的心，在静默中许下金石质地的诺言。多年以后，他追忆那段时光，写下《邻女》一诗：

娉婷十五胜天仙，白日嫦娥旱地莲。
何处闲教鹦鹉语，碧纱窗下绣床前。

在他的眼里，不论时光如何流转，她的美永远定格在十五岁。她那样活泼灵动，总是像鹦鹉一样巧言笑语，随处都听得到她动听的嗓音。她亦是属心于他，不然怎会在他面前，尽情绽放自己的美？许是被白居易这首《邻女》触动，民国时的诗人金克木曾写过一首同题诗：

愿我永做你的邻人。
啊，祝福我们中间的这垛墙。
愿意每天听着你格格的笑声。
愿意每天数着你的轻快的脚步。
愿意每天得你代我念一章书。
这垛墙遮住了我的痛苦和你的幸福。
你换上一件绯红的春装，你的窗上便映出一片霞光。
你再换上一件深黑的素服，我的窗上又有了迷蒙的细雨。
你的四季在身上变幻，我的四季却藏在心里。
你的眼睛是我的镜子，我的眼泪却掩不住你的羞涩。
最好我们中间有高墙一垛。
愿我永在墙这边望着你，
啊，愿我永做你的邻人。

比邻而居的两个人，隔着一道墙，相爱的心却能穿越任何阻隔，相知相惜。爱的感觉，古今相通。

居住符离期间，白居易二十二岁时，曾随父亲外出求学，不得已和心爱的姑娘暂时告别。“一日不见，如三秋兮。”爱到深处，即使再短的离别也让人难以忍受，那种度日如年的煎熬让白居易挥笔写下《潜离别》一词：

不得哭，潜离别。
不得语，暗相思。
两心之外无人知。
深笼夜锁双飞鸟，利剑春断连理枝。
河水虽浊有清日，乌头虽黑有白时。
唯有潜离与暗别，彼此甘心无后期。

不能哭泣，只能偷偷告别。不能说话，只能暗暗相思。这种情，除了我们两人之外，世界上不会有第三个人知道，这是一种甜蜜的秘密。我们就像被困锁两处的双飞鸟，就像被利剑斩断的连理枝。河水虽混浊，也有清澈之时；乌黑的头发，终究也会白首。万事万物都有尽头，只有这暗中相爱的离别，长得望不到头！

那时，他已然感到了爱情阻力的强大，所以在离别的相思之外，多了一些对未来的隐忧。他已经成人，很清楚地知道超越世俗的不易。她亦自卑于自己家世的清贫低微。关于嫁娶，或许彼此都在心中偷偷想过千万遍，他们心照不宣地开始了等待，期望有一天，那颗包蕴春光的种子，能遇到温湿的泥土，让爱情的繁花硕果成为可能。

转眼，白居易已二十七岁，这在古代已是大龄。或许父母催过婚，他会说“等我功成名就之后”，他是在积聚力量，直到他足够强大，可以和现实抗

衡，可以给她护佑，可以许她一个确定的未来。为求前程，他离开符离前去江南投奔叔父。此一去，山高水长，再见不知何时。无法执手相看，只有含泪在心里互道珍重。

一路之上，不断变换的风景未能让他迷醉，他不写山不写水，只写对她的思念。旅途中，他一共为她写了三首诗，第一首是《寄湘灵》：

泪眼凌寒冻不流，每经高处即回头。
遥知别后西楼上，应凭栏杆独自愁。

在寒风中，泪水仿佛已被冻结，不再流动，每每到了高处，他总要回头远眺，看看在远方的符离，心里想着那个牵肠挂肚的人。虽然不能真的看见，但他确信，在家乡的西楼上，湘灵一定也在独自凭栏，像他一样深深地沉浸在思念中。

他写的第二首诗是《寒闺夜》，诗中他想象湘灵离开自己后的情状：

夜半衾裯冷，孤眠懒未能。
笼香销尽火，巾泪滴成冰。
为惜影相伴，通宵不灭灯。

夜半三更，衾被寒凉，思念让人孤独，自然也无心成眠。炭火已经烧尽，思念爱人的泪水已凝结成冰。为了能让自己的影子与自己相伴，以至通宵点着灯。

第三首诗为《长相思》：

九月西风兴，月冷露华凝。

思君秋夜长，一夜魂九升。
二月东风来，草折花心开。
思君春日迟，一日肠九回。
妾住洛桥北，君住洛桥南。
十五即相识，今年二十三。
有如女萝草，生在松之侧。
蔓短枝苦高，萦回上不得。
人言人有愿，愿至天必成。
愿作远方兽，步步比肩行。
愿作深山木，枝枝连理生。

当爱一个人到了一定程度，情深已极，会不由自主在分离之时，把自己当成对方，想象他（她）此时此刻的处境感受，所思所想。君心我心两相似，郎情妾意深深知。在这首诗中，白居易自比湘灵，写她在与自己分别后所承受的思念之苦。从秋到春，从十五岁到二十三岁，她已然将终身交付于他，只是天不遂人愿，只有寄希望于未来，愿上天垂怜，让他们做比肩而行的兽、连理而生的木，生生世世不再分离。可见她一直在苦苦等待他迎娶她，他也渐渐坚定了要与她共度一生的愿望。只是，一切还需要时间。

贞元十六年，二十九岁的白居易终于考取进士，他回到符离逗留了近十个月。在此期间，白居易曾苦苦恳求母亲，让他与湘灵结婚，但被母亲坚决地拒绝。

虽已取得功名，有能力给湘灵一个稳定的婚姻生活，但无奈母命难违，白居易自知与爱人相伴终生的愿望极其渺茫，便怀着痛切的心情离开符离。相爱的人儿近在咫尺却难以牵手，那种苦涩只有经历过的人才会懂。无法排解内心的痛苦，他写下题为《生离别》的诗：

食蘗不易食梅难，蘗能苦兮梅能酸。
未如生别之为难，苦在心兮酸在肝。
晨鸡再鸣残月没，征马连嘶行人出。
回看骨肉哭一声，梅酸蘗苦甘如蜜。
黄河水白黄云秋，行人河边相对愁。
天寒野旷何处宿？棠梨叶战风飕飕。
生离别，生离别，忧从中来无断绝。
忧极心劳血气衰，未年三十生白发！

最令人销魂，莫过一个“情”字。最痛彻心扉，莫过于一个“离”字。不论生死，别离最是断人肠。生别离，酸苦入心，忧伤绵绵不断绝，情至伤心处，气血为之耗尽，年未及三十，已华发早生。爱而不得，生而离散，前路渺茫，让人颓丧和绝望。但有爱托底，绝望中仍燃着希望的火苗，他和她愿意为此等待，期望时间能扫平情路上的障碍。

倏忽又是四年光阴，白居易在长安官拜校书郎。在举家迁往长安之前，他回到符离，再一次苦苦哀求母亲，让他娶了湘灵。但母亲那么固执，她宁可看着儿子痛苦，也不愿放弃她的门第之见。母亲不但不让他们结婚，就在搬离符离的前夕，连面也不让他们见。此去经年，也许相会永无期。白居易心碎绝望，但深受传统教育的他，认同孝即为顺，他不能公然对抗母亲，他用不结婚的方式无声地表达反抗，表达对爱情的坚守。

白首偕老的梦想破碎，爱情却永存心底。他不知道那样的日子湘灵如何度过，他的心在思念中煎熬，无法排解相思，他只好又写下三首诗来怀念她，怀念他们曾经共有的、如今已随风而逝的爱恋。

艳质无由见，寒衾不可亲。

何堪最长夜，俱作独眠人。

——《冬至夜怀湘灵》

冬至之夜，寒气袭人，想起她，心里便涌起暖意。我无法见到你美丽的容颜，冰冷的冬被让人无法亲近。这样漫长的夜晚，要怎么才能度过？想必此时，你和我一样，也是独自神伤无法入眠吧？

惆怅时节晚，两情千里同。

离忧不散处，庭树正秋风。

燕影动归翼，蕙香销故丛。

佳期与芳岁，牢落两成空。

——《感秋寄远》

时节到了晚秋，让人心生惆怅，这种感受，千里之外的你，一定也和我相同。离别的忧愁始终弥漫在心头，庭院中的树在秋风中萧索，人也备感凄苦。燕归影逝，花谢香销，爱情的美好期待和春天一样，都已寥落成空幻的梦。

欲忘忘未得，欲去去无由。

两腋不生翅，二毛空满头。

坐看新落叶，行上最高楼。

暝色无边际，茫茫尽眼愁。

——《寄远》

“想忘记你，却怎么也不能忘。想去找你又不知道该去哪里。只恨腋下不能生出双翅，不顾一切向你飞去，对你的相思让我的白发增多，和黑发杂然相

间生了满头。坐看黄叶不断而落，心绪仍然难平，我上到最高的楼上远眺，希望能看到远方的你。然而，只有苍茫暮色无边无际充盈眼帘，就像我浓重的哀愁。”

他把爱和思念一字一句密织在诗里，远方的人儿，可否看到？这么多年，他一直坚守诺言，不肯娶亲，那是因为她始终在他心里，占据着独一无二的地位。他的心里只有她，再也容纳不了第二个人。但母亲怎会让他就此孤独终老？三十七岁的白居易，终于在母亲以死相逼的情形下，娶了一位杨姓女子。

结了婚，人渐老，但他一直不曾忘记她。他不断地思念，不断地为她写诗。他在《夜雨》中写道：“我有所念人，隔在远远乡。我有所感事，结在深深肠。乡远去不得，无日不瞻望。肠深解不得，无夕不思量。况此残灯夜，独宿在空堂。秋天殊未晓，风雨正苍苍。不学头陀法，此心安可忘。”“我有深深思念的人，相隔在远远的异乡。我有感怀的事，时刻萦绕心间。异乡那样遥远，我无法去见想念的人，但是却没有一天不放在心上。我心里苦痛万分，却无法化解，日日夜夜未曾停止思念。况且在这样点着残灯的夜，我独宿空屋，难以入眠。秋天还未到，却是风雨苍茫。我不曾学过佛法，如何能将过去遗忘？”

他在另一首《感镜》中写道：“美人与我别，留镜在匣中。自从花颜去，秋水无芙蓉。经年不开匣，红埃覆青铜。今朝一拂拭，自照憔悴容。照罢重惆怅，背有双盘龙。”那是她曾照芳容的镜子，现在藏在他的匣中。镜中往日的美丽面影早已消失不见，就秋水中再难出现临水照影的芙蓉。这个镜匣已久未开启，青铜上已经生了红色的锈斑。今天拂镜自照，容颜憔悴，惆怅重临心头，个中滋味，难以言尽。

也许是上苍感动于白居易对爱情的执着，于是冥冥中安排了一场偶遇，也是重逢。那一年，白居易蒙冤被贬，在奔赴江州途中，竟见到了湘灵父女。那该是怎样动人的场景！此时的白居易已四十四岁，湘灵也年已四十，但仍独身一人。从童颜到少年，从风华正茂到白发苍苍，这一对苦恋几十载的恋人终于再度聚首，岁月改了容颜，世事几度变迁，爱意仍在心间。相顾无言，唯有泪千行，短暂的相会之后，便是永久的离别，从此天各一方，相见无期。

事后，白居易写下《逢旧》一诗：“我梳白发添新恨，君扫青娥减旧容。应被傍人怪惆怅，少年离别老相逢。”他，增了白发添了新恨；她，娥眉淡扫花颜不再。身旁相伴的人，无法理解他们何以如此惆怅，那是因为他们不知少年离别老来相逢的滋味！

这是他最后一次见她。那日一别，她便仿佛从这个世界上永远消失了。他再也寻不着她，也许那是她来与他做最后的道别，从此她藏进岁月深处，只成为他心中一个模糊的背影。有一天，老去的白居易翻找旧物时，看到湘灵当年送他的定情之物——一双绣鞋。往事历历在目，他又写下《感情》一诗：“中庭晒服玩，忽见故乡履。苦赠我者谁，东邻婵娟子。因思赠时语，特用结终始。永愿如履綦，双行复双止。自吾谪江郡，漂荡三千里。为感长情人，提携同到此。今朝一惆怅，反复看未已。人只履犹双，何曾得相似。可嗟复可惜，锦表绣为里。况经梅雨来，色黯花草死。”这双鞋越过沧桑时空，辗转流离，却能够成双成对，相爱的人，却连鞋都不如，只能形单影只，独守相思，抱恨终身。

晚年白居易因狎妓常为人诟病，“樱桃樊素口，杨柳小蛮腰”，他在香艳中放纵着自己，内心深处，他仍是痛苦无法解脱吧！因为痛失一生至爱，那唯一的爱，他终无法释怀，便用这种极端的方式来补偿，抑或以此表达对封建礼数的无声反抗。

“天长地久有时尽，此恨绵绵无绝期。”他饱尝爱之甜蜜，也深知失爱之痛，所以能在唐明皇与杨贵妃的故事中，看到自己内心深处的爱与恨，也正因此，那一曲《长恨歌》才成为千古爱情绝响，悠然回荡在历史长空，从古至今。

白居易：燕子楼中霜月夜，秋来只为一人长

一曲长歌，千年遗恨。唐玄宗与杨贵妃的旷世之恋，被诗人白居易铺陈成织锦绵延的情诗江河，这首字字泣血、句句含情的长诗写成后，当即就触动了无数世人的心灵，这其中包括一个妙龄少女——关盼盼。

关盼盼是中唐著名的歌舞伎，出生于江苏徐州一个书香世家。江南的灵山秀水赋予她美丽容颜的同时，也给了她灵性与天资。她从小就冰雪聪明、灵慧异常，不但饱读诗书，在乐舞方面更是表现出浓厚的兴趣和惊人的天分。空闲时，除了诵读诗书，她就坐在家里弹琴唱歌，或是翩然而舞。清越的琴声和宛若天籁般的歌声，常常飘出绣阁，回荡在远远近近，令周围的人听得如痴如醉。渐渐地，关盼盼开始声名远播。很多人都知道关家出了个富有才情的女儿，歌舞绝伦，最擅唱《长恨歌》和跳霓裳羽衣舞。

第一次读到《长恨歌》，关盼盼的心灵就感到一种前所未有的震撼。那是一场怎样缠绵悱恻、刻骨铭心的爱情？那又是怎样一曲缱绻深情、动人肺腑的恋歌？一种无法言说的情感激荡着情窦初开的少女心湖，关盼盼感动于诗中真挚热烈的爱情，更喜欢那荡气回肠、才气纵横的诗句，冥冥中，她觉得这首诗打开了自己心灵中一个隐秘的通道，心底里对未曾谋面的白居易产生了深切的钦敬之情，那是一种精神上的仰望和向往。

这样美的诗，她一定要用最美的歌声把它唱出来。她用融注了自己真情的声音和歌唱技巧来演绎这首歌，听过的人无不感动落泪。自她口中唱出的《长恨歌》，像添了鲜花的织锦，更加富有魅力和感染力，因此她的歌声传得很远，就连大名鼎鼎的白居易，也知道有位能将自己的诗作《长恨歌》唱得出神入化的美女。

她的霓裳羽衣舞也跳得特别好，曼妙轻灵、摇曳多姿，如仙姝下凡，几乎可与当年的杨贵妃媲美。关盼盼的美丽，再加上她的才学和绝伦惊艳的乐舞才华，让她早早便颇负盛名，到了可以论嫁娶的时候，她成了无数男子梦寐以求的理想情人。然而，关于爱情，她有着自己的理解与追求，更何况，还考虑到身份、环境的限制，所以虽然追求者甚众，但她始终不为所动，她在等，等一份真正的爱情出现，那种心灵相通、超越世俗的爱情。

原本，关盼盼的生活很幸福，书香门第，诗书歌舞，丰富有趣，无忧无虑，但突然之间，变故横生，家破人亡，只剩她一个弱女子孑然一身存活于世。歌舞技艺成了她唯一可以谋生的手段，为了生存，她成了一名乐舞伎。由于她的盛名，前来求爱者络绎不绝，但入得了她的眼和心的，几乎没有。虽然身为艺伎，但她的灵魂却如玉兰般高洁，她渴望和一个与自己心灵相通、志趣相投又不嫌弃她身份低微的人共度一生，她渴望遇到一个人，能像唐玄宗爱着杨贵妃那样爱着自己，给她安稳的生活和寻常烟火人生的幸福。

在苦苦等待和寻觅中，这个人果然出现了。他叫张愔，是驻守徐州的官员，身为武官，却有一副文人心性。他生性儒雅，喜爱诗文，也爱音乐和舞蹈。灵魂里藏着美好的人，总是喜欢一切美好的事物。他常去看关盼盼的乐舞表演，欣赏她的才艺，也同情她的遭遇，在读到她的诗作后，他对她更是生出了非同一般的钦佩和怜惜之情，爱情的幼芽就这样慢慢生长起来。

歌舞中的关盼盼，美得不可方物，但他看向她的眼神，绝不像其他男人那样充满色情欲望，而是那样异常干净、温和又沉静，那双眼睛像一潭深深的湖水，满蓄温情和爱意。凭着女人的直觉，台上的关盼盼捕捉到了这双眼睛，她看到了他，虽不是年轻俊朗之人，但自有一种成熟男人的英气和魅力，更重要的是，他的眼睛让她感觉到纯净和安定。目光里能折射出灵魂的色彩，有些感觉，只要双方互看一眼，便能瞬间决定缘生缘灭。

他大约也感受到了她眼里的讯息，不久便送来了聘礼，他要娶她！没有甜言蜜语、山盟海誓、花前月下、卿卿我我的铺垫，他对她的爱如此热烈而纯真，他不是只与她一晌贪欢，他不是只拿她当只只有美丽外表没有灵魂的花瓶，他不嫌弃她的艺伎身份，他要给她一个安稳的家，一个妥当的名分，一生一世相拥的情缘。

追求她的人中，比他年轻、英俊、有才华的人也有不少。但没有一个人能够用这样的眼神看她，那是一种懂得和珍惜。虽然他比她大了那么多，但他的爱让她安心，虽然只能做他的妾，但从此能够得他呵护，脱离风尘，这样看去，也是目前所能看到的最好的一条路。

也许潜意识里，关盼盼曾自比杨妃，而张愔就像唐明皇，同样是老夫少妻，同样是充满怜惜和心疼的爱，同样是一个在舞一个在看，不同的是，他们不是帝王皇妃，且时局太平，结局应该会比较美满吧？他做他的官，她做她的妾，一起在歌舞诗文中安静度日，此生何求？这应该是一个沦落女子最好的归宿了。于是，面对张愔的求婚，关盼盼果断嫁了。

她果然没有看错，张愔对她的爱，一如她向往的那样，体贴、细腻、浓厚、持久。他总是能够及时体察她没有说出的内心感受，也不像有的男人对女人的爱只有短暂的新鲜感，她是他心灵的密友、生活的伴侣，也是他惹人怜爱的女儿。他们属于先结婚后恋爱，这种在耳鬓厮磨、烟火日常中建立起来的爱情，更为坚实、长久。有时候，即使什么也不说，只是默然相视，便有柔情似水萦绕彼此心间。那样的日子，是淌着蜜的，两颗心都沉浸在巨大的喜悦和满足中，这是爱情最好的状态。

那一日，他携她郊游。徐州城以西的乡野，鸟鸣声声、空气如洗、草木丰茂、绿意盈怀。关盼盼爱极了这一处所在，这好像是专为她而设的小天地一样，安静、美丽，集聚了大自然的一切美好，就像陶渊明笔下的桃花源一样，是个能让心灵停下来栖息的地方。张愔看着她在清风旷野中快乐地欢呼、奔跑，他看懂了她眼里的喜爱和贪恋，他知道她心里的诉求，却只是微微一笑。

不久，他带她再次来到此地，她惊喜地瞪大了眼睛，不敢相信眼前这一切是真的。在熟悉的如画风景中，赫然矗立着一座精巧雅致的小楼，与周围的景物浑然天成，这样的情景真像是梦。她疑惑地看向他，他冲她点点头："这楼专为你而设，从此后，它就是我们的爱巢。"

正是春天夏初时节，烟柳浓荫堆帘幕，尚有双双飞燕穿柳而过，绕楼啼鸣，它们仿佛也在向彼此倾吐爱的絮语。他和她相视一笑，不约而同想到了一个名字"燕子楼"。自此，燕子楼连同周围的万事万物，都染上了幸福的色彩。他与她，双双站在楼头，看晨星照亮天空，看明月斜挂碧空，看微雨织起雾幔，看丽日照彻晴空……他们谈论诗文，也品评乐舞，有时候，她舞他看，时光仿佛回到初见。

张愔喜好交游，燕子楼建成后，他常请文人名士来此相聚，宴饮时，关盼盼会以绝世歌舞才艺助兴，很多人都以能到燕子楼一睹芳容为荣，更有人在看过关盼盼的歌舞后，忍不住写诗赞叹，这样天长日久，遂使燕子楼成了一个颇为有名的风雅之地。

一次，白居易来到徐州，张愔深知关盼盼对白居易的仰慕之情，他不但没有丝毫妒忌之心，反而想方设法宴请这位大诗人一聚，好替爱妾圆一个梦。白居易，这个名字从年少时便深深珍藏在了关盼盼心灵深处，像微星对朗月的追随，她一直觉得他是可望而不可即的梦，不曾想有生之年真的有机会亲眼见到他，这个消息让她激动不已。

客人来之前，关盼盼细细妆扮，她要以最美的样子出现在精神偶像的面前，为他唱他的《长恨歌》，跳她最拿手的霓裳羽衣舞。激动人心的时刻终于到来，白居易如约而来，盼盼执壶频频敬酒，欣喜和兴奋让她面若桃花，看上去更加楚楚动人。酒至微酣，张愔让盼盼歌舞助兴，白居易也颇为期待，一场精彩演出随即拉开帷幕。

虽已不是少女，但关盼盼仍然年轻美丽，身姿窈窕，她着一袭红裙姗姗而来，如一朵红云般飘逸柔美，随着乐声，她跳起了霓裳羽衣舞，那舞姿柔中寓刚，动中有静，如花飞云天、雪舞回风，翩若惊鸿，矫若游龙，颇有洛神之风致，嫦娥之神韵。一曲舞罢，掌声雷动，连白居易也不由惊叹。

但令他惊叹的还远不止于此，接下来，盼盼朱唇轻启，清丽婉转的歌声瞬间响起，她唱的是《长恨歌》。关盼盼不但音色极美，且因为在歌声中融入了浓郁的感情，所以歌声如泣如诉、如怨如慕，如行云流水，又似惊涛拍岸，别具一种打动人心的力量。白居易虽早有耳闻，但亲身感受才知，这个女子对《长恨歌》一诗的领悟竟如此之深，眼前的美人儿，仿佛就是当年的杨妃复活，重舞霓裳，长歌遗恨，这可谓是诗遇到歌、舞的知音，当各种艺术之间能够相通融合时，必产生惊人的效力。赞叹之余，白居易一时兴起，提笔写诗赠予关盼盼，在诗中他赞美她的舞姿“醉娇胜不得，风袅牡丹花”，他看到酒至微醺翩然起舞的关盼盼，恰似一朵在风中袅袅而开的牡丹。得此盛赞，又是出自白居易之笔，关盼盼的心里无比快乐，而这一切，要感谢自己的夫君。至此，关盼盼对张愔，情意更笃。

如果岁月能够就此停滞，如果幸福能够收留珍藏，如果天下只有相聚没有别离，如果爱情能够化解世间一切磨难……那该多好！然而时光流转，世事多变，这是永恒的定律。再美、再真的情意，终难和现实与时间对抗。两年的浓情蜜意倏忽而过，转眼就到了离别的时刻。张愔奉命西征，关盼盼在寂寞中忍受着思念之苦，还要忍受正房夫人的百般刁难和凌辱。面对张愔对关盼盼的专宠，正房夫人早已妒火中烧，只是苦于大人一直守护在侧，所以不能拿关盼盼怎样。此时大人一走，便趁机将一腔私愤发泄个淋漓尽致，克扣她的生活用度不说，还造谣说她行为不端，甚至暗下毒手使已有身孕的关盼盼流产……

独自承受这一切，需要多大的勇气。她在写给他的信中诉说她的思念之苦和委屈，他知道后急怒攻心，再加上身负重伤，终至一病不起，很快便抛下盼盼，撒手人寰。在此之前，盼盼也曾有过隐忧，那是在幸福之时的一个闪念，“**君生我未生，我生君已老**”，老夫少妻必须要面对的一个生命难题就是，年长的那一个，定要先行离开人世，那么留下的这一个，该如何独自惶惶度日？

如果情意浅薄，那失去的痛也没有这么深。如果是生离，也还好。若不爱了，决绝的疼痛过后，心会复原，再对明天满怀期待。若还爱，只是被迫分离，那至少知道他还好好地在这个世上，那么也还有再见的希望。最怕的是爱得深，再加上死别。那样美而暖的爱，却只能在回忆里找寻，回忆越是美好，越衬出现实的冷酷。无论怎样肝肠寸断，无论怎样千呼万唤，已是天人永隔，阴阳陌路。这样的痛，最是入骨入髓，一寸寸将灵魂吞噬。

张愔一去，张府分崩离析，关盼盼独自一人住进了燕子楼。她要在这里守着他，守着他们的爱，孤独终老。他给了她那样好的爱，她却只陪伴了他两年，余生，就让自己陪着在另一个世界里的他，以便把没有给出的爱，如数奉还。他若仍心系于她，他若在天有灵，一定会回到燕子楼，虽然不能相见，但她确信，他们的心仍是相通的，他们的爱永不消逝。

怀着这样坚定的爱的信念，她和一个老仆人在燕子楼一住十年。从正当芳华，到半老妇人，她一个人靠着爱的回忆活着，拒绝一切有意的追求者，拒绝任何男人的帮助或暧昧，她要为他守身如玉，她要做一个对得起他的爱情的贞烈女子！十年，三万多个黄昏和清晨，她是怎样一分一秒地度过？女人可以脆如玉，也可以坚如石，在有爱情作为原动力时，她可以是一个英勇的斗士，甚至敢与生命和时间抗衡。

大约是张愔临终有托，张仲素常来看望关盼盼。因为是夫君的老部下、老朋友，关盼盼对张仲素很是信赖，欣然接受他的帮助。看着关盼盼独守空楼，张仲素于心不忍，曾好言相劝，让她改嫁，但关盼盼断然不肯。张仲素对此极

为感慨，于是写下《燕子楼》三首：“其一：楼上残灯伴晓霜，独眠人起合欢床。相思一夜情多少，地角天涯未是长。其二：北邙松柏锁愁烟，燕子楼中思悄然。自埋剑履歌尘散，红袖香销已十年。其三：适看鸿雁洛阳回，又睹玄禽逼社来。瑶瑟玉箫无意绪，任从蛛网任从灰。”

十年间，张仲素对关盼盼的生活感同身受，因此以她的角度和口吻写这十年的相思、独守空楼思念亡人的痛苦，读来仿佛出自关盼盼本人之手。因此也有说法，认为这三首诗为关盼盼本人所作。不管诗是谁写，总之那种痛彻心扉、刻苦的相思和寂寞，是对关盼盼十年生活的真实再现和提炼，感人至深。

燕子楼上，残灯未尽，晓霜又落，可见楼中女主人一夜未眠，宽大的合欢床，她独自一人辗转反侧，从黑夜到黎明。与这长夜的相思相比，天涯海角的距离又算得了什么呢？遥想夫君长眠的北邙山，苍苍松柏，被愁云惨雾笼罩，自亲爱的人儿逝去，那个擅长歌舞的女子，歌声云散，舞袖香销，已有十年。秋天，看到从洛阳飞来的鸿雁，她痴痴地等待他的来信，想了很久，才突然惊觉，那个人永不会再写信来了。又到春天，楼前燕子双宿双飞，使人不禁慨叹，生而为人，却不如鸟！琴瑟不鼓，笛箫懒吹，一切都了无意趣，任这些能发出美妙声音的乐器蒙上蛛网尘埃，永远失声。

张仲素也深知关盼盼崇拜白居易，也是为了让她得到些许慰藉，他在与白居易会面时，把这三首《燕子楼》诗呈上，请求白大诗人能写和诗。听闻关盼盼为爱坚守十年，白居易也极为感动与赞叹，读完这三首诗，也禁不住心潮澎湃，当即提笔疾书和诗三首：“其一：满窗明月满帘霜，被冷灯残拂卧床。燕子楼中霜月夜，秋来只为一人长。其二：钿晕罗衫色似烟，几回欲著即潸然。自从不舞霓裳曲，叠在空箱十一年。其三：今春有客洛阳回，曾到尚书墓上来。见说白杨堪作柱，争教红粉不成灰？”

燕子楼中的孤寂长夜，秋意萧索，霜花满帘，月色如水，穿帘而入，清冷的光洒满一床，被冷灯残，愁绪满怀，如何能成眠？只好起来轻拂卧床，借以消磨时光。这样的霜月之夜，只有楼中的这一个不眠人，觉得如此漫长，长得好像人的一生。当年翩然而舞时穿的霓裳，随着时间的流逝，颜色已消退得浅淡如烟，多少次拿起来想要穿上，又放下，从最后一次为他而舞，这件衣裳在箱中空置，已有十年。张仲素从洛阳归来，曾到张愔墓前祭拜，坟边那年下葬时栽的杨树，如今已能做梁柱，时间真是可怕，空守燕子楼的红颜，经过岁月的利剑怎能不化为灰土呢？

关于诗的解读，读诗之人因所持立场不同，会从诗中品出不同的意味。白居易在三首和诗里，本意应是抒发对关张二人爱情的赞叹，对盼盼境遇的同情、贞节的欣赏，同时也慨叹岁月无情，人生无常。但在关盼盼的眼里，这些诗句却有了别的意味。

张仲素拿到白居易的和诗，兴冲冲地来到燕子楼给关盼盼看。他以为她会非常高兴，谁知一读之下，她却突然变色，神情悲凄，似有深深的绝望。原来，她认为白居易的最后一首诗中暗含深意，既然爱得如此深重，既然相思刻骨生不如死，那么何妨生死相随，追他于黄泉之下？也许她心底里早有殉情之意，十年的光阴已经煎熬得太久，她已经无力继续支撑下去。这时候，平平常常慨叹生命的诗句，就让她曲解为是对自己以身殉夫的劝诫。

她的心念自此转向绝路，绝食十日，终至随他而去。燕子楼空，芳魂悠悠。消息传出，世人无不为这样贞节刚烈的女子感叹唏嘘。世间就有这样的奇女子，视爱情若生命，视忠贞如信仰，当所爱的人一旦离开，哪怕正值盛年，生命的花朵也会很快萎谢。关盼盼年纪轻轻便为情而死，让人惋惜，然而从关盼盼自身来说，她为情所困，与爱人死别之后无法走出悲伤和怀念的阴影，度日如年，活着如同在炼狱中偷生，于是在一个闪念中让自己得到解脱。

和幸福一样，爱情也有千万种风貌与诠释，只看相爱的人如何感知与理

解。有些人为爱吃尽了苦头，他（她）自己却觉得幸福。有些人爱得光鲜亮丽，心底里却满含着酸苦。就像关盼盼，她为爱而献出生命，这于她而言，或许是一种让爱情获得永恒、让灵魂获得安宁的选择。将《长恨歌》唱到极致，将霓裳羽衣舞跳到极致的女子，终于得到了她理想中的爱情，在另一个世界里，永远只为所爱的人，歌声清丽，舞姿翩然。

崔郊：侯门一入深似海，从此萧郎是路人

有些爱情，是迟开的玫瑰，需要相爱的人用耐心和坚持去灌溉。有时候，爱情看似山穷水尽，但只要心怀坚定的信念，不抛弃不放弃，再努力一点点，再试着往前走一点点，或许就有柳暗花明的风景扑面而来，以往所有的付出，便有了意义。唐朝诗人崔郊对待爱情的态度让人称许，在绝望时仍心存希望，尽最大努力争取，最终迎来情路转机，结局圆满。

崔郊是唐元和年间的秀才。虽然考取了秀才，但崔郊仍需潜心苦读，因为后面还有更高级别的考试，最终要去京城考进士，这是那个时代所有读书人的最高理想。姑母的住地风景秀丽、环境幽静，很适合读书，所以崔郊就暂且寄居在姑母家。

每日里，崔郊手持书卷，吟哦诵读，很是勤勉。姑母专门安排了一位婢女来照顾崔郊的生活起居。她做事爽利、轻俏机灵，把崔郊服侍得很是周到。他读书读累了，正想着要是有一盏热茶来提提神、暖暖胃就好了，善解人意的婢女就适时沏来香茶奉上。历史记载中并没有提到婢女的名字，“红袖添香夜读书”，我们暂且就叫她红袖吧。

天长日久，崔郊对红袖渐渐产生了一种温暖亲切的依赖感。他这才注意到红袖的容貌。原来她是那样美丽的一个女子！粉脸桃腮，目如秋水，就连她走路的样子也是那样轻盈柔美。他常常读着书就走了神，忍不住偷看她，她感觉到他目光中的热情，不由红了脸低了头，她的娇羞更让他情思动荡，这正说明她对他亦是有意。只是两人都心照不宣，默默地任情愫在心中潜滋暗生。

正值春日，院里的桃花开得一派姹紫嫣红，世间所有的美仿佛都集中在这

些花树上。那天姑母和其他家人都不在，只有崔郊和红袖。崔郊在桃花下徘徊，心中默诵诗词。红袖从花下经过，人面桃花，相映生辉，崔郊看得入了神，不由脱口叫道："红袖！"

红袖止步，一回眸间眼里春水荡漾，看得崔郊更是意乱情迷。两颗年轻的心终于不可遏止地靠近了，他们在桃花下倾心交谈。他说他的理想抱负，她诉说她辛酸的过往。她原来也是好人家的女儿，只是家中生变，不得已才沦为奴婢。知道她的遭遇后，他对她在喜爱之中更多了几分怜惜。

此后，他们的相处自然随意了许多。他常常教她诗文，或者给她讲些书中的奇闻轶事。她总是睁着纯洁的大眼睛听得那样专注而认真，他喜欢她以充满崇敬的眼光看他，这使他体会到作为一个男人的力量和尊严。在他心中，只有她的美好，没有身份地位的差别。况且自己只是一介贫寒书生，也没有什么值得骄傲的。但她的心里却是顾虑重重，她只是个婢女，他是要考取功名的，日后为官，会娶一个地位低下的婢女为妻吗？

虽然不知未来会怎样，爱情的力量却无法阻挡。他们偷偷地爱着，共守着这一份甜蜜的秘密。情至深处，他曾立下誓言，将来一定会娶她！所有身处爱情中的女子，谁都希望听到这句话从所爱的人口中说出，毕竟花好月圆才是爱情最美的样子。她信了他，等着他，更深地爱着他，更精心地照顾着他，她愿意一辈子只做他一个人的奴婢，不离不弃，无怨无悔。

他们就这样怀抱美好的希望，深深地爱着。有了她，他读书时仿佛浑身充满了力量，寒窗不再是苦读，"红袖添香夜读书"，这样的日子充满了诗情画意。他读书，她为他沏茶；他写字，她为他研墨。冷了，她为他披衣；热了，她为他挥扇。

爱情就是要这样相互温暖、相互陪伴，彼此给予精神上的支持与鼓励。有了爱情，相爱的人便不再感到孤独，即使在冰天雪地中，也能拥有春暖花开的心境。这是爱情的魅力和价值所在。因为爱情，崔郊虽寄人篱下、前途渺茫，但有佳人在侧，也能平心静气，默默努力。因为爱情，红袖虽地位卑下、为人役使，但得遇此温厚有才之人，也不再哀怨悲叹，反而感恩生命赐予这一场邂逅，也许从此能苦尽甘来也未可知。

两个人沉浸在爱恋的幸福中，完全不知有些突如其来的横祸正一步步逼近。先是崔郊的姑母家庭发生变故，身为商人的姑父在外出乘船经商的途中，不慎落水身亡。姑父是这个家里的顶梁柱，一个家庭的支柱倒下，没有了经济来源，全家的生活顿时陷入困顿。崔郊看着伤心又忧愁的姑母，虽心疼不已却也爱莫能助，他只有暗下决心发奋苦学，也好将来帮助姑母一家。在姑母而言，丈夫去世，她是这个家庭的女主人，自然要担负起全家生计的责任，没有人依靠，只有自己暗暗想办法。

姑母带红袖出门，回来时红袖不见了，只剩下姑母一人。一种不祥的预感让崔郊心慌意乱，他故作镇定地问："红袖呢？"姑母长长地叹了口气："卖了！"这个消息如晴天霹雳，震得崔郊半天回不过神来。他愣了半晌，方才向姑母细问缘由。

原来，襄州城的连帅于頔早就看中了红袖，想要买她，但姑母一直没同意。如今为了一家人的生活，也为了让崔郊安心读书，姑母不得已才以四十万钱，将红袖卖给了于頔。温饱尚且成问题的家庭，多一个人吃饭便是好大的负担，怎么还能再多养一个婢女，所以红袖是迟早要走的。既然如此，不如将她卖给有钱有势的人家，一则能解家中燃眉之急，二则红袖自己以后也能过得好些。

崔郊和红袖的爱情，深藏在彼此心底，因此姑母并不知情。她有些奇怪，一个婢女，卖就卖了，何以侄儿如此心急如焚、失魂落魄？她不知道，她这样做，对崔郊的打击有多大。失去了红袖，崔郊也无心读书，每日里闷闷不乐，做什么事都打不起精神。

有时候，他想，算了，就这样忘了她吧。既然上天注定有缘无分，也只好

接受，天涯何处无芳草，一定还有更好的女子在等着自己。可是爱情怎能说走就走？情不知所起，也不知所终，爱情的奇妙之处，就在于完全不受人的理智支配。越是想忘记，记忆越是清晰，那个人的一颦一笑、一举手一投足，在心里渐渐都成了佳酿，随着时间而发酵出更加醇浓的味道。

强撑了一段时日，终是按捺不住对红袖的思念之情，崔郊鼓足勇气来到襄州城。

经过四处打探，他终于看到了于頔那高大华贵的府邸。在大门外，崔郊徘徊观望，盼着红袖能突然出现，像以前那样对他展颜而笑。可是像这样的官宦人家，女子是不能随意出入的，况且即使外出，也必有人陪同，他有机会跟她说话吗？来到这样的富贵之家，她还念着他吗？

虽然心中忐忑不安，但崔郊还是怀抱希望，时常在于頔府第门前守候，心想说不准哪一天她出门或外出归来就遇见了。可是好几个月过去了，红袖始终没有露面。发生什么事了吗？她还平安吗？为什么一直不见人呢？各种猜疑让崔郊心情焦灼，恨不能闯进于頔府中一探究竟。最后，崔郊才在两个路人的闲谈中捕捉到了一点红袖的消息，说是红袖在府中很受于大人的喜爱，还让人教授她乐舞。

看来她过得很好，跟着官府人家，比嫁给自己这个穷书生要幸福。那么就成全她吧，不要再纠结这段感情，给她自由，也给自己平静。可是，她以后真的会幸福吗？会有人像自己那样疼她爱她吗？

那一夜，崔郊辗转难眠，一时欣慰一时伤感，思绪纷乱如麻。后来他想，红袖终是进了于府，自己一无钱财二无权势，如何能解救她出来？恐怕这一辈子也无法相见了吧！那么就在寒食节找机会见她最后一面，也好了却这一段情缘吧！心下这样一想，倒也安定了许多，直至将近黎明，崔郊才沉沉睡去。

终于到了寒食节这天，崔郊来到于頔府宅门口。不多久，紧闭的朱漆大门豁然洞开，一群男男女女，主仆众多，从门中鱼贯而出，上了早已停放在门口的几辆车。崔郊惊喜地看到红袖果然也在其中，他差点脱口而出叫她的名字，可是他知道自己不能。他唯一能做的，只有满怀惆怅，目送红袖乘坐着车子远去。

经过打听，崔郊知道这一行人是往城东郊外踏青去的，于是他便尾随着那几辆车子。春天的野外，花开遍地，绿草如茵，蜂飞蝶舞，连空气里都流荡着生命的清新和欢快。没有了高墙的阻隔，大自然如此开阔而美好，这也让平日戒备森严的世俗礼教得到了些许消融。一群人不论尊卑主仆，均兴致盎然、随心所欲四处游走。

红袖看起来有些郁郁寡欢，她一个人走到了一处僻静的桃花林里，静静地望着花树发呆。崔郊悄悄跟在后面看到了这一幕，她是不是想起了当初与自己在桃花树下的那些美好时光？唉，那是多么珍贵的一个个瞬间，如今却要来与她作最后的告别。

心念至此，即便是伟岸男子，也不由心碎泪落，那种心情，能向谁诉说，只有借助纸笔宣泄。于是他提笔写下《赠去婢》一诗：“公子王孙逐后尘，绿珠垂泪滴罗巾。侯门一入深如海，从此萧郎是路人。”

像绿珠一样美丽的女子，被王孙公子竞相追求，只要他们看中的人，便可通过钱财或权势得到，但有谁关注过那女子的内心，他们只顾自己享乐，却看不到那美人眼中滴落的泪！一旦进入显贵权势之家，就像鱼儿入了海，再也没有出来的希望，那曾与女子深恋的情郎，从此只能成为陌路人。

心底里，崔郊深信红袖虽入豪门，但心里还是爱着自己的。诗句中满含怨愤、伤痛之情，虽然写的是自己的爱情，却触动了无数被侯门隔绝的爱人的心灵，因此在后世被广为传诵。崔郊写这首诗，一来是让红袖明晓自己的心意，了解他的思念和痛苦，让她知道他还深爱着她，二来也算是对这份珍贵爱情最好的纪念。

他看看四周，没有人注意到他们。他快步上前，将写有那首诗的纸张塞到

红袖手里。红袖看见他，惊得睁大了眼睛。他们就这样默默对视着，短短的几秒钟，却像有千年万年长。那目光里包含着千言万语，相爱的人才会懂得。片刻之后，崔郊匆匆离开，只留红袖在原地怅然若失，百感交集。

踏青归来后，红袖把崔郊的诗藏在贴身衣物里，时时拿出来看。看到他写的字，就像见到他的人一样让她甜蜜又伤感。可是一不小心，这首诗被人发现，呈交给了于頔。红袖深恨自己疏忽，她以为于頔一定会大为恼怒，而自己和崔郊必会因此获罪。

可是令红袖意外的是，于頔读完诗之后仿佛并没有生多大气，他只是温和地问她这首诗是谁写的，他与她是什么关系。虽然很怕，但红袖还是勇敢地说出了实情，向于頔坦白了他们的爱情。于頔听完没说什么，只让人去找崔郊来。崔郊见了于頔，不卑不亢地说了写诗的缘由，也向于頔袒露了自己对红袖的一往情深。

崔郊和红袖是幸运的，他们遇到的于頔虽贵为高官，但也是人，心底里也有柔软温情的一面。每个人的心都有光明和黑暗面，只不过多少比例不同。有时候，人性中美好的部分，需要一些外力来唤醒。此时，崔郊和红袖对爱情的执着追求与努力，就是这样的外力，它激发了于頔心中的善意和宽容。看着这两个情意甚笃、才貌相当的恋人，于頔决定成人之美。他不但同意崔郊和红袖成婚，还赠以财物，至此，一切圆满，皆大欢喜。

和事业上的成功一样，在爱情里，坚持也是一种动人的力量。一个专注于工作的人，周身会散发出一种精神的光芒，不知不觉使周围的人受到积极的暗示和影响，从而愿意帮助他、成就他。爱情里也是如此，真诚相爱的人，愿意为爱坚持到最后的人，也会让周围的人看到人类情感的美好，从而愿意创设条件，为这样的爱情让路。“自助者天助”，这个道理在爱情辞典里也适用。

杜牧：日暮东风怨啼鸟，落花犹似坠楼人

《红楼梦》第六十四回中，林黛玉有感于古史中才貌双全女子的生平遭际，欣羡、悲叹之余，写下五首诗，被宝玉看见，命为《五美吟》。这五位美人分别是西施、虞姬、明妃、绿珠和红拂。宝钗读后，评价这些诗“命意新奇，别开生面”。

的确，林黛玉在写诗时，对史实有独到的眼光和理解，比如《绿珠》一诗：“瓦砾明珠一例抛，何曾石尉重娇娆。都缘顽福前生造，更有同归慰寂寥。”诗中对绿珠充满怜惜和同情，而对石崇则充满质询，认为他何曾真正珍重过绿珠。石崇的死，固然与绿珠有关，但黛玉却认为有绿珠怀抱一腔深情与他一同赴死，这也是石崇前生修来的福分。身为同性，黛玉和绿珠在精神上有一种遥远的默契，女人和女人之间，总有些姐妹般的贴心了解与懂得。

同样是绿珠与石崇的故事，在唐朝诗人杜牧的笔下，又是另一番模样：

繁华事散逐香尘，流水无情草自春。

日暮东风怨啼鸟，落花犹似坠楼人。

——《金谷园》

当年杜牧到金谷园遗址春游，看到昔日富贵之极的园林已经衰败不堪，旧人旧事消散在历史的尘烟中，不禁起了思古之幽情，写下这首怀春吊古之作。

金谷园的繁华，石崇的富贵，绿珠的美丽，都如香尘飘忽无踪。时光如流

水无情逝去，只有春草如茵年年点亮新绿。日暮黄昏，风中传来鸟的啼鸣，仿佛是女子悲泣的声音，朵朵落花，好似当年从楼上一坠而下的绿珠。

虽为男性，杜牧对绿珠亦是充满追忆、怜惜之情。他同情绿珠的遭遇，叹息她的生命如同落花，被世俗践踏，零落成泥。自古以来，在爱情的世界里，男人如日，女人如星月。男人的世界无比广阔，尤其对大多数事业有成、有财富权势和地位的男人来说，爱情不过像诗词歌赋、琴棋书画一样，是生活的点缀。而女人总是最具感性，一旦有人对她付出爱情，一旦爱上，便死心塌地，视爱情如生命，世间多的是薄情郎和贞烈女。所以在爱情受挫的黛玉眼里，石崇爱的不过是绿珠的容颜，如爱他所收藏的古玉珍玩一样，而绿珠，却可以因为石崇的一句话，便把自己像落花一样轻轻从楼上抛落下去，飞溅起一腔悲情，在历史时空中回旋成绝响。

石崇与绿珠，本是两个世界的人，他是世家子弟，显贵且巨富，而她只是一个小地方的无名女子，清贫而卑微。命运的机缘总是出人意料，暗地里迂回曲折埋下伏笔，只待时辰一到，便将那无形的线一牵，于是注定相遇的总会相遇，不论结局是喜是悲，是圆满还是缺憾，人生如戏，总要上演，动人心弦的总是经过，跌宕起伏，充满谜一样的未知。

石崇的人生，本是云端上的传奇。他的父亲石苞是西晋开国元勋，官至显要，且长相极为俊美，所谓“石仲容，姣无双”，说的就是石苞。石崇是石苞最小的儿子，可谓是含着金钥匙出生的幸运儿。生在这样优越的家庭，但石崇一开始却不是无所事事的纨绔子弟，他也颇有才干，年方二十便任职修武县令，政绩还不错，后来又担任过散骑郎、安阳太守、荆州刺史等职。

石崇不但仕途平顺，而且颇有财运。据说石苞临终前给几个儿子分家产，唯独没有石崇的。夫人不解，石苞说：“此儿虽小，后自能得。”石苞料事如神，日后石崇果然一夜暴富，成为历史上有名的富豪之一。关于石崇致富的原因，据说是为官期间搜刮民脂民膏，再加上在生意场上以权谋私、公开勒索，遂积累了大量财富，成为当时富可敌国的人。

石崇到底有多富有？自古流传一句话，“富比石崇，才比子建，貌比潘安”。当时的晋朝，讲究门阀，奢靡成风，许多有钱人以斗富为乐。京都洛阳有三人有富豪之名：羊诱、王恺、石崇。其中羊诱、王恺是外戚，权力比石崇大，但却不如石崇富有。王恺心中不服，为了压倒石崇，显示自己的富有，就在家门前的大路两旁，夹道四十里用紫色丝线编织成屏障。此举一出，整个洛阳城为之轰动。石崇闻言，决心与王恺一比高下，听说王恺家用饴糖水洗碗，石崇就下令他家厨房将蜡烛当柴烧。此事传开，人们都议论纷纷，认为石崇比王恺富有。

王恺不甘心这样认输，就向外甥晋武帝求助。晋武帝将宫里一株两尺高的珊瑚树赐给王恺，好帮王恺压倒石崇的气焰。这一天，王恺特地设宴请石崇和一批官员来他家吃饭。宴席上，王恺得意扬扬地命人抬出珊瑚树来，众人一见，都赞不绝口，说这是世间少有的价值连城的宝贝。石崇在一旁看着，冷笑一声，随手拎起手边的铁如意，一下子将珊瑚树砸得粉碎。众人被石崇此举惊得目瞪口呆，王恺更是怒不可遏，谁知石崇却笑得若无其事：“这样的珊瑚树有什么稀罕，我赔你就是了！”说罢，他命人回家搬来几十株珊瑚树，让王恺随意挑选。

到了这样的地步，王恺才知道石崇的确比自己富有得多，虽然心里仍不服气，但也只好甘拜下风，至此，石崇的富名更盛。有人上书晋武帝，认为应该制止这种奢侈浪费的习气，但晋武帝不以为然，他大概觉得自己的国家出了这么多富人，整天有人斗富，正说明国家兴盛，自己作为皇帝治国有方。

皇帝既已默许，石崇的炫富行为就显得理直气壮。据《世说新语》等书记载，石崇家就连厕所都修建得像宫殿一样豪华，十几位衣着华美的侍女列队为如厕的人服务，她们手捧香水、香膏，供客人享用。客人如厕之后，侍女要为他们换上新衣。据说有位官员叫刘寔，出身寒门，生活一向勤俭，后来虽当了

大官，仍然不改本色。有次他去石崇家做客，如厕时看见里面陈设华美考究，以为自己错进了房间。石崇的富有可见一斑。

身在高位，又有巨额财产，石崇就有些狂傲恣肆。据说每次宴请客人，石崇都会让美女为客人斟酒劝饮。如若客人不肯饮酒，他就让侍卫把那位美女杀掉。有次丞相王导和大将军王敦一起去石崇家赴宴，王导不喜饮酒，但担心石崇杀人，便勉强接受美女劝酒强行饮下，但王敦却不同，一连有三个美女劝酒，他都不喝，最后石崇将那三个美女都杀了。

石崇骄奢淫逸，挥金如土，狂妄自大，对人缺少最起码的同情心和善意，这样的人心中会有爱情吗？实际上，每个人都是一个丰富的个体，而不是扁平单一、非此即彼、非善即恶的绝对值。负面能量爆棚的石崇偶尔也会展现出内心温柔、诗意的一面，比如他曾独自驱车救人，此举颇有侠义之风。刘舆兄弟与王恺有嫌隙，王恺假称让他们留宿，实际密谋加害。石崇听说此事，星夜驱车至王恺家救出二人。他还写过一篇《思归叹》，其中有这样的句子：“吹长笛兮弹五弦，高歌凌云兮乐余年。舒篇卷兮与圣谈，释冕投绂兮希聃。超逍遥兮绝尘埃，福亦不至兮祸不来。”可见也是有才华和情怀的人，由此有人认为一般世人对石崇的认识有谬误，但无论怎样，人性中最基本的爱美之心人皆有之，石崇也概莫能外，所以就有了与绿珠的相遇和后续故事。

绿珠这个名字，容易让人联想到一块碧色珠玉，她确也具有世间罕见之美。据说绿珠原本姓梁，生于当时的白州双角山下（现广西博白县双凤镇绿罗村）。此地有一种古老的民俗传统，以珠为至宝。家里如果生了女儿就称为珠娘，生了儿子就称作珠儿，绿珠的名字大概由此而来。

绿珠在清风明月中生长，她的美和自然风物的美交相辉映，成为一道耀眼的光芒，照进了远道而来的石崇的眼中。他于这僻野之地发现了一块未经世俗浸染的绝世美玉，以他要风得风、要雨得雨的自信，绿珠又如何能逃脱？

石崇用十斛珍珠娶了绿珠，这个善吹笛又善舞的绝色美女，他为她在金谷园内修了百丈高的崇绮楼，登楼远眺，可“极目南天”，遥望那个她远在天边的故乡。崇绮楼里装饰的全是价值连城的珍珠、玛瑙、琥珀、犀角、象牙等，可谓极尽豪奢之能事。一个男人肯为女人花费金钱，那么他就是爱她的吧？

石崇的金谷园，建筑精美，清溪绿波，草木葳蕤，鸟鸣鱼跃。在这胜境之中，石崇曾与当时的名士左思、潘岳等二十四人结成诗社，号称“金谷二十四友”，他们在园中宴饮赋诗，风雅之中，若有红袖添香才得完美，而绿珠正是其中最美的点睛之笔。游乐之余，酒至半酣，谈兴正浓，绿珠适时出现，凌波微步，罗袜生尘，顾盼流转，美目生辉，微启朱唇，如天籁入耳，翩然而舞，若仙子下凡。如此美妙绝伦的视觉听觉盛宴，抚慰了一众男人的感官，也折服了他们的心。绿珠的美，和金谷园一起声名大振。

有些美，只愿悄悄藏在心里。有些幸福，只适合安安静静地拥有。然而石崇不是这样的人，他张扬的个性，最终像容易招引风暴的大树，为他和绿珠引来了祸端。绿珠的美，引来无数艳羡的眼睛。有多少双贪婪的目光盯着绿珠，有远远欣赏的，有暗中觊觎的，有愤愤不平的，也有就此想将美据为己有的，这个人叫孙秀。

以前，石崇得势时，在朝廷里依附的是贾谧，后贾谧被诛，石崇受牵连被免官，赵王司马伦专权。石崇的外甥欧阳建与司马伦有仇，石崇自然也与司马伦不睦。孙秀是司马伦的亲信，早就对绿珠垂涎已久，以前慑于石崇的权势，不敢造次。如今见石崇已不复往昔，孙秀便放纵起来，他派人来到金谷园，强行要掳走绿珠。

当时，石崇正在金谷园中与一群美艳姬妾一边欣赏美景，一边宴饮歌舞，他还不知道这样安逸的生活即将走到尽头。问明来意，石崇让美姬们站成一排，任来人随意挑选，中意的就带走。那人认识绿珠，遍寻群芳，只见华服锦衣、庸脂俗粉，不见要找的人，便直截了当说要带走绿珠。石崇闻言断然回

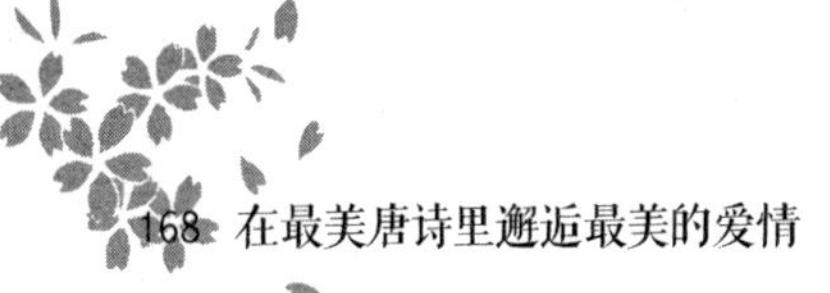

绝："绿珠是我所爱，绝不容许。"

说这话时，石崇有没有想到后果？如果他知道这句话会给他引来杀身之祸，还能说得这么坚决、这么义无反顾吗？以石崇经商和写文的头脑，应该不至于糊涂至此，面对这样的大事信口回答。那么，一定是经过认真思考之后所做的回答，即他清晰地知道得罪孙秀的结果会是什么，但是对绿珠的不舍压过了对未来的恐惧。如果像林黛玉所认为的，他不珍重绿珠，把绿珠只当作一件珠宝玩物，以他挥金如土的个性，必然会毫不犹豫地将绿珠让给孙秀。但他没有，他冒着生命危险要留下她，这难道不是心底里存着真爱？

来人请石崇三思，石崇很坚定，仍是回绝。开罪孙秀的后果，果然很严重。孙秀唆使赵王派兵来杀石崇，石崇自知难逃，深深地看着绿珠，长长叹息："我因你而获罪。"他说这话的本意，是想证明自己对绿珠的爱吗？是另一种表白吗？还是心生悔意，充满哀怨地责怪，怪她红颜祸水，连累了他？他心里真正所想，只有他自己知晓，而绿珠，显然听出的是最后一重意思，她一定以为事情因自己而起，那么必要为这件事承担责任，所以她回复他："愿效死于君前！"言毕，纵身一跃，如蝴蝶，如落花，轻轻飘落地面，身后是石崇未及阻拦伸出的空茫双手。

或许绿珠已预料到石崇逃不过一死，所以先去黄泉路上等他，以慰藉他的寂寞。有人说石崇和绿珠之间没有爱情，不过是各取所需，这样的说法未必太过冷酷，人世间还是有爱和美、善意和温暖的，纵然豪奢狂傲如石崇，纵然卑微柔弱如绿珠，不论世界如何，不论人性有多复杂，还是应该相信爱情。石崇为绿珠而死，绿珠陪他一同赴死，其实他们原本可以选择，可以不至走上如此绝路，关键时刻，生死攸关，他们从对方的眼中看到了留恋，那是爱的另一种表达。他不愿与她生离，她不肯与他死别，他们的深情掩盖在声色犬马的浮华之下，被世人以各种方式、从各个角度解读，但究竟哪一种才最接近真相，只能永远是个谜团。

多年以后，金谷园已然成为历史遗迹，只存在于人们口口相传的故事中，只存在于文人墨客的笔下，所有的繁华过往，所有的绝世之美，都成了微茫尘埃，只有那爱与不爱的余韵，在世间绵绵流荡。

杜牧：正是客心孤迥处，谁家红袖凭江楼

杜牧生活的晚唐时期，大唐的光焰已渐趋黯淡，杜牧的人生也和时代风云相应和，心境寂寥、萧索，一如日暮黄昏时的幽景。世人皆知杜牧滥情，岂不知他的风流原是对命运一种另类的对抗，在那些风花雪月里，所有人生的缺憾都得到了抵偿，这是一个诗人的爱与哀愁，是非难以评说。悠悠千古，才子佳人俱成尘，唯留下那些缠绵悱恻的诗和诗里的缱绻情事，芬芳流年。

红楼梦第五十八回中写到，宝玉对紫鹃所说的黛玉要回苏州信以为真，急得大病一场，病愈后去看黛玉，走到沁芳桥一带，见一棵大杏树上花已落尽，绿叶成荫，青青小杏缀满枝头，不由想起一句诗“绿叶成荫子满枝”，再联想到邢岫烟以及众多姐妹最终都要告别青春，离开大观园，结婚生子，不胜感慨。

“绿叶成荫子满枝”出自杜牧《叹花》一诗：“自是寻春去较迟，不须惆怅怨芳时。狂风落尽深红色，绿叶成荫子满枝。”这首诗，寄寓着杜牧对一段美好爱情的深切怀念。

那是在唐文宗太和末年，杜牧四处游历，听说名郡湖州风物明丽，美女如云，生性浪漫的他便到此一游，希望有美人美景惊艳心胸。

当时的湖州刺史素与杜牧交好，深知这位好友的心思，因此杜牧到湖州后，便常请杜牧出游或宴饮，并且四处搜罗舞女歌妓，让杜牧从中挑选中意之人，但杜牧一直没有找到特别切合心意的女子。

直到那一天，杜牧从游船上下来，目光掠过挨挨挤挤的人群，突然眼前一亮，他看到了一张明媚清俊如新月般的面庞，只那一眼，他阅美女无数的心，怦然而动。细细看去，那是一个约十三四岁的女孩子的脸，像含苞的花蕾般饱满润泽，她的手，牢牢牵着母亲。

一声叹息，可恨红颜生太迟，她还是一个孩子，他怎能有非分之想？他转身欲离开，可是，最初相见的一眼，已然深刻于心，恐怕终其一生都难以忘记。就这样各自天涯，就这样一别不再相见，实在不甘，好不容易，他才找到了她，怎能就这样白白放走她？

心思百转千回之际，他想了个两全其美的办法，于是鼓起勇气上前对那女孩的母亲说明意愿，请求以十年为期，十年后，女孩成年，自己想必也功名在握，有足够的能力给她更好的生活，到时郎情妾意，一切圆满。

女孩的母亲是个普通人家的主妇，大概没有想到会有此奇遇，她思虑片刻，相信了眼前这个眉目俊朗的年轻人。只是，她顾虑道："若十年后您失约，我们又该如何？"杜牧断然答道："如若失约，姑娘尽可改嫁。"

那日一别，光阴如箭。杜牧在人世中沉浮，在追寻理想的道路上跌跌撞撞前行，其间的劳顿艰辛可想而知，等到他终于能够践约来到湖州时，恍然发现十年约期已过，当日豆蔻年华的心上人，已然嫁作他人妇，并且生儿育女，余生只成陌路。

这很像一场迟到的寻春，风吹落花，深红满地，像碎了一地的心事，本想看到花开满枝的胜景，此时却只有绿叶堆叠成荫，小小果实满枝头。惆怅满腹的杜牧于是写下《叹花》一诗，是对这一段绵延十几载却无果而终的爱情最好的祭奠。

在故宫博物院里，藏有一幅现存杜牧唯一的书法真迹《张好好诗帖》，神妙的书品，深情款款的诗句，饱含着杜牧对歌妓张好好的真切爱恋，连接着一段久远凄美的爱情。

当年杜牧年轻气盛、风流倜傥、才气纵横、交游广阔。在沈传师的宴会上，他见到了名妓张好好。张好好不但姿容绝美，且琴棋书画样样精通。一个是风流才子，一个是绝代佳人，两颗年轻又对爱情怀着美好憧憬的心，就这样

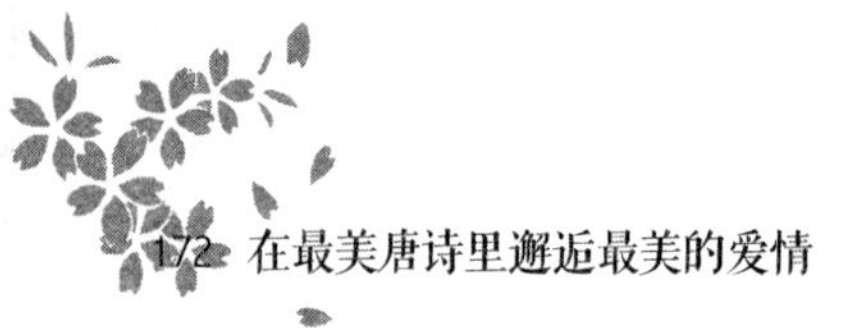

默默相许、深深相爱了。本以为会有美好的结局，只是世事难料，沈传师的弟弟居然也看上了张好好，很快便纳她为妾。

沈传师是杜牧的恩师兼上司，杜牧怎能对此事说出一个“不”字？况且当时他地位卑微，只是一个幕僚，也难以与人抗衡，所能做的，只有满怀幽怨和怅惘，看佳人温香软玉入了别人怀抱。张好好纵然对杜牧有情，然身为官妓，身世如漂萍转蓬，又怎能掌控自己的命运，只好听从上天的安排嫁了，只敢在心中偷偷留着念念不忘的诗人。自此，落花流水春去也，天上人间空余恨。

爱过的情意还在心间流淌，人却随风飘荡，各自天涯。在杜牧的心里，大约以为好好会过得不错，在富贵人家衣食无忧，或许他会认为她忘记了他，就这样天各一方，所有的过往只成为在暗夜里取暖的美丽记忆。

张好好嫁人后的两年，杜牧在洛阳东城外意外与她重逢。其时，她已成弃妇，昔日花容月貌已在岁月风霜里变了颜色，想旧梦重温，然而中间终是隔着厚厚的时光，无法跨越。百感交集之中，杜牧写下《张好好诗》，在祭献旧情的同时，也为世间留下了一份珍贵的书法真迹。

多年以后再相见，多少话语在心中回旋，却只是不知如何诉说。千般痛楚，只有深埋心底。千种疑问，只能默默压制。只问些寻常的话，言不由衷，只有爱过的人，才会在衰柳斜阳、物是人非的苍凉中，流下簌簌清泪，相对，却只是无言。

据说重逢之后不久，张好好再嫁。“孤灯残月伴闲愁，几度凄然几度秋。哪得哀情酬旧约，从今而后谢风流”，出嫁前，张好好留下此诗，是对往日爱情的告别吗？从此张好好一入侯门深似海，杜牧辗转人世独自愁。

虽然分离，但心间的爱永远不能磨灭。多年以后，杜牧在长安郁郁而终，张好好闻讯伤心欲绝，她瞒着家人千里迢迢赶到长安送他最后一程。在杜牧的坟前，她想起他们这一生爱而不得的痛楚与甜蜜，相聚与离别，万般滋味涌上心头，如今他已作古，她亦生无可恋，万念俱灰，遂将心一横，自尽于坟前，她和他，至此永不分离。

多情诗人的一生，爱情散落于诗句之间，除了上面这两段爱情，杜牧还有一段鲜为人知的爱情，隐匿在历史的细微处，待有心人、有情人一一拾取，慢慢回想，这就是他与歌妓苏柳云的爱情。

据说杜牧首次来宣城任职，就遇到了苏柳云。苏柳云原名苏有田，祖父原为安禄山手下兵士，安史之乱时出逃至泾县，后生子苏传根。三十多岁时，苏传根才娶了一个带着男孩的寡妇，这便是苏有田的母亲。苏有田十岁时，父亲病故，母亲再嫁，遂将有田卖于一个开当铺的商人。

虽然命运多舛，苏有田却出落得美貌无比，气质出众。有田十六岁时，继父母开了一家青楼妓院，强逼有田接客。苏有田虽为一弱女子，却很有勇气，她寻机出逃，跑到了南陵弋江，改名为苏柳云。

那一年，杜牧二十八岁，随恩师沈传师途经弋江，转道去宣城。杜牧才华过人，却难被赏识，因此常寄情山水，借游冶以消胸中块垒。泛舟闲游，杜牧独立船头，看着湖光山色，享着清风徐来，不觉心旷神怡。突然之间，他的眼帘中映入了一个女子的倩影，她美得像一幅画，正静静地斜倚在窗口，凭栏远眺，那种悠远、娴雅的神情，一下子就打动了年轻诗人的心，他提笔写下“南陵水面漫悠悠，风紧云轻欲变秋。正是客心孤迥处，谁家红袖凭江楼”的诗句。

这次相遇，在杜牧心中留下了深深的印迹，他不会轻易错过上天赐予的情缘和机遇。他终于找到了她，知道了她的名字，更真切地看到了她的美，欣赏到她歌舞时的动人柔美和翩跹步态。当时的苏柳云，也正值情窦初开的年纪，梦想着遇到一位有才华、有情意的如意郎君，上天果然怜惜她的孤苦，让她遇到杜牧，她的心自是欣喜不已。爱情就在这样的共同渴望和惺惺相惜中来临，彼此的过往来不及参与，未来又太渺茫，且安于当下，享受这难得的爱情吧。相爱的日子，心都是轻盈地飘着，像蓝天上自由的白云。

甜蜜的日子总有尽头，转眼间离别在即，杜牧要去外地任职，他是一个男人，还有建功立业的雄心，不能永远沉醉在温柔乡里。临行前的一夜，柔情蜜意说不尽，两人难舍难分，满怀留恋。看着苏柳云充满期待的眼神，杜牧郑重承诺，等日后他有了能力，一定会回来娶她做妾。她信了他，深爱中的人，总是愿意相信那些滚烫的情话，一如潮湿的灵魂需要烘干。

杜牧也是个守信的人，几年之后，为了来见苏柳云，他努力争取一个并不显赫的职位，为的是践行自己的承诺。重逢是在觥筹交错、人声喧嚷的宴席上，她在一旁歌舞，他坐在下面看。难以单独倾诉爱和思念，苏柳云情之所至，将她的一腔深情都熔铸在了舞步之中，她跳得那样动情，那样投入，似乎所有的生命激情都在那一刻得到了绽放。人生中，应该至少有一次奋不顾身的爱情，此生才不枉过。当时的苏柳云一定也是这样想的。

苏柳云的心思，杜牧应该心知肚明，虽然他也爱她，虽然很为她的深情感动，但他依然心存犹豫，她是一个妓女，虽是艺妓，但身份毕竟不同，他要为自己的仕途和声名考虑，所以止步不前，若即若离。

说起来，杜牧也是一个很矛盾的人，他爱的总是妓女，爱她们的美丽和才情，大约那个时代，才貌双全的佳人只有在青楼之地才最集中，也最容易遇到和交往。他用情的时候也很深，专一，喜欢承诺，最后也会兑现，但总是不够彻底，不够坚定。不能说他失信，但最终他都没有娶她们。

那年冬天，杜牧迁职左补阙，本是喜讯，杜牧的诗却写得颇有些伤感：

日暖泥融雪半消，行人芳草马声骄。
九华山路云遮寺，清弋江村柳拂桥。
君意如鸿高的的，我心悬旆正摇摇。
同来不得同归去，故国逢春一寂寥！

——《宣州送裴坦判官往舒州时牧欲赴官归京》

这首诗表面上是抒发友人惜别之情，实际上却暗含对苏柳云的不舍。暖阳当空，冰雪半消，泥泞的道路旁，草芽新绿，马声长嘶，马蹄得得，催促着行人赶快上路。九华山上，云雾缭绕，遮掩着庙宇，青弋江村，春风杨柳，轻拂着桥面。“朋友的志向像鸿雁一般高远，而我的心却像风中的旗帜动荡不安。我们原本一同到宣州任职，此时却不能再一起同行，明媚春日，即将远赴京城的我，心境是多么寂寥。”

据说临行之前，杜牧去找苏柳云，看到她去了柏子庵，便暗暗尾随，想待无人时好好告别。谁知苏柳云一进去好久也不见出来，杜牧等得焦急，便到庵堂门口打探消息。有几个尼姑见了穿便服的杜牧，盘问他来意，杜牧如实相告，尼姑知道他就是大名鼎鼎的才子诗人，便请杜牧为柏子庵题写匾额。

杜牧拿起笔，不由自主写下一个“柳”字，原来他心中一心想着苏柳云，就错把“柏”字写成了“柳”字。事已至此，只好将错就错，杜牧灵机一动，在“柳”后面再写了“拂”字，柳枝轻拂，多么美的景象！围观的众人纷纷叫好，苏柳云这时也现出了。她看到杜牧，激动之情溢于言表，热情地召唤他，可是杜牧不想让人们知道他和一名妓女有染，他只想和她在无人看见的地方倾诉衷情，在众目睽睽之下，他缺乏承认恋情的勇气，于是便假装不认识苏柳云，匆匆逃脱。

多情却似总无情，杜牧写下她的名字，却不愿在众人面前与她相识，他爱得那样矛盾、那样犹豫，但终究他心里有她，她知道这一点也就够了。他走了，他没有娶她，她便终身不嫁，在他题写了“柳拂”两个字的尼姑庵出了家，怀抱一腔深情，终身与青灯古佛为伴，她在清静无为之境中，守着他们曾经的爱情，过了一生。

他离开了她，却时时念着她，他把对她的爱都隐秘地写在诗里。赴京上任的途中，他写道：“潇洒江湖十过秋，酒杯无日不迟留。谢公城畔溪惊梦，苏小门前柳拂头。千里云山何处好，几人襟韵一生休。尘冠挂却知闲事，终把蹉

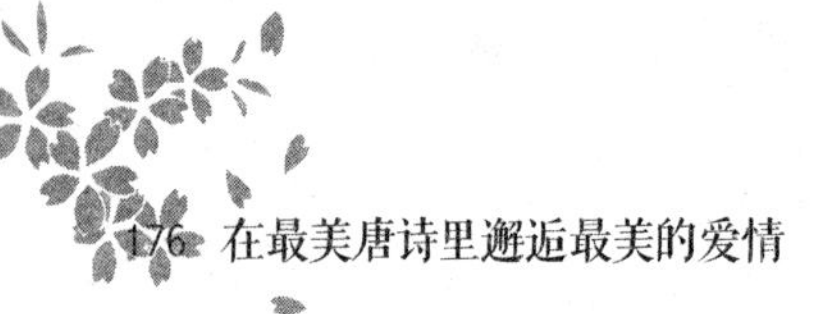

跎访旧游。”这首诗中嵌着“苏柳云”三个字，并且将苏柳云比成钱塘名妓苏小小，可见苏柳云在杜牧心目中的分量。

相爱过的人，任何一件与之有联系的事物，都能引起对旧日恋情的追忆。在杜牧的诗中，含有“柳”字的诗句很多，比如他在湖州任上写有一首《不饮赠官妓》的诗，看着眼前的美艳官妓，心中想的却是苏柳云，饮酒也没了心情，所谓“无端千柳树，更拂一条溪”，表明了此情难再、曾经沧海的感念。直至耄耋之年，他还在写柳：

含烟一株柳，拂地摇风久。

佳人不忍摘，怅望回纤手。

——《独柳》

烟柳如云，那个沦落风尘的女子，让他牵念一生。她给他的柔情，如弱柳扶风，拂动在他心上，缭绕在他的诗词指尖。

杜牧的一生，颇似一段孤寂的旅途，他在行走中的寥落、忧郁，恰似客居他乡的游魂，客心孤迥，人间惆怅，此情无计可消除，眉间心上，丝丝缠绕，只好借红袖暗香慰藉凄清情怀。爱情于他，不过是向晚时光中一朵明艳黄花，是枯寂暗色中的一点明亮色泽，是生命长河中一朵小小的白浪，无法改变命运的基本走向。然而，正是这散落红尘中的细爱，让一个人的生命，有了诗情画意的美感和丰盛内蕴的质感。假爱情之名，用诗句作桨，杜牧将自己泅渡到另一个彼岸，那里有他在现实中无法获取的宁静和美好。

江采萍：长门尽日无梳洗，何必珍珠慰寂寥

“回眸一笑百媚生，六宫粉黛无颜色。”大唐盛世，杨贵妃的美凌驾无数女人之上，带着些不可一世的骄傲。要说让她自叹不如和心生嫉妒的女人，只有一个，那就是唐玄宗在遇见她之前最爱的女人——梅妃。

梅妃原名江采萍，她的名字极富江南韵味，“萍”字让人联想到浮萍随波逐流的柔弱和无助，然而江采萍本人心性却并不如萍，反而如梅。她是绽放在福建这片灵山秀水上一株遗世独立的梅，是那种灵魂有香气的女子，只是这香并不轻佻张扬，而是节制而内敛，如王冕笔下的墨梅，“不要人夸颜色好，只留清气满乾坤”。这样评价一个女子并不过分，她的高洁，担得起这两句诗。

江采萍生于诗书之家，父亲是个饱学之士，同时还是个悬壶济世的医者。他借《诗经》中《采苹》一诗的题目为女儿取名，可见对女儿的期望之高。江采萍也不负父望，继承了父亲的才学天资，自小便灵慧聪颖，对诗文极感兴趣，九岁便能熟读背诵大量诗歌名篇，十五岁展露惊人文才，所写之文令许多大人也自叹不如。出自她手的八篇赋文，在当地传诵一时，当时人称她为“福建第一女诗人”。

不仅文才了得，江采萍还善歌舞、通音律，简直就是个艺术全才。上天似乎对她格外偏爱，把超凡的才华赋予她的同时，还给了她美丽的容貌、出众的气质和脱俗的心性，这样的女子，什么样的男子才配得上、娶得起？

春心萌动的时候，她也在心里偷偷设想过未来夫君的模样。他一定有着颀长的身材、俊朗的面容，浑身散发浓浓的书卷气，性情温和宽厚，和她一样善良、脱俗，热爱世界上一切美好的事物。他懂得她，欣赏她，怜惜她，他会始

终如一地爱她，不让她受一点点委屈和伤感，陪她终老此生。而她亦会如他爱她那样，将一腔深情奉上，与他谈诗论文、弹琴起舞，为他生儿育女、操持家事，陪他到生命的最后一刻。

每个身在青春玫瑰园中的女子，都曾做过这样关于爱情的梦吧？这样的梦太完美，世上有此福分的人，恐怕寥若晨星。现实常常是，上天用无形之手为你安排命运的机缘，在什么时间、什么地点，遇到什么人，都是随机，除了顺应和接受，别无他法。

上天安排给江采萍的缘，看上去华丽耀眼、金碧辉煌，然后背后却藏着无尽的苦涩和哀怨。人们都说她是才貌双全、世间难得的奇女子，这女人中的凤，自然要配龙。那一年，高力士来福建为唐玄宗选妃，见到江采萍的第一眼，便惊为天人。只短短一瞬，江采萍的命运便已改变，她忐忑不安地走进皇宫，不知道前面等待她的是什么样的未来。

江采萍的到来，仿佛是充溢着脂粉香腻气息的后宫中一缕袅袅清风。她着装淡雅、性情温婉，诗书乐舞的滋养，让她在一群庸脂俗粉中间脱颖而出，玄宗一见之下，就极为喜爱，封她为东宫正一品皇妃。

江采萍自幼痴爱梅花，疼爱女儿的父亲便不惜财力，四处遍寻各种梅树植于庭院中。江采萍就常常在梅树下读书、玩乐或者安静地想心事。相处日久，她的身上便不知不觉也有了梅花的气韵，高雅自洁、不慕流俗。玄宗知她爱梅，便赐号“梅妃”，在她居住的宫内遍植梅花，并亲笔题写“梅阁”“梅亭”等匾额，他还亲昵地叫她“梅精”。那时候，他对她的爱，像一块精缩的蜜糖，浓得化不开。

也许和自己的爱情理想有差距，但能得到身为帝王的男人如此宠爱，江采萍也知足了。那些年里，她是幸福的。日久生情，她从心底对玄宗也渐渐生出了爱意，她珍惜着这样的好时光，努力做他背后的好女人。

据说一个冬日，玄宗携梅妃踏雪赏梅，提议她作一首梅花诗。梅妃沉吟片刻，一诗立成：“一枝疏影素，独抗严霜冷。早晚散幽香，香飘十里长。”令玄宗赞叹不已。又一天，玄宗与梅妃在梅阁赏梅对弈。梅妃自小琴棋书画无所不精，两人对阵，玄宗屡处下风，自觉尊严受损，心下难免不悦。梅妃笑道：“陛下心中装的是天下万里河山，我这一点雕虫小技，哪敢和您相比呢？”这情理兼具的话，让玄宗顿时龙颜大悦，欣慰于她的善解人意，自此对她的爱又加深了几分。

梅妃不但柔情似水，还颇具胸襟气度，能识大体、明大义。据说有一次玄宗设宴与兄弟同乐，席间让梅妃表演她最拿手的才艺——吹白玉笛、跳惊鸿舞。只见梅妃手持玉笛，微动朱唇，清越如仙乐的笛音便流泻在宫内，使人如沐清风，如浴月色。一曲奏罢，梅妃翩翩起舞，舞姿曼妙如惊鸿般轻盈，如落梅般飘逸，众人看得如痴如醉。歌舞尽兴之后，唐玄宗令人拿出珍藏的美酒“瑞露珍”，让梅妃为诸王斟酒。当梅妃走到薛王面前时，醉意朦胧的薛王竟一时起了轻薄之念，在桌下暗触梅妃纤足。梅妃不动声色挣脱，托病回避。第二日，酒醒后的薛王以为此事必已暴露，特来向玄宗请罪。事后玄宗问梅妃为何要隐瞒，梅妃回答说：“陛下如此珍重兄弟情义，臣妾受这一点委屈也算不了什么。”至此，玄宗对她的爱中，多了敬意。

和梅妃享受着浓情蜜意，玄宗对国事难免有些懈怠。梅妃见状，对玄宗说：“太宗有贞观之治，陛下也当有开元之治。”玄宗点头称是，从此后减少宴游，亲理朝政，勤勉治国。可以说，唐玄宗在位前期，“开元盛世”的功劳簿上，应该为梅妃记上一笔。

若是玄宗对梅妃的爱能如愿望中的“地久天长”，这世上会多一对佳偶，少一个薄命红颜，或许历史会发生转折，有这样的贤妃常伴君侧，玄宗会不会一直保持政治清明、励精图治到终老，那么安史之乱会不会就可避免，大唐盛世的光辉会继续延续?

一切都只能是假如，只有人性如此真实。喜新厌旧是人之本性，对于身处

爱情中的男人来说尤其如此，更何况，玄宗执掌一国，只要他想，什么样的女子不能得到？梅妃再好，时日一长，也难免审美疲劳，于是帝王再度动了猎奇获艳的心思，这一动念，果真遇到了另一个女子——杨玉环。

和梅妃的节制内敛不同，杨玉环的美属于俗世寻常的香艳，冶艳之中带着些娇纵和热辣，且带着小小的聪明和狡黠，这恰恰是玄宗从梅妃身上所不曾领略过的。玄宗不顾一切，跌进了杨玉环的温柔陷阱，一发而不可收。从处心积虑让杨玉环出家为尼，到终于封为贵妃怀抱美人，玄宗对杨妃的迷恋可见一斑。杨玉环才不管什么荒废国事，她只要能独享皇上宠爱，极尽欢娱就好，她不会如梅妃劝谏皇上积极进取，玄宗越沉迷，她越觉自己地位稳妥，心里踏实。

玄宗有了杨玉环，对梅妃渐渐淡了。皇上遗忘旧日恩爱，令梅妃伤心不已，但让她更焦灼的，是皇上终日淫乐，不理朝政。无奈之下，她再次上书皇上，对他进行劝谏。忠言逆耳，玄宗也喜欢听夸奖，更何况，他对梅妃的感情已不似往日，自然心生不悦。杨玉环本就妒忌梅妃，要说情敌，只有梅妃一个，她便在玄宗面前极尽挑拨离间之能事，说尽梅妃坏话，玄宗最后竟然听信于她，将往日深爱的梅妃，打入了冷宫。

翻手是云，覆手是雨，世态炎凉，人情冷暖。相爱有多欢乐，失爱就有多凄凉。冷宫寂寂，长日难挨。虽然也有幽怨，但梅妃心里却也笃定。她相信玄宗终有一日会忆起她的好，会回头。因了这份自信，虽处冷宫，但梅妃倒也相当平静，每日里吟诗弹琴，颇具情趣，这就是精神丰富的人具有的优势，无论处于怎样的境遇里，总有力量支撑内心。

有一阵，杨贵妃恃宠而骄，玄宗心生不满，就想起梅妃来。也许是内心有愧，他派人送了一斛珍珠给梅妃，希望重修旧好。原以为梅妃会十分欢喜，谁知梅花心性已烙入梅妃骨子里，她拒绝玄宗临幸，将珍珠原封退还，并且还附诗一首《谢赐珍珠》：“桂叶双眉久不描，残妆和泪污红绡。长门尽日无梳洗，何必珍珠慰寂寥。”很久已经没有描画眉毛，泪水冲洗着残妆打湿了红色的绡衣。独居冷宫，整日无心梳洗，你又何必用珍珠来安慰我这一颗寂寥之心?

读诗之后，玄宗忆及旧日情分，深为所动，便召梅妃见驾。梅妃再次拒绝，玄宗一再坚持，梅妃以为他终于回心转意，这才答应相见。久别胜新婚，梅妃含泪轻泣的样子，真像“梨花一枝春带雨”，有一种动人心弦的美，不由惹得玄宗心生怜爱。他拥她入怀，柔声宽慰。那一刻，仿佛昨日重现，迷失的爱情找到归途。那一夜，时光静好，梦境甜美。

谁知第二天一早，杨贵妃便气势汹汹地来了。原来她昨日已知晓玄宗在此召幸梅妃，只是因为玄宗令高力士在门口阻拦，才没有硬闯进门。那边厢欢爱良宵，这边厢杨贵妃妒意难平，一夜未眠，终于熬至天亮，实在按捺不住，便不顾一切私自闯入。大约有恃无恐，杨贵妃仗着自己正受宠，而梅妃已是冷宫废人，所以如此恣意妄为，这让玄宗也实在看不下去，甚觉过分，盛怒之下便传令送杨贵妃出宫。

梅妃见状，只当是玄宗的心已回到自己身上，至此也向玄宗敞开心扉，写下闻名千古的《楼东赋》：“玉鉴尘生，凤奁香珍。懒蝉鬓之巧梳，闲缕衣之轻练。苦寂寞于蕙宫，但凝思乎兰殿。信摽落之梅花，隔长门而不见。况乃花心飏恨，柳眼弄愁。暖风习习，春鸟啾啾。楼上黄昏兮，听风吹而回首；碧云日暮兮，对素月而凝眸。温泉不到，忆拾翠之旧游；长门深闭，嗟青鸾之信修。忆昔太液清波，水光荡浮，笙歌赏宴，陪从宸旒。奏舞鸾之妙曲，乘画鷁之仙舟。君情缱绻，深叙绸缪。誓山海而常在，似日月而无休。奈何嫉色庸庸，妒气冲冲。夺我之爱幸，斥我乎幽宫。思旧欢之莫得，想梦著乎朦胧。度花朝与月夕，羞懒对乎春风。欲相如之奏赋，奈世才之不工。属愁吟之未尽，已响动乎疏钟。空长叹而掩袂，踌躇步于楼东。”

“镶玉铜镜上沉淀着岁月尘埃，龙凤宝箱中装满了香罗奇珍。冷落了理我

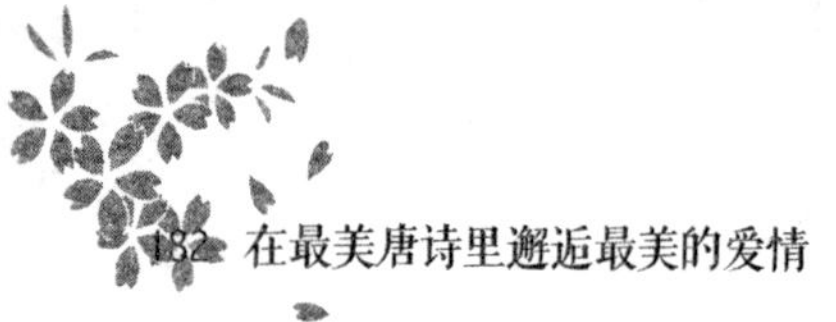

乌鬓的精巧玉梳，闲放着裁我缕衣的轻盈白练。在香草依依的宫中凄苦寂寞，于兰芳袅袅的殿上凝神静思。任凭梅花随风飘落，我远隔长门怎得相见？更何况心里飘荡出怨恨，眼眉一样的柳叶拨弄着愁情。暖风习习地吹拂，春鸟啾啾地鸣叫。楼上又见黄昏，我聆听着柔和的风声回头张望；白云却逢日暮，我独对着清冷的月光凝眸远眺。温泉难以再到，我回想珍惜着旧日拾翠羽的游乐；长门宫幽深紧闭，只得靠信誉美好的青鸾传递消息。想到旧时太液池里的清波，水面光影浮荡；美妙的歌舞、无尽的赏赐、盛大的宴会，我陪从在圣上身边。我吹奏使鸾凤起舞的曼妙乐曲，乘着益鸟所驾的仙舟。君王情意深厚与我难舍难离，诉说如绸缪一样亲密无间的情话。发誓爱情像山岳海洋一样永远存在，像日月一样没有休止。无奈杨贵妃生出恼怒的嫉色，冲冲的怒气，夺走我的恩爱宠幸，把我贬斥到这幽寒的冷宫中。怀想旧日欢情难以再得，梦却在朦胧之中更显著。度过多少花朝月夜，已经羞愧而不愿面对这春风了。想象司马相如一样挥就《长门赋》，无奈我不善于诗赋之才华，愁吟绵长啊仍未有尽头，报晓的晨钟已然响动，只得白白地长叹而以衣袖掩面哭泣，独自在楼东徘徊。”

如同陈皇后让司马相如代笔的《长门赋》只唤起汉武帝一时的感动一样，《楼东赋》也许让玄宗感动过、愧疚过，也更惊叹于梅妃的才华，只是爱情一旦过了保鲜期，便如同流水落花，无可挽回了。玄宗给过她短暂的希望之后，便又恢复到以前的状态。她见不到他，无法诉说她的一腔幽怨和思念，只有幽寂冷宫中的漫长岁月、无边哀愁陪伴着她。

一个暮春之日，梅妃登楼远眺，只见宫外驿道上骏马疾驰而来，扬起漫天飞尘。她神思恍惚地问宫女：“可是梅花使者来了吗？”那时候，她是玄宗最宠爱的妃子，各地使者争相进献梅花，而如今那个说要爱她一生一世的人哪里去了，那些献梅花的人，哪里去了？宫女轻叹道：“梅花使者久已不至，此是为杨贵妃送荔枝的驿使。”

这句话像一把利剑直刺心脏，梅妃不由珠泪滚滚，霎时昏死过去。待悠悠醒转，已是残月伴孤灯，一片凄清昏黄的光，笼罩着孤寂长夜失魂的人。人在绝望之中，除了无声饮泣，除了独自心碎，又能如何？从此，没有了时间，日子就在浑浑噩噩中过着，冷宫成了一座孤岛，世界的繁华与纷扰似乎都与她无关了。

安史之乱发生时，玄宗带着杨贵妃仓皇西逃，可怜梅妃还被困冷宫一无所知。当乱军闯入宫中，喧嚣四起时，梅妃正独倚楼头，对月伤怀。听到声音，她还以为是玄宗和杨妃又在夜夜笙歌，不由得又是一腔伤感，和泪入睡。

次日清晨，一个跟随梅妃多年的老宫女才来禀报，说安禄山谋反，昨夜玄宗已和杨妃逃往蜀地，如今偌大个宫内，就只剩自己和梅妃二人。梅妃一听，如万箭穿心，原来自己在皇上心中已然是没有地位了，生死攸关之际，他竟置她于不顾，这样绝情，往日情意荡然无存，可见情爱真如镜花水月，只是幻梦！

老宫女扶着神思迷离的梅妃，世界之大，竟不知往何处去。主仆二人一路跌跌撞撞行来，叛军正四处搜寻，正好遇见。老宫女为保护梅妃被叛军所杀，梅妃被俘。当时宫中各处，尽是贼兵，他们见珍宝便抢，见人便或杀或辱，旧日繁华宫闱，昔时人间天堂，此时已然成了魔境地狱。梅妃高洁如云，岂能甘心受辱？趁乱兵不备，她自尽而死。“质本洁来还洁去，强于污浊陷渠沟。”她果然是一株绝世独立的梅，连死也那样干净而美丽。

而唐玄宗直到安史之乱平息，回到长安旧宫，在思念杨贵妃的同时，才想起梅妃来。他令人四处寻找，最后在一株梅树下找到了长眠于泥土中的她。曾经芳华绝代，曾经高贵优雅，曾经是世间难得一遇的灵秀才女，就这样香消玉殒，令人叹惋。

回首往事，如梦似幻。在玄宗的心里，有一处安静的角落，那里盛开着世界上所有最美的梅花，梅树掩映下，梅妃轻舞翩然，惊鸿照影，玉笛横吹，仙

乐飘飘。她巧笑嫣然，转身离去，梅花纷然而落，漫天花雨，飘洒如江河。

虽然结局令人唏嘘，但梅妃仍是玄宗心中独一无二的、令他既爱又敬的女子。她美丽而不媚俗，雅致但不高冷，她爱得有尊严、有骨气，始终遵循自己的内心而活，“一个人应该活的是自己并且干净”，她做到了。作为女人，我们需要爱情，但我们更需要的是，好好做自己。

李贺：无物结同心，烟花不堪剪

千百年来，西子湖畔，风景如画，诗韵烂漫，风花雪月的故事如春草绵绵不绝。在西湖，即便初游，也有旧梦重温的意味。这里随处是水墨图画，随处是诗词歌赋，随处是传奇典故，随处是文化意象。仅就西泠桥畔的一处小小墓亭，历来便有无数文人墨客为之吟咏诗篇，感怀悲叹，这就是苏小小墓。

苏小小是南朝时期钱塘一位名妓，这样一位风尘女子，在世间只有短短二十三年的生命，却让这么多风雅人物心有戚戚，原因何在？作家陶方宣在《西湖的风花雪月》里说："如果，西湖的水是一匹香水锦缎，苏小小就是绣在上面的一朵凤仙花。"佳人已逝千百年，但苏小小灵魂的香气，隔着遥远的时空，袅袅不绝，吸引着各种目光，也吸引着与自己灵魂相通的人。

世间有些灵魂之间，有着隐秘的通道，即使隔着千百年的岁月，即使隔着天涯海角的距离，也能心脉同息。那一年，苏小小遇到心爱的人，唱出了心中的情歌："何处结同心，西陵松柏下。"二百年后的唐朝，她已芳魂杳然，化作西子湖畔的一个美丽符号，李贺在她的墓地前，以诗应和她："无物结同心，烟花不堪剪。"

那应该是一个乍暖还寒的日子，李贺带着一颗清冷的心，来赴这一场江南之约。西泠桥畔，游人如织。李贺的脚步停在一处小巧精致的墓亭前，"钱塘苏小小之墓"这几个字立时触动了他的心。想着她的美丽，她的爱情，她的芬芳心魂，李贺一时思绪纷飞，感怀不已。

有"诗鬼"之称的李贺，虽贵为唐王朝宗室后裔，但生不逢时，壮志难

酬，再加上体弱多病，因此便对生命有了更多空幻的理解，写了许多幽冥之诗。正因如此，他才会郑重地停留在苏小小的墓前，感同身受地思索、体味，仿佛他已化身为她，正要替她说出那些不曾说出的话。

这一方香冢在孤寂中静默，李贺隐隐听到来自历史深处的悲歌。恍惚中，他仿佛看到苏小小从岁月深处走来。那幽兰上缀落的晶莹露珠，是她啼哭含泪的眼。没有什么东西可以用来编织同心结，墓地上的繁花也不堪修剪。坟头的青草，清风是她的衣裳，碧水是她的环佩。那辆常载佳人的油壁车，还在苦苦等待她来乘坐。只有墓地上翠绿的磷火闪着光彩，只有凄风冷雨，笼罩着昔日曾经生长过爱情的西陵。

“幽兰露，如啼眼。无物结同心，烟花不堪剪。草如茵，松如盖。风为裳，水为佩。油壁车，夕相待。冷翠烛，劳光彩。西陵下，风吹雨。”写下这首诗时，李贺与苏小小之间，有了一种息息相通的默契。他与她同样悲凄、孤寂，无尽的伤心，无边的空虚。因为懂得，所以慈悲。那一刻，她是他的红颜知己，他是她的心声代言人。一个是失意落寞的诗人，一个是情殇早逝的佳人，隔着百年的时光，他们同声同气，心心相印了。传说苏小小的芳魂读了李贺这首诗后，一直追随着他。这是一种精神上的相恋相惜，另一种版本的人鬼情未了。

李贺怜惜、理解苏小小，只可惜他们生在不同的时空，无法参与对方的生命。苏小小的爱情，给了两个人。一个给了她最初的爱情，留下一片伤心意，一个承受着她的一腔深情，为她筑一座名传千古的墓冢。

古时钱塘，今日杭州，钟灵毓秀，大美山水孕育出无数美丽灵慧的才女，苏小小便是其中之一。她本是女孩儿中的佼佼者，从小能诗能文、才貌双全，如果一切顺利，她会像很多大家闺秀或小家碧玉一样，知书识礼，日后嫁个如意郎君，无风无雨，平淡度过一生，大多数女子的一生，就是这么度过的。但命运总是有突如其来的变故，小小六岁时，父亲不幸病逝，家庭的支柱轰然倒下，小小和母亲的生活陷入了山穷水尽之中。

那样的年代，一个柔弱的女子，带着未成年的幼女，唯一的生存资本只能是作为女性的容貌与身体。为了生存，小小的母亲只好遁入风尘，做了妓女。生活的重压，来自精神和肉体的双重摧残，让小小的母亲身心俱疲，在小小十岁时，母亲终于再也支撑不住，撒手人寰，临终时，她把小小托付给了贾姨妈。

从此，小小与贾姨妈开始了相依为命的日子。母亲给小小留下一小笔财产，这让小小在母亲离开后最初的几年间，虽常常要忍受思念双亲的折磨，但生活温饱无忧，也算是她一生中较为安稳的时光。小小生性志趣高雅，喜欢寄情山水和读书作诗，她将自己的闺房取名“镜阁”，窗旁各有一副对联：“闭阁藏新月，开窗放野云。”

西湖的奇山秀水，常常将小小的一颗心吸引了去，她想常去游玩，但行路多有不便，冰雪聪明的小小便请人制作了一辆精巧灵便的油壁香车。她最喜欢的事，便是乘坐油壁香车，游走于西湖的湖光山色之中，边游览边吟诗，香车佳人，诗情画意，那是西湖边一道绝美的风景。

安逸的日子很快就到了头，母亲留下的财产渐渐消耗殆尽，贾姨妈和小小的生活陷入困境。那时小小已然长大，像一株含苞欲放的玫瑰般惹人注目，再加上她的才名，引得许多豪门公子、高官显贵纷纷动了心思，欲纳她为妻妾。贾姨妈极力劝说小小找一户富贵人家嫁了，可保日后衣食无忧，再如何也比如今这样朝不保夕的日子要好。

可是小小不是一般女子，她冷眼看去，那些前来求亲的人，有的英俊潇洒，有的有财有势，可是论内在涵养，没有一个入得了心的。小小对贾姨妈言明自己的心声，嫁人贵在相知，相知贵在知心，钱财样貌，都是其次。如果仅仅为了享受荣华嫁入豪门，那无异于是将自己送进了一座金色的牢房。贾姨妈虽暗暗埋怨小小固执，却也奈何她不得。

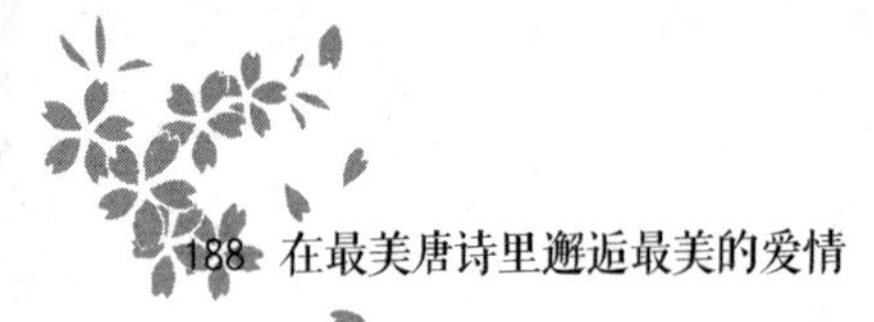

日子一天天过去，眼看着吃饭都成了问题，心急如焚的贾姨妈一再劝小小嫁人，但小小坚持己见，她太看重爱情，不愿轻易亵渎，嫁给一个不爱的人，虽日日锦衣玉食，但没有感情，没有乐趣，这样的生活生不如死，这样的侯门就是牢狱。因此，她宁愿以自己的才艺谋生，这样身体自由，心灵洁净，这样活着，才接近自己的理想。小小毅然做了歌妓，在钱塘的灵山秀水间，操琴赋歌，渐渐声名鹊起，但她洁身自好，像一朵出淤泥而不染的莲，按自己的方式开放着。她也在等待，等待着有朝一日，能遇到一个人，这个人不仅爱她的美丽，更能透过她的外表，直看进她的灵魂深处去，看到她心里真正的美。

那一天，春日迟迟，杨柳依依，丽日高悬，熏风欲醉。小小乘坐油壁香车去西湖，一路之上风光无限，令小小目不暇接。由于看风景看得太专注，不知不觉，车已行至断桥处，冷不防迎面驰来一匹青骢马，差点儿与油壁车相撞。小小紧急停车，惊魂未定。那青骢马受此一惊，竟然四蹄腾空、一跃而起，将马上的白衣少年掀翻在地。

这位白衣翩翩的少年不是别人，正是当朝宰相阮道的公子阮郁，他因公路过杭州，顺便来西湖游玩，没想到和小小一样，因为迷醉于西湖美景，没有注意到对面有车驶来，所以才有了此段小插曲。

阮郁稍显尴尬地起身，拍拍衣上的尘土，抬起头，他看到一张清丽脱俗的脸，一双柔情似水的眼睛，正望着他歉意地微笑着。阮郁看得痴了过去，那油壁车中的少女端庄娴雅，气质出尘，宛若天界仙女，他长这么大，还没有见过如此美丽的女子。就在阮郁出神的时候，小小已嫣然浅笑，脸带娇羞地驱车离去。

目送着远去的小小，阮郁一时心绪难平。他想，这样的女子不就是自己一直以来梦寐以求的爱人吗？此生若能与这样的女子共度，当无遗憾。他急切地向路人打听那位女子的名字，“苏小小”三个字像她的人一样娇弱柔美，而

“名妓”两个字，却像利剑一样刺得他全身冰凉。

一个贵为宰相之子，一个是沦落风尘的艺人，身份、门第差了岂止是十万八千里。这样的感情，会有未来吗？得不到父母祝福的爱情，会有幸福的结局吗？想到父亲严厉的目光，阮郁一时有些后怕。情愫刚刚萌出嫩芽，现在止步，一切还来得及，可是一想到苏小小的美，阮郁就无法控制自己不去想她，爱情之所以令人迷醉，就在于不受理智驾驭。反复苦思之后，感情战胜了理性，阮郁决定不顾一切，去见那个乘着油壁车的女子。她的身上似有一股魔力，让他不由自主向她走去。

像初次相见一样，阮郁骑着那匹青骢马，来到西泠桥畔，寻访佳人。苏小小听贾姨妈说有位骑青骢马的少年来访，她一下就猜到是他。是前世注定的姻缘吧，她对他，亦是一见钟情。当时碍于礼数，未能与他交谈，她心怀遗憾地离开。本以为此生不会再见，不由懊悔不已，他的音容笑貌无时不浮现在眼前心底，搅扰得一颗少女心忧烦难安。此时听见他来，苏小小的欣喜之情可想而知。她细细妆扮一番，便让贾姨妈去请阮郁进门。

相见的那一刻，两人静默无言，四目相对，却似有千言万语，由目光中款款而出。有了初次邂逅的铺垫，此次见面，便有了些久别重逢的意味，虽然其间的时间间隔，不过一个夜晚。

落座之后，两人少了些拘谨，渐渐相谈甚欢。苏小小这才发现，阮郁不像自己之前所见的那些徒有其表的富家子弟，他不但外表俊朗，且举止潇洒、言辞雅致，尤其是对诗词歌赋也颇有见地，遂将一颗芳心暗暗相许，也全不想日后这爱的花朵能否顺利结果。

例外地，她将阮郁请到了自己的镜阁之上，那是神圣的私藏领地，以前只属于她一个人的小天地，从此她愿意与他共享，她希望他了解她更多，知道她的喜好，也看到她隐藏在心灵深处的美好。

在镜阁里，阮郁凭窗欣赏西湖美景，有佳人在侧作陪，美人美景，自是惬

意销魂。时间不知不觉流逝，苏小小备下薄宴，请阮公子共饮一杯。席间两人频频举杯，饮酒赋诗，好不快活。阮郁本就颇具文才，此时兴致正浓，又有酒意助兴，妙词佳句张口即来，令小小赞不绝口。小小也不甘示弱，倾尽所学一展诗才，两人这场斗诗可谓旗鼓相当、难分伯仲。兴之所至，小小又拿出琴来，清歌一曲，更是令阮郁对她钦慕不已。这一次会面，让两颗心靠得更近，更深，情投意合的阮郁和苏小小，就这样双双坠入情网，无法自拔。

贾姨妈见苏小小得遇如此才貌双全又家世显赫的如意郎君，喜不自胜。她急切地想要一个结果，以便自己将来老有所依。身为局外人的贾姨妈，毕竟上了年纪，她担心的是以苏小小的身份，阮郁恐怕只是逢场作戏，只图一时欢娱。所以在两个沉浸在爱情中的人儿又一次会面时，贾姨妈当着苏小小的面问阮郁，对苏姑娘可是真心。阮郁听后，拉着小小的手，指着庭院中的松树说："青松作证，阮郁愿与小小同生死。"有了这句话，贾姨妈放了心，苏小小闻言更是感动不已，直觉自己没有爱错人。什么门第观念，当真爱来临时，一切的一切，都会在爱里消融吧！

那一日，残阳如血、晚霞满天，阮郁与苏小小来到西泠桥畔。良辰美景，赏心乐事，人生最美好的事莫过于与相爱的人双宿双飞，同行同止。小小牵着阮郁的手，心中无限感慨，遂吟出这样的诗句："妾乘油壁车，郎骑青骢马，何处结同心，西泠松柏下。"那一夜，在贾姨妈的见证下，苏小小与阮郁私订终身，她已然将全身心交付于阮郎。

世上没有不透风的墙，阮郁与苏小小的私情终于传到了阮道的耳中。身为堂堂宰相，得知自己的儿子竟然与一个歌妓纠缠不清，这让他觉得颜面扫地、门风败坏。他震怒不已，但儿子远在他乡，山高水长，能奈之何？经过一番周密的思考之后，阮道决定此事不能强攻，只能智取。阮道深知儿子的性情，于是先写信告诉阮郁，说已然知晓他与苏小小之事，虽然小小是歌妓，按理说门不当户不对，但鉴于小小是才貌双全的女子，且人品也好，家人决定接受他们的婚事。

收到父亲的来信，阮郁一颗悬着的心落了地，苏小小更是欣喜若狂，她深深感谢上天，让她如此幸运，遇到这般顺风顺水的爱情，遇到这般明理达观的长辈。她似乎已经看到了花好月圆的未来，于是欢欢喜喜地和阮郁尽享爱情的甜美。

不久之后，阮郁收到父亲的又一封信，信中说父亲得了重病，看着焦急的阮郁，善解人意的苏小小急忙打点行装，催着他赶快动身回家去看望父亲。离别虽痛，但心存希望，所以还不至于太过悲凄。他们都以为这不过是暂别，他们还会有长长的余生相依相伴。如果阮郁知道真相，他还会不会离开？如果苏小小知道真相，她会不会放他离开？

阮郁匆匆赶回家，看到的并不是卧病在床、形容枯槁的父亲，而是精神焕发、健康如常的父亲，他明白了一切。阮道限制儿子外出，对儿子动之以情、晓之以理，外加作为严父的威严，终于让阮郁屈服。在爱情与父亲之间，阮郁也许反抗过，挣扎过，但最终还是选择了后者，他不是一个痴情种，只是一个尘俗中人。他辜负了小小的期望，却获得了现实中平顺的人生，娶了一位门当户对的女子为妻后，他的生活应该不会有什么波澜。

斯人一去不回，苦等无果，从爱情的幻梦中醒来，苏小小经历过内心的伤痛，疼痛过后，她对这个世界表示宽容，也就此放过了自己。苏小小的可贵之处就在于此，爱情的幻灭并没有让她对人生产生绝望，没有让她因爱生恨、怀疑人生，她依然善良，依然相信人间除了爱情还有至纯至美的真情，如若不然，她不会资助那个素昧平生的清贫书生。

与阮郁相爱之后，苏小小的一颗芳心，再难为谁而动。她没有一直停留在怨叹和自怜之中，而是平静地过自己的日子，她继续做着歌妓，与那些客人品茗清谈，或对酒吟诗，或抚琴献歌，但也仅限于此。爱情破碎了，她仍然活得认真而庄严，她的身心依然洁净如初。

苏小小乘油壁车出游，途中遇到一位眉目清俊的书生，虽衣着破旧，但气宇不凡，那神韵气质与阮郁颇有几分相似。书生独自在路上徘徊，眉目间似乎结着深深的哀愁。苏小小见状，不由起了恻隐之心，她停下车，关切地询问这位书生是否遇到了难处。

那书生见一位美如天仙的姑娘对自己如此关切，激动不已，他有些羞怯地实言相告，说自己名叫鲍仁，因家境贫寒，寄居山中古寺刻苦攻读，准备入京应试，但苦于盘缠不够，眼看考期迫近，因此满心忧烦，不知如何是好。

苏小小虽为女子，却有男子般阔大的胸襟与气度。她直觉眼前这位书生气质不凡，才学过人，日后定是前途无量，如若错过考试，岂不太过可惜？再说，鲍仁与阮郁有几分神似，这也算是对逝去爱情的美好纪念。心念已定，她就对鲍仁说："妾愿倾囊相助，愿君他日得愿高中。"

萍水相逢，得遇如此盛情，鲍仁感动不已，不知如何言谢。苏小小拿出一些首饰变卖之后，作为盘费送给鲍仁。送别之时，鲍仁双手抱拳，郑重说道："千秋高义，反在闺帏，大恩不言谢！芳卿之恩义，永铭我心，日后定当图报！"面对鲍仁感谢的话语，苏小小报之微微一笑。她帮助鲍仁，不是男女私情，不是要求回报，这只是自己发自本心的一种善意和道义，她只是觉得她应该这么做，必须这么做，否则，于心难安。

不久之后，鲍仁在京城金榜题名，只是，他已无法再报答恩人，那位倾囊助他的美丽女子，已然在西泠桥畔病逝。芳魂思悠悠，遗香荡千年。后鲍仁赴任路过钱塘，他身着素衣，在西泠桥畔风景极佳处，小小最爱的地方，为她修建陵墓，上有小亭翼然挺立，墓前碑石只刻"钱塘苏小小之墓"，寥寥数字，便是这位绝代佳人的一生。

女人如花，艺妓的领地更是姹紫嫣红，众艳喧哗中，苏小小是遗世独立的玉兰，清丽高雅，不慕流俗。后世无数文人骚客都来苏小小墓前凭吊缅怀，为她写下多少绝美诗篇，为的是她的美丽、纯情，更有道义与良善。那颗珍贵的芳心，是世间稀有的美玉。然而苏小小短暂的芳华，烟花般美丽易逝的爱情，都让她的人生笼罩上了一种凄清、孤寂之美。或许正是这美，打动了鬼才李贺的心，他与她隔着时空遥相呼应，心有戚戚，于是写下那样凄美的诗句，来抚慰那美丽的灵魂。

李商隐：何当共剪西窗烛，却话巴山夜雨时

有时候，命运就是这么玄妙，一个人的名字甚至能够预示一个人的一生，就像晚唐诗人李商隐，他的名字中含有一个“隐”字，似乎就注定了他的一生将在对现实的隐忍中度过，而他内心那些如浪涛般汹涌的情感，只能隐匿在一首首美丽诗歌的后面，千百年来任人解读、猜度，尤其是他笔下那些无题诗，读来如观雾里繁花、窥云中明月，那种带着谜的质地的朦胧美感，让人无限沉醉。

有人说李商隐的无题诗都是在写爱情，或许他写的是爱情又是人生，写的是自己又是别人，每一个人都能在那些诗中找到情感的共鸣和慰藉，但诗人真实的内心、他所经历过的爱情、沧桑、隐忍、压抑又是一番怎样的景象？如今，我们只有透过那些诗，在被历史遗漏的细部，探寻诗人所经历过的爱与痛、情与伤。

李商隐生于中原，长于江南，南方柔美的风物铺就了他一生唯美、柔婉的生命底色，这在他的诗中体现得淋漓尽致。十岁时，父亲去世，家道衰微，李商隐个性中优柔、敏感、自伤、清高的部分与早年的经历息息相关，这种个性特质注定了他只能是一个出色的诗人，却无法成为一个成功的官员。

勤学苦读是一定的，才气纵横也是必然的，出人头地的渴望也无可避免，十六岁时，李商隐写出了令许多士大夫赞叹不已的文章《才论》和《圣论》，得到时任天平军节度使令狐楚的赏识。令狐楚欣赏李商隐的才华，不仅给予他学问上的指点，还给他家的生活以慷慨资助。在令狐楚的提携下，李商隐中了进士，开始步入政坛。

这位天生具有诗人气质的青年，完全不懂政治的险恶，在他眼里，世界没有那么复杂，他以为只要怀着善意对待每一个人，只要认认真真写诗做学问，就可以过好这一生。可是政局中错综杂乱的关系，他以一颗诗心显然穷于应对。那时候的爱情和婚姻，也往往成为为政为官的重要筹码，李商隐一生痛苦的来源，便是他完全抛开政治，选择了纯粹的爱情和婚姻，这本身没有错，只是时代逼仄。

所有的因由，系于一桩情事。那本是一个美好的日子，闻听放榜，李商隐急急跑去看。十年寒窗，只待今日。那一天，春风鼓荡，日丽风和，空气里充盈着淡淡花香。在榜上新科进士一栏看到自己的名字，李商隐自然是欣喜不已，所有的努力都没有白费。

好友韩瞻前来相贺，并且告诉李商隐，他要结婚了，对方是一位姓王的美丽女子，李商隐由衷地为好友高兴。出于对好友人生大事的关心，韩瞻询问李商隐是否有意中人，李商隐老老实实回答“没有”。韩瞻顿时热心起来，提及自己的准新娘有一个妹妹，正待字闺中，生得明丽可人，且知书达理、贤良淑德，只是心气颇高，一定要嫁个才子。韩瞻言下之意，要为李商隐做媒，李商隐想想此事也没什么不妥，便答应下来。

朝廷在曲江池举办鹿鸣宴，宴请新中的科举人士以及所有相关人员。李商隐心情激动地与其他新中进士乘坐龙舟去赴宴。曲江池水波碧碧，池边挤满了围观的人群，其中有两名女子颇为引人注目，看样子是姐妹俩，尤其是那位妹妹，与韩瞻描述中的王家小妹一模一样。莫非……李商隐正在胡思乱想，韩瞻指着那姐妹俩说：“这就是我的未婚妻和她的小妹。”果然是，李商隐看着王家小妹，不觉入了神，恰好那位姑娘也抬起头来，对视的刹那，有什么东西同时划过两人的心房，或许，一见钟情就是这样的感觉。

虽中了进士，但官职一时还没有着落，李商隐只好赋闲回乡。其间，韩瞻已经娶亲，后来他写信给他李商隐，说自己的岳父王茂元，也就是王家小妹的

父亲，从韩瞻口中听说，很赏识李商隐，因此已为他在京城谋得一职。

回京后，李商隐做了个小官，也如愿娶了王家小妹为妻，爱情顺利圆满，可谓是事业爱情双丰收。但正是这桩婚事，将他拖入了一场持久混乱的政治漩涡中，让他的一生都处在夹缝中，左右为难，抑郁难伸。当时政局混乱，朝廷中分为两大党派，互相抗衡，这便是历史上的“牛李党争”。其中“牛”指的是牛党首领牛僧孺，“李”指的是李党首领李德裕。对李商隐曾有知遇之恩的令狐楚父子属于“牛党”，而王茂元与李德裕交好，属“李党”一派。纵然这桩婚姻让李商隐背负了一生沉重的痛楚，让他仕途坎坷、生活困顿，然而他却从来没有后悔过爱上幼娘，政治只是命运强加给他们的磨难，在命运的风暴中，他们始终相亲相爱，共同守着一个清贫又温暖的家，互相理解、互相支持。这样能禁受得住考验的爱情，有着金石的质地，闪着真爱的灿烂光芒。

婚后，李商隐一直处于牛李党争的争斗与拉锯战中，不得重用，只好辗转流离，屈居幕府艰难谋生，所有关于未来的美好理想，一点点如泡沫般破灭。幸而有善解人意、对他一往情深的妻子陪伴左右，给他生活上无微不至的照顾，在精神上给他安慰，在困窘时为他解围。比如李商隐的母亲去世后，他的心愿是将父母合葬，但苦于费用不够，细心体贴的妻子知晓后，变卖了一部分嫁妆，帮夫君完成了这个心愿。

如若能这样相伴一生也好，事业遇阻，至少还有甜美的爱情和安稳的婚姻，然而命运对李商隐还是太过残酷，在他们相依相守仅仅十余年后，爱妻突然病逝，这对李商隐的打击可想而知，上天无眼，连生命中最后一点爱和美也要夺走。从此他的心也跟着她走了，余生，他守着对她的爱和思念度过，为她写下一首首悼亡诗，在诗里，他所有的情感得到宣泄，灵魂得到安放，仿佛她还在，从不曾离开。

她走过的每个地方，她用过的每个物品，她看过的花，她住过的屋子，无不引起他对她的深切怀念。

蔷薇泣幽素，翠带花钱小。
娇郎痴若云，抱日西帘晓。
枕是龙宫石，割得秋波色。
玉簟失柔肤，但见蒙罗碧。
忆得前年春，未语含悲辛。
归来已不见，锦瑟长于人。
今日涧底松，明日山头檗。
愁到天池翻，相看不相识。

——《房中曲》

“蔷薇细软的枝条，像她旧时所系绿色衣带。花朵上的露珠，仿佛她眼中含情的泪。夜深独醒，看着她枕过的石枕、她躺过的簟席，仿佛她的体温还在，可以与自己共语。记得前年春天，你不说话但面容悲戚，是否你有预感，我们将要长别离？等我回来，你已不见，只有你喜爱的锦瑟还在。我虽不能一展平生抱负，但有你相伴，便无遗憾。失去了你，愁苦无尽，来世我会与你相见，纵然那时已不相识，但我只要知道那是你就好。”

她走后六年，他路过她曾经住过的崇让宅，物是人非，凄怆摧心肝。

密锁重关掩绿苔，廊深阁迥此徘徊。
先知风起月含晕，尚自露寒花未开。
蝙拂帘旌终辗转，鼠翻窗网小惊猜。
背灯独共余香语，不觉犹歌起夜来。

——《正月崇让宅》

“昔日你所住的旧宅，如今道路已被厚厚的绿苔覆盖，我在这庭院深深处

无尽徘徊，想着你的样子。明月含晕，仿佛你清丽的脸庞，夜露寒凉，没有了你，连花也不愿开放。听到有什么声音，以为是你归来，如梦初醒之后，才发现那不过是蝙蝠飞动时拂着了帘旌，老鼠翻窗时碰着了纱网。黑暗中你的气息包围着我，借助这气息，我可以感受到你，与你说说心里话，恍惚中听到你唱起了歌，歌里有你对我无尽的思念。”

天人永隔，无法再见，但在梦里一切如旧，她还在，还是他的妻。梦成了爱的最好寄托，也催生了凄美诗情。《七月二十九日崇让宅宴作》《过招家南园二首》《悼伤后赴东蜀辟至散关遇雪》《夜意》《银河吹笙》……这些诗中，他都借梦表达了对她的刻骨相思。

露如微霰下前池，风过回塘万竹悲。
浮世本来多聚散，红蕖何事亦离披？
悠扬归梦惟灯见，濩落生涯独酒知。
岂到白头长知尔，嵩阳松雪有心期。

——《七月二十九日崇让宅宴作》

“秋露如细微的雪粒洒落前池，西风飒飒吹过回塘，竹林仿佛也发出悲声。浮生若梦，聚散无常，那湖中的红荷，为何也像这寂寥人世，零落纷披？旧梦悠悠，无所依凭，唯有孤灯相伴；人生的苦痛，只有诉与清酒相知。难道这一生就是如此？我早与嵩山南面的松雪两心相期。”

剑外从军远，无家与寄衣。
散关三尺雪，回梦旧鸳机。

——《悼伤后赴东蜀辟至散关遇雪》

帘重幕半卷，枕冷被仍香。

如何为相忆，魂梦过潇湘。

——《夜意》

怅望银河吹玉笙，楼寒院冷接平明。

重衾幽梦他年断，别树羁雌昨夜惊。

月榭故香因雨发，风帘残烛隔霜清。

不须浪作缑山意，湘瑟秦箫自有情。

——《银河吹笙》

斯人已逝，活着的人还要继续生活，李商隐的余生仍然奔波于幕府宦途。那一次，他在大雪中行至大散关，寒气逼人，午夜梦回，清晰地看见她在织机上为他制作冬衣。她的一缕芳魂始终在梦中追随着他，陪伴他行走天涯。又一次，他身处幽僻之地，她已久不来入梦，那夜却突然出现在梦中，他正自欣喜，却不料被孤鸟的悲啼惊醒，鸟儿和人一样，怀抱失爱之痛，孤苦无依。

他一首又一首地写着怀念她的诗，他对她的爱，让他与柳枝姑娘、女道士宋华阳的过往，都成了与妻子爱情的序曲与铺垫，她们是他生命里偶尔诗意的点缀，只有爱妻，才是他爱情剧目里永恒的主角。

遇到柳枝时，李商隐正和朋友进京赶考，寄宿在表兄李让山家中。柳枝是李让山的邻居，长相秀美，且气质不凡，她虽身为富商千金，但不爱脂粉荣华，却对诗词音律颇感兴趣。有一次她隔墙听到李让山朗诵李商隐所写的《燕台》一诗，立即被诗中饱满的情感和诗人过人的才华所打动，心下钦慕，央求李让山如有机会一定代为引见。如今正好李商隐来到，李让山便告诉柳枝，第二天带他去见。

柳枝虽为女娇娥，但颇有些侠女风范，听说仰慕的大才子近在咫尺，她立

即用衣带打了个同心结，托李让山转交给李商隐，虽未曾谋面，她已似乎心有所属。

好不容易到了第二天，柳枝一身女仆装扮，静静俏立于参差披拂的柳树下。李商隐一见，便觉此女与众不同，清新自然，装扮不俗，顿时便心生爱意。柳枝已久闻李商隐才名，如今一见，果然名不虚传，眼前的青年才俊风流倜傥、举止文雅，颇有诗人气质。

才子佳人，一见钟情，李商隐与柳枝很快便私订终身，约好不日后他就来她家提亲。也许是上天注定他们有缘无分，这时候竟然发生了一件让人啼笑皆非的事：与李商隐一同前来赶考寄宿的朋友先行上京，走时竟然把李商隐的行囊也一并带走了。因为行囊中装有考试所用的重要物品，担心有闪失，李商隐不得不提前离开赶往长安。

分别时，两人心里都满怀希望，想着来日方长，不久后李商隐就会回来，这段爱情会有一个圆满的结局。可是造化弄人，在李商隐离去后不久，柳枝姑娘便被一位军政要员强娶为妾。得知此事，李商隐伤心不已，写下《柳枝诗》五首，作为对这段美好爱情的告别：

其一：花房与蜜脾，蜂雄蛱蝶雌。同时不同类，那复更相思？

其二：本是丁香树，春条结始生。玉作弹棋局，中心亦不平。

其三：嘉瓜引蔓长，碧玉冰寒浆。东陵虽五色，不忍值牙香。

其四：柳枝井上蟠，莲叶浦中干。锦鳞与绣羽，水陆有伤残。

其五：画屏绣步障，物物自成双。如何湖上望，只是见鸳鸯。

李商隐以为柳枝嫁入豪门，会渐渐忘了自己。可是他没有料到，柳枝热情如火、性烈似钢，她敢爱敢恨，侠义不输须眉。新婚之夜，她剪断裙角，用此举表明誓死为所爱之人守身如玉，断不肯与他人同床共枕。结果可想而知，那位娶她的高官岂能容忍，便将柳枝禁闭在一间黑暗小屋中。刻骨相思令人老，红颜一夕发如雪。一夜之间，柳枝青丝变华发，不久之后便在对李商隐的无尽思念中离世。

和宋华阳相遇，是李商隐在河南玉阳山东峰学道之时。唐朝崇道之风高昂，士人学子甚至公主千金都以学道为时尚，在这种风气的影响之下，李商隐也去跟风学道。起初他潜心研读道教典籍，日子倒也安稳平静。但毕竟年轻气盛，在清静道观中的李商隐，有时难免心中寂寞，对爱情的渴念也时不时涌上心头。

那一天，李商隐走在清幽的山间小路上，突然邂逅了一位花一样美丽的女子，虽然穿着女道士的素服，但她的美丝毫不能被掩盖。这位女子就是宋华阳，原为宫女，此次是侍奉公主入山修道，就住在玉阳山西峰的灵都观里。

修仙入道比较渺茫，还是抓住眼前的爱情来得实在。一个是春心萌动的才子，一个是妩媚风流的美人，玉阳山东西两峰见证了他们的爱情，李商隐与宋华阳就这样相爱了。虽有清规戒律，但这丝毫不能影响他们爱恋的激情。况且唐朝的道观风气异常开放，男女之间交往自由，很多浪漫情事便产生于道观之中。

这样的爱情注定像仙风一般缥缈，后来随着宋华阳被公主带回宫中，这段恋情也随之终结。李商隐为这段爱情写下了《月夜重寄宋华阳姊妹》《赠华阳宋真人兼寄清都刘先生》等诗。似乎每一段爱情，都要以诗句作为美丽又伤感的注脚，李商隐以他的一支神来之笔，写着无题诗，朦胧如旧时月色，充满美感，倾注无限深情。

相形之下，一首写给已故妻子的《夜雨寄北》却显得平淡无奇，字句朴白，表面看不出一点深情款款的影子，有人据此认为这只是写给友人的诗，但实际上，写这首诗时，他正在巴蜀之地的绵绵秋雨中，千百次重复回味着对妻子的爱恋和怀念，这似乎成了他一生中最重要的事。

“君问归期未有期，巴山夜雨涨秋池。何当共剪西窗烛，却话巴山夜雨时。”“你问我何时是归期，我也不知道何时能归，这巴山的夜晚落着秋雨，

我对你的思念，一如池塘里的秋水暴涨，汹涌不止。什么时候我们能共守窗前，在烛光中共诉心曲，到那时，我将告诉你我今夜想你的心情。”

在他的心里，她没有死，还守在家里，做他温柔贤惠的妻子。想到她，心里就泛上温暖和美好的感觉，这个生于富贵之家的女子，婚前锦衣玉食，婚后却布衣素服，与他过着粗茶淡饭、漂泊不定的生活，且常常要独守空房，期待远游的丈夫归来。想起她，他就心疼得无法自已，他爱她，他愧对她，可是这样的情感，如何能让她知晓？如今天人永隔，他只有在诗里想象着她还在，想象着与她再相逢的景象。

看似寻常的字句后面，是字字泣血、句句含情的幽婉深致，情至最深处，所有的文字都显苍白，那无法说出口的种种，表达出来的只是最简单的字句，然而懂得的人，一读之下，便忍不住热泪潸然，任何美丽的字眼在这些蕴含深远的文字面前，都黯然失色。

四十六岁时，李商隐追随妻子而去。他的一生，恰如他笔下的诗句，唯美、伤感、幽深、凄婉，朦胧又迷离，让人忍不住怅怅地回想，长长地叹息。他在《天涯》一诗里写道：“春日在天涯，天涯日又斜。莺啼如有泪，为湿最高花。”春日迟迟，无涯绝远，日暮斜阳，莺啼如泣，那泪水打湿了最高处的花。李商隐自己，就是那傲立枝头最高处的花儿，永远在那个薄情的世界里，深情地绽放。

罗隐：西施若解倾吴国，越国亡来又是谁

金庸小说《越女剑》中，西施在离开越国前，对范蠡说："少伯，你答应我，一定要接我回来，越快越好，我日日夜夜等着你。你再说一遍，你永远永远不会忘了我。"

这样情意绵绵的话，又出自一个绝色美女之口，何况还是自己心爱的人，范蠡如何能不为所动？只是他必须送她离开，他深知他和她只能暂时抛开儿女私情，顾国家大义，因为西施此去，要完成一项重大而又秘密的任务。

西施和范蠡都是春秋时期越国人。当时越国弱小，而邻国吴国却军力强大，在一次战役中，吴国打败了越国，越王勾践和大臣范蠡为了复国，忍辱偷生为吴国当奴隶，后被吴王放回。有人献计，吴王夫差是个好色之徒，可用"美人计"使其荒淫误国，再乘虚而入灭了吴国。

越王听从了这个建议，命范蠡在越国全境遍寻绝色女子进献。范蠡一路辗转，来到苧萝山下西边的一个村庄里。他经过一条碧波潺潺的小溪，看到溪边有一位浣纱的女子，顿时惊呆了。只见那女子生得花容月貌，那样的美丽，令周围如画的风景也黯然失色。

西施的生活，原本单纯欢快得像这条透明的小溪，虽然身份低微，生在乡野，但是心无挂碍，非常纯真快乐。她正将纱浸在水中，用手轻轻摇动，感受溪水的清凉抚慰。突然感受到两道热辣辣的目光投向自己，抬起头，她触到一双充满英气又目光锐利的眼睛。那是一位英武的将军，站在溪边，身姿挺拔得像一棵白杨。从小到大常被人称赞美丽，也承受过许许多多艳羡的目光，但这个陌生人的注视，却让她异常慌乱不安。

此刻，范蠡的心里正在进行着激烈的斗争。对西施，他一见钟情，他想娶她，想和她长相厮守一生一世，他想让她的美只为自己而绽放，他想把自己的一腔爱意毫无保留地倾注到她身上。但是寻访了这么久，直觉告诉他，只有西施才是完成救国大计最合适的人选，除了她，越国恐怕再也找不到这样的女子能担此重任。怎么办？是将此事隐瞒下来，偷偷和西施结为连理，还是将她献给吴国，成就一番大业？一边是国家，一边是爱情，抉择如此艰难，然而必须尽快决断。心念百转千回间，范蠡最终选择了大义。国之不存，情将焉附？如果爱情够坚韧，也许可以在种种磨难中存在成奇迹。

范蠡开口说明来意，西施很意外，但她很快平静下来，她明白，这件事必须得答应。一则因为这是皇帝的命令，百姓必须服从，况且每一个人都有义务保护自己的国家，二则是因为眼前的这个男人让她的心起了微妙的变化，她只是觉得无法拒绝他的话。

他说要带她走，去会稽。她顺从地跟着他，一路之上，两人心照不宣，有了秘密的心事。偶尔目光碰触，却又迅疾躲开，表面上他们维持着应有的距离和礼节，但心底里，却在一步一步靠近。他喜欢这个美丽、纯情的姑娘，她也喜欢他睿智、冷静的男性气质。爱情的幼芽就这样滑落在温润的心土里，至于未来，不要问吧，也不必问，只要每天能看见彼此就好。

为了能更好地完成使命，范蠡请专人教西施学习各种歌舞、礼仪等功课，作为主要负责人，他常常会来监督察看，她很卖力地学着，只要看到他投来的满含深情的眼神，所有的苦累和委屈，便都云淡风轻了。

倏忽三年已满，西施学艺结束，她和范蠡都明白，分别的时刻到了。在这三年里，他们偷偷地爱着，爱得那样辛苦、那样隐秘，却又那样浓烈、那样深挚。偶尔只有两人相对时，西施也曾饮泣，范蠡明白她的心思，他能如何？只好将苦痛咽下，安慰她，将来一旦大事已了，便携她归隐江湖，双宿双飞。她被这句话鼓舞着，将汹涌的爱强压心底，面对未来时，也增添了无限勇气。

离别一天天临近，终于残酷地来到眼前。范蠡送西施去吴国，一路之上，山高水长，他们的心里，只希望这条路永远没有尽头，就这样相依相伴，走到苍颜白发，走到天荒地老，走到海枯石烂，可好？然而，马啼得得，车声辘辘，时光一点一滴地流逝，落在心上，只是越来越沉重的伤感和心痛。

站在金碧辉煌的吴宫门前，她最后一次回头看他，他眼里亦是满满的留恋和不舍。这就够了，她明白他的心就好，此去一别，不知何日再见，但她知道他的爱会伴着她，这个念头让她安心，她步履轻盈地跨进宫门，衣袂飘飘处，是他久久凝注的目光。

西施的美貌果然让吴王夫差一见倾心。西施虽然生在乡间，没有读过多少诗书，但她聪慧灵俏、纯洁灵动的个性让吴王更是心生欢喜。于西施来说，虽然她已心有所属，对吴王不可能产生真正的爱情，但为了自己的国家，也为了所爱的人，她知道自己必须尽最大努力来完成好这个使命，于是便使出浑身解数来讨吴王欢心，不久之后，吴王便被西施迷得如痴如醉，恨不得把世界上所有美好的东西都送给这个美人。

为了博得西施一笑，吴王特地命人在苏州灵岩山上为她兴建一座宏大华丽的大型离宫——馆娃宫。西施喜欢赏荷，吴王便专门为她修建了“玩花池”，池内遍植莲荷，花朵盛开之际，荷香四溢，吴王便与西施荡舟池上，采莲嬉戏，夏日风情，雅致款款。西施喜欢临水观月，吴王便命人建了“观月池”，池形似满月，碧波盈盈，月明之夜，月影倒映池面，与天上之月相映成趣，西施与吴王临池赏月，诗情画意，此心悠悠……

吴王的一颗心，渐渐全系于西施一身。一年四季，几乎每天，他都要西施陪伴在身旁。春天，他们去采香径看百花盛开；夏天，他们去南湾避暑，让潺潺清溪带来清凉；秋天，他们去登灵岩山，看枫叶如火；冬天，他们踏雪寻梅，兴尽而返。

在西施温香软玉的怀抱之中，吴王逐渐忘记了曾经的雄心壮志，对国事越

来越疏于管理。大臣伍子胥进行劝谏，但由于伯嚭的谗言离间，吴王不但不听信于伍子胥，还杀了他。伯嚭是吴国的大夫，是个狡诈势利的小人，由于善于逢迎拍马，深得吴王宠信，由此他也成为越国复仇计划的一个棋子。越王派人送给伯嚭金银财宝和美女，条件是让他离间吴王与伍子胥，加速吴国的腐化。

既然有利可图，伯嚭欣然应允，便时常在吴王面前说伍子胥的坏话。看到越国渐渐强大起来，吴王有些警觉，想要再次攻打越国，但被伯嚭巧言劝阻。就这样，越国渐渐准备了充足的力量，直到足以和吴国抗衡的那一天，西施感觉到，自己的使命将要完成了。多少个日日夜夜，她强颜欢笑，曲意承欢于吴王，压抑着自己心里对范蠡的思念和爱，为的就是等到这一天，越国荣耀之际，会是花好月圆之日吗？

听到越王和范蠡起兵的消息，西施激动得坐立难安，但又不得不表面上装作若无其事。城破之际，眼看昔日对自己宠幸有加的吴王兵败自杀，西施的心中必也是不忍的，但也无可奈何，胜者为王败者寇，这是历史的宿命。

西施终于见到了日思夜想的范蠡，现在一切尘埃落定，这么多年的相望相思，终于等到了相亲相守的一天。因为兴国有功，吴王要重赏加封范蠡，但他婉言谢绝，他要兑现当初对西施的承诺，带她到一处安静的所在，好好继续他们的爱情，与她共一世细水长流的烟火幸福。

范蠡具有深远的洞见，他明白臣子与君王之间，共患难易，同富贵难，因此选择功成身退。在一个夜晚，他与西施乘坐一叶扁舟，消失在茫茫云水间。据说后来范蠡隐姓埋名，经商致富，成了陶朱公，与西施生儿育女，过着圆满自足的生活，晨看“烟收远树山徐出”，暮见“月落寒涛水正平”，这应该是让人期待欢喜的结局。

但历史的真相历来众说纷纭，有人认为范蠡和西施并不曾相爱过，西施和吴王夫差之间产生过真正的爱情，而西施的最后结局，是被越王所杀，因为勾践认为吴国的灭亡是由于夫差沉湎于西施的美色，为了避免西施的美反过来殃及越国，他恩将仇报，赐西施沉江而死。大约基于此种说法，李商隐曾在诗中写道“肠断吴王宫外水，浊泥犹得葬西施”。真实的情形究竟如何，谁也无法说清。但大多数人还是愿意相信西施曾和范蠡相爱，并且白头偕老，否则命运对这个美丽女子就显得太过残酷。她的美丽或许是个错误，是政治斗争所依凭的工具，在那个男性争相称雄的乱世，他们所觊觎的只是她的美色和美色所带来的利益，没有人真正关心过她的内心，她的所思所想、所爱所恨，她为越国献出了一切，最后却要落得个“红颜祸水”的罪名。

历来文人墨客吟咏西施的不在少数，但大都把吴国灭亡的因由归于西施，却不知一个王朝的倾覆是由多少复杂的因素促成，简简单单的一句“红颜祸水”是对西施的不公，也是为腐朽封建统治开脱罪责。因此唐代诗人罗隐在《西施》一诗中写道：“家国兴亡自有时，吴人何苦怨西施。西施若解倾吴国，越国亡来又是谁。”家国兴亡自有其规律和原因，吴国的人又何必埋怨西施呢？如果说西施是颠覆吴国的罪魁祸首，那么，越王并不宠幸女色，后来越国的灭亡又能怪罪于谁呢？

不论谁对谁错，不论爱恨情仇，最终所有的一切，都终将消失于历史的时空中。只有那个在溪边浣纱的少女的美，穿越岁月烟云，依然散发光芒，在时光中惊艳沉淀为一个个美丽的故事，让无数人回想、感叹。那些缱绻旧事，一如当初被西施的美所震惊而沉落于水底的鱼，千百年来依旧在岁月的长河里游弋，等待一次次有情的打捞。

薛媛：恐君浑忘却，时展画图看

美丽深情的诗句，可以传达内心深处细微幽然的情感，最适于相爱的人儿倾吐心中不便明言又特别想让对方知道的绵绵心语，因而情诗就像是一种爱情催化剂，借助那些缠绵柔婉的字句，君心我心似明月，一望两相知，感情迅速升温，纵有艰难险阻，有爱作底，一切都可以云淡风轻，只待雨过天晴，携手相伴红尘，一生永不分离。

历经种种，爱情终于修成正果，步入婚姻殿堂。大多数有了安稳家庭的女人，从此安下一颗心，专心相夫教子，甘愿与柴米油盐纠缠，只希望岁月从此永远静好，不生变故，男人的心永系自身。但男人则不同，他们的心比女人广阔得多，盛得下纷扰世事、功名事业，也盛得下不止一个红颜。平淡如水的婚姻给女人牢靠的安全感，但对男人来说却是桎梏，是他们沉闷的根源。他们像个好奇的孩子，总愿意在自家花园的姹紫嫣红之外，还想寻觅园外不同的春色。

因此很多结了婚的女人，总要面对的问题，便是如何稳住自家男人的一颗心，在有危险的苗头出现时，运用智慧化解危机，从而保卫爱情、保全家庭。当年卓文君不顾一切与清寒才子司马相如私奔成婚，后在夫君心猿意马之际，以一首诗词唤回曾经的爱情，成就了历史上一段佳话。在唐代，还有一位才女薛媛，冰雪聪颖，才气过人，不但能诗，而且善画，她以一幅画、一首诗，护卫了自己的爱情和婚姻，历来为人称道。

薛媛生于晚唐时期的濠梁（今安徽凤阳），自幼不仅貌美如花，且极具灵气，琴棋书画、诗词歌赋样样精通，因而小小年纪便才名远播，到了谈婚论嫁之际，前来求婚的媒人络绎不绝，但薛媛自有主意，她一定要嫁一个与自己心意相通的才子。

不经意间，月老的红线已暗暗设下埋伏。那是春光流荡的日子，碧草如丝，繁花似锦，薛媛的一颗少女心再也抵制不了春天的诱惑，外出踏青，也是给心敷上春光。行走在如画的春景中，薛媛心旷神怡，不禁展露迷人微笑，她窈窕的步态看起来就像是一枝行走中的春花。冷不防看到一双热辣辣的眼睛，那是一位外表儒雅的男子，他自称南楚材，久慕薛媛盛名，今日偶遇，如久别重逢的故人。

听着他真诚的话语，看着他潇洒的举止和不俗的相貌，薛媛的一颗芳心不禁怦然而动。顾不得什么女儿家的羞涩，她和他倾心交谈起来，面对春光无限，诗词唱和间，才子佳人的故事拉开帷幕，春天与爱情最相配。

不久，南楚材去薛媛家提亲，意外地得到女方父母的准许。这一切当然是薛媛的功劳，她担心父母嫌弃南楚材家境贫寒，便早早做足了功课，在二老面前将这位寒门才子说的是世上少有、人间无双。这样一来，虽未曾谋面，两位老人家对南楚材已有了几分好感，如今一见之下，也觉无论相貌才学，这位青年都无可挑剔，于是也就不再拘守什么门户之见，开明地应允了这桩婚事。

洞房花烛之夜，南楚材怀拥娇妻，幸福得无以言表。不敢相信从此之后，她真的就只属于他一个人，她的美只为他而盛放，曾经无数次设想过的场景，如今成了现实，她成了他的妻，他感到一种踏实的快乐。这样的时刻，无论什么甜蜜的誓言都显得无力，他暗下决心，此生只爱她一个，要尽自己最大努力给她世界上所有的美好。她在他的柔情里陶醉，面如桃花，目如秋水，更添妩媚风姿。感谢上天的眷顾，得成佳偶，月圆人圆。

婚后的每一天，都似浸了蜜糖。他作诗，她唱和；他吹箫，她弹琴；他放歌，她起舞。她喜欢画画，每每心有所动，便提起笔描绘在纸上，他对她由衷地赞赏，自叹不如之余，对她的爱更浓了几分。如此琴瑟和鸣，堪比神仙眷

侣。爱情如诗如梦，但睁开眼，还是要面对实实在在的生活，琴棋书画诗酒花再美，也还得柴米油盐酱醋茶来维系基本的生命。

爱她，便要成为更好的自己。南楚材牢记自己在心底对爱人的允诺，所以婚后不久，即告别娇美的妻子，踏上为事业奔波的旅途。临行前，薛媛愁肠百结，叮嘱的话说了一遍又一遍，似总也说不尽。为夫君打点好行囊，她看着年轻俊朗的他，一袭长衫，身形挺拔，星眉剑目，玉树临风，真真是个美男子。这样的他，会有很多女子爱慕吧？此次一别，也许很久后才能相见，没有她的日子里，他能安守好自己的心，不为外界的诱惑所动吗？他会一直像现在这样爱着她、宠着她，视他为手心里最珍爱的宝物吗？

心底的担忧无法明言，聪颖如薛媛，自有诗词可表心意："野花虽美路边生，风雨飘摇自芬芳。迎来送往无须怜，花香可嗅君莫折。"君此一去，路途遥远，沿路必有无数野花芬芳招摇，但那些野花生性轻薄，不值得怜爱，亲爱的你，如果觉得花很香，只要嗅一嗅那香气就好，可千万不要采摘啊！如此温柔体贴、情致款款、语重心长的诗，南楚材身为才子，怎能听不出爱妻的弦外之音。他极力宽慰她说，他不会做对不起她的事，让她在家安心等待，他会尽快回来。

别离把每一个日子都拉得无限长。南楚材走后，薛媛独守空闺，每天都在思念中度过。她写下的诗，没有他在一旁唱和。她弹起琴，无人在一旁聆听。她画的画，无人在一旁欣赏赞叹。她常常仰望天空，希望飞鸟能带来他的消息，白云能捎去她的思念。远方的人儿，你是否也如我一样，承受着相思的苦痛和甜蜜？

不久后，安定下来的南楚材寄来家书，薛媛见信如见人，把信一遍遍读了又读，把那些滚烫温情的话语在心中回味了一遍又一遍。从此，盼望他的信，就成了她生活中最快乐的事。起初，他的信写得很频繁，可是不久之后，便如天边的晨星，渐渐有些稀落起来。她不解，她疑惑，不知道发生了什么事。他病了吗？遭遇到意外的侵袭了吗？还是……她不敢再想下去，只好度日如年，被动地等待。

那一日，陪同丈夫外出的仆人突然归来。薛媛喜出望外，可是看过仆人带来的书信之后，她的笑容凝固在粉腮边。原来南楚材在信中写道，在外闯荡多日，深感自己才学疏浅，恐怕以后仕途无望，所以改变心意，从此放弃功名之心，只想上山学道访僧，隔绝红尘。仆人还说，南楚材要他回家来带他的琴、书和衣物。

冰雪聪明的薛媛立时心明如镜，她知道丈夫一定是有了外遇，信中的语气似有决绝之意，带走所有珍重的物品，那是不打算再返回这个家来了。想起夫君昔日的柔情，再对比如今的绝情，薛媛心似刀绞。

天色渐暗，薛媛独坐房中，任泪水如夜色淹没自己。不知道哭了多久，她终于冷静下来。揽镜自照，镜中的女人双眼红肿，形容憔悴，这还是那个才情过人、自信满满的自己吗？爱情可以一瞬间让你如坐云端，也可以一瞬间就让你跌落深渊。世事无常，情生情灭，任谁也逃不过的定数。纵然日日痛苦，纵然在此刻死去，那个人变心的人也回不来，不如就任他去吧！但往日的恩爱欢娱，又岂能说抛开就抛开，千般不舍，万般无奈，思前想后，薛媛决定给丈夫写一封信，同时附上自己的一幅画像，为了这来之不易的爱情和婚姻，再做最后一次努力吧，至于结果，就顺其自然。如果真有分离的一天，至少自己努力过了，余生也不遗憾。

在这样意念的驱使之下，薛媛对着铜镜，细细为自己描画了一幅肖像，又提笔作诗一首：

欲下丹青笔，先拈宝镜寒。
已惊颜索寞，渐觉鬓凋残。
泪眼描将易，愁肠写出难。

恐君浑忘却，时展画图看。

——《写真寄夫》

“在为自己画像之前，我拿起宝镜，镜子的寒光刺痛了我的眼睛。镜中的自己使我感到惊讶，我的容颜什么时候这么枯索，两鬓的发丝也渐渐稀疏，不复有往日的光彩，这都是我对你太过思念的缘故。要画出我痛哭过的泪眼，很容易，但要画出我百结的愁肠，何其之难！因为担心你完全将我忘记，所以画了像，请你思念我的时候，常拿出来看看。”

薛媛果然没有猜错，丈夫真的遇到了另一个女子。原来南楚材到了颍州之后，颍州太守久闻其名，便宴请他到家中做客。时逢太守的千金庆贺生辰，南楚材即兴献诗一首作为贺礼。看到如此英俊又才华出众的男子，太守千金春心萌动，便央父亲向南楚材提亲。

面对年轻貌美又家世显赫的太守千金，南楚材陷入了深深的矛盾之中。一边是才貌双全的结发妻子，一边是可助自己仕途畅达的官家小姐，如何抉择？最终，南楚材在几分醉意中谎称自己尚未娶妻，应承了这门亲事。虽然有些愧疚，但南楚材还是决定弃旧爱承新欢，几番思索之后，他写下书信，派仆人回家带与妻子，再将自己必要的物品带来。

接到妻子的诗和画，南楚材细读之下，不觉深感痛悔。很显然，妻子已猜到他变心，但她却只字不提，也无半句埋怨和恨意，相反，她只是那样深情地一再诉说对他的相思和爱意。想起当初她义无反顾地嫁给他，守于清贫勤俭持家，才学相貌样样出众，如今却甘愿为他做回最寻常的主妇，而他又给了她什么？粗茶淡饭、独守空房也就罢了，还要狠心弃她另娶。读着那字字含泪的诗，看着妻子的画像，南楚材仿佛看到妻子流泪的脸，这样痴情重情又温存体贴的妻子，怎能不令人怜惜？一刹那间，往日的爱情又回来了。南楚材立时决定，去向太守说明真相，回到妻子身边。

在太守千金留恋的目光中，南楚材马不停蹄、日夜兼程赶回家中。此刻，什么都不重要，只要看到爱妻，只要能拥她入怀，轻轻为她擦去腮边的泪水，温言软语抚慰她的伤痛，看她露出往日明媚的笑容，这比世界上任何成功都有意义。

结局自然是美好的，夫妻团聚，从此白首偕老，不离不弃。兰心蕙质的才女薛媛，也因为诗画劝夫，成了爱情和人生的赢家，且青史留名。薛媛的过人之处在于，能以跳脱和宽容的眼光看待爱情和婚姻，当爱情在时，努力珍惜，当爱人心意转变时，一味地痛苦和怨恨无济于事，正确的态度应是看到人性的丰富，允许爱情有片刻的游离，如果你还爱着，可以选择原谅，用你的智慧，尽最大努力去召唤爱情回归。纵然结果不能如愿，至少此生无憾，你尽可以目送爱情走远，然后潇洒地挥手告别，继续自己的下一段人生，也许更美的爱情，会在某个不经意的时刻翩然而至。

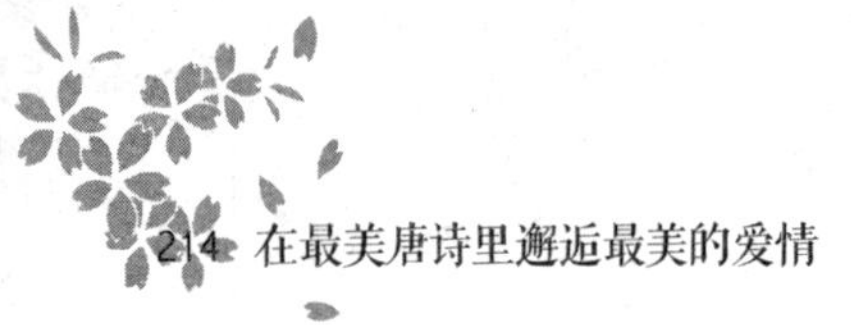

鱼玄机：易求无价宝，难得有心郎

晚唐女诗人鱼玄机，与薛涛、李冶、刘采春，并称为唐代四大女诗人。一如她的名字一样，鱼玄机充满变数和转折的一生，像猜不透的玄妙机理，同时，她美丽而短暂的生命，又像烟花一般耀眼又悲凉。

最初鱼玄机的名字叫鱼幼薇，字慧兰，她的人也如一株娇嫩的紫薇花，充满灵气和清新温婉之美。正如她的字“慧兰”，鱼幼薇从小便兰心蕙质，在写文作诗方面更是天赋出众。她的父亲是长安近郊一位失意文人，他诗书满腹却无缘于功名，遂将一腔热血转注到女儿身上，对她的教育从来不肯放松。

鱼幼薇也果然灵慧异常，五岁便能熟诵上百篇诗文名作，七岁自己写诗，至十一二岁时，她的诗名已传遍长安文化圈，俨然一位天才美少女作家。横空出世的“诗童”，引起了众多文人的关注，尤其是著名诗人温庭筠，他竟然不顾身份，费尽周折来寻访鱼幼薇。

有相同志趣的人，尤其是喜爱文字的人，冥冥中总会有力量在暗中牵引，使他们远距万里、相隔千年，也能惺惺相惜，出于对彼此才华的钦慕而心意相通。更何况，当温庭筠听到鱼幼薇的才名时，他和她都在长安，所以会面并不困难。

顺着路人的指引，温庭筠来到长安城东南一个破败的小院，那是鱼幼薇和母亲的居所。其时，幼薇父亲已去世，生活无着的母女俩便暂居在这个娼妓集中的地方，靠给那些青楼女子做些缝补浆洗的零活勉强度日。如此有才华的女孩，竟然居住在这样嘈杂脏乱的地方，温庭筠不禁暗暗疼惜起鱼幼薇来。

温庭筠的到来，让家徒四壁的鱼幼薇顿觉蓬荜增辉。在她少女的心里，温庭筠是一个高高在上、光芒四射的名字，如今他屈尊降贵来到这柴门旧户与自己会面，这是多么大的荣耀，又是多么令人感动！

在阴暗破旧的小屋里，十三岁的鱼幼薇像一株生在僻野中的花，浑身上下所洋溢出的青春朝气和无与伦比的美丽令温庭筠无限感慨：这个女子本身与她生活的环境反差竟是如此之大。在此之前，温庭筠纯粹是以一种中国文人传统的以诗会友的心理来会见鱼幼薇的，但是到了现在，鱼幼薇才华的出众与处境的艰难形成了鲜明的对比，在欣赏其才华之外，温庭筠突然产生了一种悲悯情怀，他决定要好好帮助这个女孩。

有共同话题的会面，当然是非常愉悦的。他们谈诗论文，兴致盎然。温庭筠请鱼幼薇当场以“江边柳”为题作诗一首，也是想当面检验她的才华。只见鱼幼薇纤手托腮，略作沉吟，很快便写成一诗：“翠色连荒岸，烟姿入远楼。影铺秋水面，花落钓人头。根老藏鱼窟，枝底系客舟。萧萧风雨夜，惊梦复添愁。”温庭筠一读之下，大为赞叹。小小年纪，鱼幼薇便显出在写诗方面的深厚功力，如此格律工整、意境浑然的诗作，许多成人也未必能达到这样的境界。

从此之后，温庭筠便常常前来指导鱼幼薇诗文，除去精神上的关怀鼓励之外，他还常常在生活上接济这对可怜的母女，帮她们渡过一个个难关。当时的温庭筠已四十多岁，他对鱼幼薇的感情，像是对朋友、女儿和学生。虽然文人多风流，但温庭筠在面对与自己年龄相差很大的鱼幼薇时，感情是非常纯洁的。

在温庭筠亦师亦友亦父的关照下，鱼幼薇孤苦的心灵有了寄托，感觉到了人世的温暖和美好，她的诗文也进步得非常快，据史料记载，鱼玄机一生所写的五十首诗中，大部分是在与温庭筠互相赠答的情况下写出的。人生最难得也最珍贵的，是遇到一个懂自己的人。真正地懂得，可以超越世俗，跨越男女、年龄的界限，只为心灵相互交会的刹那，灵魂所感受到的震动与欣喜。

他们本可以一直这样维持纯净的感情，成就一段旷世忘年交的佳话，然而随着鱼幼薇渐渐长大，她的思想感情渐渐起了变化。父亲早逝，在鱼幼薇的世界里，温庭筠是唯一一个离她最近、给过她最多温情的男子，如果说以前，她还能当他是朋友、老师、父亲，但现在，她已情窦初开，她已对他形成了深切的依赖。纵然他已不年轻，纵然他并不英俊潇洒，那又如何，和他在一起，她心里能感觉到踏实和宁静，最好的爱情，是不是也能给人这样的感觉？

感情是在细微中一点一滴渐变的，当鱼幼薇意识到自己已经爱上了温庭筠时，他们已然分离。也许只有别离才能让人真实体察到感情的真相。温庭筠远离长安，在遥远的湖北襄阳任职，而鱼幼薇在长安日复一日地思念着他。

虽然远隔两地，幸而可以鸿雁传书、诗文传情。红叶遍地，秋风萧萧，鱼幼薇终于鼓足勇气，写下一首《遥寄飞卿》，朦朦胧胧地吐露了隐藏心底的爱情："阶砌乱蛩鸣，庭柯烟雾清。月中邻乐响，楼上远日明。枕簟凉风著，瑶琴寄恨生。稽君懒书礼，底物慰秋情。""石阶下秋虫乱鸣，让我的心不得安宁，庭院中秋气氤氲，如烟似雾，更让人感到冷清。每天都是如此漫长，月下静听丝竹弦乐，独倚楼头守望日出。每个夜晚，枕席冰凉，孤单难眠，冷冷的琴音让人心生悲戚。你的书信如此之少，我拿什么来慰藉这秋天的愁情？"

表面看来，这首诗似乎并不像情诗，但细细品味，其中时时处处都在写自己的寂寞，寂寞是因为思念谁，你的来信如此之少，那么我思念的就是你，只有你才可以安慰我这颗冷寂的心。结尾一句似嗔似怨，显见两人感情之亲近，看似朴白的字句，却情浓如酒，这样含蓄委婉地表达，比之赤裸裸的爱之表白，更加具有动人心魄的力量。第一次，她直呼温庭筠的字，称呼的改变，说明她希望与他更亲近，比师友父更亲密。

有才颖悟如温庭筠，如何能读不懂诗中的含义？面对如此年轻貌美又才华横溢的女子，面对如此深情的告白，什么样的男人才能坐怀不乱、无动于衷？温庭筠做到了。一直以来，他对她的感情，从来就不是爱情，他是一个正直、高洁的人，忠于自己的内心和感情，不会趁火打劫，满足自己的香艳私欲。担心直接拒绝会伤害她，他就延宕着，一直没有回信，也许是不知道如何回。他想这样做，也许她就知难而退，明白他的心思了。

可是爱情的火苗已经点燃，而且在年轻少女的心中正呈愈来愈烈之势，鱼幼薇既然能在那样的时代主动表白，那她一定是一个感情热烈、敢爱敢恨的女子，不会因为他的不回应便就此罢休。时间一天天流逝，转眼到了冬天，没有收到飞卿的只字片语，在等待中煎熬的鱼幼薇，再次提笔写下一诗：

苦思搜诗灯下吟，不眠长夜怕寒衾。
满庭木叶愁风起，透幌纱窗惜月沈。
疏散未闲终遂愿，盛衰空见本来心。
幽栖莫定梧桐处，暮雀啾啾空绕林。

——《冬夜寄温飞卿》

“冬夜漫漫，衾被寒凉，不眠之人，在灯下搜肠刮肚，苦吟诗句，以消永夜。院中落叶随风扬起，纱窗外月已西沉，世事无常，聚散盛衰，总难如愿。我漂泊不定的心啊，像那没有栖息之地的鸟雀一样孤苦无依。”鱼幼薇在这首诗中，明显地表达了“愿托终身于君”的心意。然而遗憾的是，她始终没有得到期望的回复。也许在温庭筠看来，他这样做，是为了她能找到更幸福的归宿，如若他知晓她日后的种种遭遇，会不会改变初衷，许她一个可以看见的未来？自古至今，老夫少妻伉俪情深的例子比比皆是，只是这份幸运不曾眷顾这两位诗人。

后来的日子里，温庭筠和鱼幼薇仍然保持着联系，只是他极有分寸地把握着彼此间的距离，他心思纯正地以师友和长辈的身份待她，她虽不甘但也无奈，只好慢慢接受现实，与他之间继续着干净高洁的情感。他们仍然在一起谈

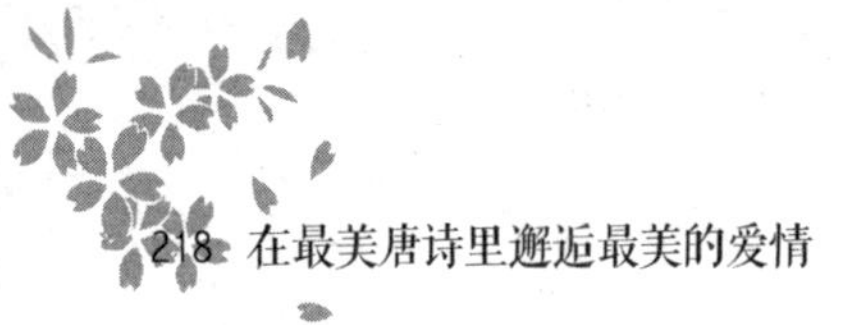

诗论文，偶尔也一起出游，这样纯粹的交往，也是世间难得的珍贵机缘。

有一次，温庭筠与鱼幼薇一同到长安城南崇贞观游览，恰遇一些新科进士在壁上题诗留名，看着他们春风得意、挥毫泼墨的那股洒脱劲，身为女子的鱼幼薇钦羡不已。如果生为男儿，或许她也有机会在此留名呢。按捺不住满腔诗情，她提笔在壁上写下一诗：“云峰满月放春晴，历历银钩指下生。自恨罗衣掩诗句，举头空羡榜中名。”这首诗抒发了一代才女在那个封建时代怀才不遇、志不能伸的无奈与幽怨，由此可以窥见幼薇当时心性颇高。

鱼幼薇没有想到，这首诗为她带来了一段新的爱情。那是一个名叫李亿的男子，这位喜欢风雅的豪门公子在崇贞观读到壁上的诗，他久已听说过鱼幼薇才名，此次再读其新诗，不由产生了一种强烈的冲动，想要结识这位美丽才女。

机会终于来了。李亿和长安的诗人名流多有交往，温庭筠也在其内。有一次，李亿前去拜访温庭筠，在书桌上，他看到一幅字迹清秀的诗笺。直觉告诉他，这一定是出于女子之手。捧在手里细读，李亿不禁轻轻念出声来：

红桃处处春色，碧柳家家月明。
楼上新妆待夜，闺中独坐含情。
芙蓉月下鱼戏，螮蝀天边雀声。
人世悲欢一梦，如何得作双成。

——《寓言》

桃花灼灼，处处红染，灿若烟霞，轻柔似梦。碧柳丝丝，家家披拂，参差而动，曼妙如烟。月明如水，春满人间。有佳人在绣楼闺房，新妆初成，独自静坐，等待心爱的人到来。窗边的花池之上，鱼儿成双成对在芙蓉花下戏游，天边霓虹如桥，有隐隐的鸟雀声传来。人世悲欢，倏忽一梦，如何才能得到上天垂怜，赐我双双相伴此生的人？

这首诗语言清丽、意境不凡，把春天描述得令人无限神往，现实的春天来了，心灵的春天呢？春来惹动春情，字字句句流露着一个女子对爱情的强烈向往，这大概是鱼玄机再次对温庭筠吐露爱意的诗作，只是温庭筠够坚定，在这样美丽深情的情诗面前，居然能心如止水。

但李亿不同，他到底年轻，心性也没有温庭筠那样有定力，看到这样的诗句，他立即急不可耐地打听是谁人所写。当听到温庭筠回答“鱼幼薇”这个名字时，他想起曾经在崇贞观壁上看到的诗，两首诗是同一个人所写。这个叫鱼幼薇的女子，到底是怎样一个人？他急切地想要见到她，想要和她说说自己对她的诗的感受，想和她长长久久地交谈……

李亿当下请求温庭筠引见鱼幼薇。本就觉得愧对幼薇的温庭筠见李亿也是一表人才，且家世不错，想着这两位才子佳人若能成就一段姻缘，也是好事一桩，于是毫不犹豫地答应了。

在温庭筠的帮助之下，李亿终于见到了心目中的女神。果然名不虚传，眼前的美人儿不仅五官精致、姿容俏丽，且风韵夺人，气质不凡，像一株高高耸立在春天枝头上的紫玉兰，相形之下，之前所有见过的女子顿时都成了庸脂俗粉，黯然失色。原本还担心见面之后会失望，通常情况下，想象中的事物总是最美，当想象和现实短兵相接，难免会造成美的幻灭。可李亿见了鱼幼薇之后，她比他想象中更美、更有吸引力，他的倾慕之情立即成倍增长。

而鱼幼薇虽然此时对温庭筠并未完全忘情，但她深知老师的性格，知道这只是一场没有结果的单相思，经历了以往多少个日日夜夜单恋的痛苦，她也有心要从过去中走出来，面对新的生活。眼前这位年轻风流的公子，长相俊朗，且言谈举止之间也浸透着浓浓的书卷气，他对自己的诗理解得那样深刻、中肯，他的话也总能说到她的心上，和他交谈很舒服、很愉快。不知不觉，一来二去，随着几次交往的渐渐加深，两人眉目间便有了些说不清道不明的意思。

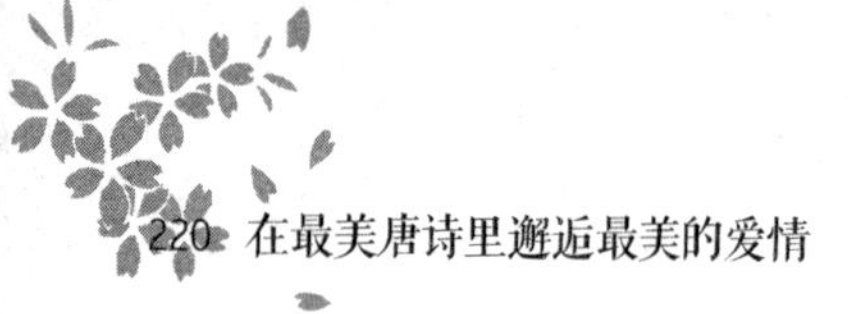

李亿已有妻室，他决心纳鱼幼薇为妾，但担心才高气傲的鱼幼薇不同意，便央温庭筠从中撮合，顺便可以劝劝鱼幼薇。鱼幼薇此时已把一颗系于老师的心，渐渐转移到年貌相当的李亿身上。听闻李亿有此心意，正中下怀，身为卑微民女，能嫁得一个贵公子，即使为妾也没什么不好，总算是有人疼、有人爱，找到一个安稳的归宿了。在那样的时代，一个女子再怎么才貌出众，但毕竟出身低微，对生活的要求也不敢太高。

春暖花开的日子，鱼幼薇坐着花轿，住进了李亿为她在长安城郊特意购置的一栋别墅中。那里山水清幽、风景如画，李亿在京城为官，收入还不错，因此能够给心爱的情人一份较为富足的生活。只不过，这一切是在暗中进行，李亿的夫人是个悍妇，他绝不敢让她知道自己金屋藏娇。

那些甜蜜的日子如梦一样让人留恋。鱼幼薇正值妙龄，且妩媚无比，风情万种，李亿将她视为珍宝，每日里陪她游山玩水、抚琴作诗，两人都感到巨大的幸福和满足。那是鱼幼薇一生中最为美好的时光，如若能永远这样，那么鱼幼薇将永远只是鱼幼薇，不会是鱼玄机。可是命运的转折总是突如其来，也许伏笔早已埋下，只是当事人看不破，也便逃不出命运设下的局。

李亿告诉鱼幼薇，他要去接妻子来京。李亿在京为官已时日不短，李妻留守家中，不见丈夫来接，便不停来信催问。也许她担心的就是丈夫会在外拈花惹草，所以信追得很紧，李亿不得不告别正沉浸在蜜月中的情人，踏上了接妻的路途。

李亿的妻子裴氏是个厉害角色，李亿对她也颇为惧怕。一路之上，李亿向妻子坦白，说娶了鱼幼薇做妾，裴氏听了非常生气，不管李亿如何劝说，就是不肯接受鱼幼薇。见到鱼幼薇的第一面，裴氏便令人将她毒打一顿，由于唐代法律对正妻的地位相当维护，所以惧内的李亿眼睁睁看着情人挨打，却不敢提出任何异议。

接下来的日子里，裴氏想方设法折磨鱼幼薇，最后竟然逼着李亿写下一纸休书，将鱼幼薇扫地出门。本以为这是幸福的开端，谁知道只是磨难的初始。眼看着往昔那个口口声声说爱自己的男人，此刻却任由她被人欺凌而无动于衷，最令她寒心的是，他竟然那么顺从妻子，白纸黑字写下休书，要将她抛弃！这段只持续了三个月的爱情，就此结束了吗？一个弱女子，无依无靠，在那风雨飘摇的乱世，何去何从？

好在李亿并非完全绝情之人，他迫于夫人的压力，不得已休了幼薇，那只是权宜之计。因为裴氏娘家颇有权势，得罪了她，李亿的仕途肯定会受影响。为了安抚夫人，他表面上写了休书，赶走鱼幼薇，暗地里却派人将鱼幼薇安排在曲江一处僻静道观——咸宜观中，一则解决了幼薇的生计问题，二则日后也可私会。住进道观的鱼幼薇，从此改名为鱼玄机。这个道号仿佛一句谶语，改变了鱼幼薇的人生走向，从此，那个清纯才女不见了，取而代之的，是一个日趋复杂、令后人充满争议的灵魂。

身在静地，但鱼玄机的心并不安宁。尽管李亿伤害了她，但她对他依旧未忘情，日日在青灯古佛旁，难掩心中偷偷的思念之情。她盼望着有朝一日，李亿会前来相会，或者他会接她出去，再续前缘。她把满腔相思之情化作一首诗《寄子安》：“醉别千卮不浣愁，离肠百结解无由。蕙兰销歇归春圃，杨柳东西绊客舟。聚散已悲云不定，恩情须学水长流。有花时节知难遇，未肯厌厌醉玉楼。”

“自从分别之后，千杯酒也无法浇灭离忧，离愁深重，柔肠百结，无计消除。繁花已谢，杨柳依依，留不住渐行渐远的人。人世聚散，如云般飘忽不定，恩爱之情应如细水长流。我知道恐怕与君再难相遇，但我也绝不肯整日里无精打采在酒醉中消磨光阴。”这首诗深切地抒发了鱼玄机对李亿的留恋和思念之情，绝望中又暗含着希望，尤其是最后一句，似有自强之意，读来令人感佩。但可惜的是，鱼玄机在后来的生活中，并没有守住这种精神的坚挺，她在经历了爱情破灭的痛苦之后，一步一步向生命的低谷滑落。

要等的人最终没有来，鱼玄机一首接一首，为她的“子安”写着情诗，但这些诗他如何才能看到，无处可寄，她将诗稿抛入水中，流水悠悠，流不尽她的爱与哀愁。这个生性热烈的女子，突然之间被不可预知的命运抛入这枯寂之地，期待与现实的巨大反差，使她极度痛苦。痛苦可使一个人的人格产生裂变，有些人会从痛苦中超脱，从而让灵魂升华，有些人则会被痛苦压倒，灵魂从此下坠。很不幸，鱼玄机属于后者。她有一颗跳荡的心，却非要在这死水一般的道观中度过余生，从此与热闹红尘绝缘，想到未来，便觉空茫绝望。

在这绝望之中，鱼玄机没有安静自守，她选择了另一种极端对抗命运的方式——放纵。入观已三年，李亿一直没有来，鱼玄机也渐觉希望渺茫。随着老师太去世、另一位道姑与人私奔，咸宜观中就只剩下鱼玄机一人。死寂苍白的日子长得没有尽头，正郁闷难解的鱼玄机此时又得到消息，说李亿已偕夫人远赴扬州任职。所有的期待彻底落空，所有的痛苦一时达到顶点，她全心全意爱着的人，竟然对她的一腔真情毫不在意，她只是他的一个玩物，累了腻了便随手一抛。可见这世间哪有什么真正的爱情，一切只不过是繁华一梦、逢场作戏罢了。

突然之间，她感觉到轻松，有什么东西在心中轻轻坍塌，不用再苦苦坚守，浮生若梦，为欢几何？且来纵酒放歌，且来尽享欢娱，只要能够开心快活就好，管什么爱情，管什么道德，管什么冰清玉洁，管什么美名清誉！她开始走向另一条路，那里灯红酒绿、纸醉金迷，那里浮华满眼、夜夜笙歌，那里充满着情欲的香艳，也暗藏着将一切吞没的隐忧。

童年时眼见那些青楼女子的生活场景，在鱼玄机的生命中重演。她不再相信爱情，放荡不羁和及时行乐成了她活着的信条。唐代的道观，常是滋生风花雪月的良壤。道士与尼姑可以自由与各类人士交往，风流才子、文人雅士或者纨绔子弟、达官贵人，都能在道观中找到自己的需要，清静道观因此成了春情荡漾的淫亵之地。这样的社会风气也为鱼玄机的自我放逐提供了底气和理由，她由此彻底脱胎换骨为另一个女人，纵情声色，醉生梦死，那个名叫幼薇的清纯诗童已然死去。

有一位被丈夫遗弃的村妇到道观烧香哭诉，鱼玄机深感同病相怜，想起自己为爱所受的苦，不禁百感交集，她写下一首诗《赠邻女》给那妇人：“羞日遮罗袖，愁春懒起妆。易求无价宝，难得有心郎。枕上潜垂泪，花间暗断肠。自能窥宋玉，何必恨王昌。”这首诗虽然是赠给村妇的，但实际是鱼玄机向过去一切告别的宣言。爱情让人伤透了心，做什么事都提不起精神，得到无价之宝容易，得到有情郎君却是如此之难。孤枕难眠，垂泪永昼，花间相思，暗自肠断。将来也许有更好的男子陪伴身边，那么就不必再对负心的人怀抱恨意。

为了驱散独自一人的寂寞，鱼玄机收养了几个寒门幼女作为弟子，又对外宣告“以诗会友”，一时之间，清静的咸宜观热闹非凡。鱼幼薇一向才名远播，如今发出热情邀请，那些喜欢附庸风雅又想入非非的男人怎能不趋之若鹜？她与他们谈诗调笑，也外出游玩，有才貌俱佳的青年才俊，有时也会共度良宵。但她抱定了一个信念，绝不再动真情。她要的，只是极尽欢娱，来填补心灵中巨大的空白。

渐渐地，她竟然很满意这样的生活方式，可以自由自在，想与谁交往，交往的程度如何，全由自己控制，不必再为爱伤心，不必再对男人奴颜媚骨，在咸宜观里，她俨然是呼风唤雨的女皇，女弟子鞍前马后地服侍，男人们承欢讨好，这让她感到满足和自豪，她的个性也发生了改变，自我、霸道的因子开始在她身上越来越鲜明。飞升与沉沦如此矛盾地统一在她身上，鱼玄机的生命呈现出玄奥机巧的迷离之感。

鱼玄机自己恐怕也没有料到，她的生命竟然会如此短暂，终结的因由也如此令人惊讶。事情是因男人而起，虽然不打算付出爱情，但她也有相对喜欢的男子。那是一个叫陈韪的乐师，长相俊美、言行优雅、琴艺精湛，如此才貌双全的小鲜肉，很快博得了鱼玄机的欢心。她心中涌起久违的诗情，为他写下热

情洋溢的情诗。陈韪也无法抵挡鱼玄机的魅力，不久便与她如胶似漆，共享鱼水之欢。

光阴悄悄流逝，鱼玄机收养的女弟子也渐渐长大，其中有一位名叫绿翘的，天生丽质，又机巧伶俐，很受鱼玄机喜爱。有一次鱼玄机外出，回来后绿翘告诉她，陈韪来访，但并未等候便告辞了。鱼玄机有些奇怪，以往陈韪一定会等到她回来，这次是怎么了？再看绿翘，鱼玄机发现她粉脸含春、目光闪烁，似有秘密藏在心里，便怀疑此女与陈韪有染。

此时的鱼玄机已养成飞扬跋扈的性格，她对绿翘施以毒打，绿翘反唇相讥，这更激怒了鱼玄机，她在极度的恼怒之余失去了理智，竟失手将绿翘打死。鱼玄机又惊又怕，她悄悄将绿翘埋在观内一处荒僻之地，不久被人发现，官府追查，鱼玄机对罪行供认不讳，不久即被执行死刑。可惜一代才女，竟因淫乱而生妒恨，最终身死刑场，年仅二十六岁。当心灵失控时，生命也将变得不可控，命运的玄机大概就在于此。

爱情不是生命的全部，在失去爱情之时，身为女人，最重要的是不要迷失自我，自暴自弃是对生命的不负责，是对自我的最大伤害。当爱情无法留住，我们要做的，只是安静地等待伤痛过去，尽一切力量治愈自己，然后全新蜕变，成就更好的自己，到那时候，会有真正属于你的最美爱情，在命运的转弯处等着你。

花蕊夫人：君王城上竖降旗，妾在深宫那得知

女人如花花似梦，多少临水照花人。唐末宋初之际，一位女子，因貌美如花，被后蜀最后一个皇帝孟昶赐封为“花蕊夫人”，“花不足以拟其色，蕊差堪状其容”，真真是羞花之绝色。据说花蕊夫人本姓费，因姿容绝代被选入宫，成为孟昶的“费贵妃”。花蕊夫人之所以能青史留名，并不仅仅因为美貌，更因为她卓绝的才情和高洁的心性。她与孟昶的爱情，成为一个时代悲凉凄美的余音，在历史时空中袅袅回荡。

“三月樱桃乍熟时，内人相引看红枝。回头索取黄金弹，绕树藏身打雀儿。”这应该是花蕊夫人的早期诗作，清新自然、俏皮活泼之中，蕴含着浓浓的生活情趣，读罢仿佛看到一个娇俏灵动的美少女形象。花蕊夫人的才情由此可见一斑，《全唐诗》收录了她的诗作一百五十余首，说明她的确是才貌俱佳的女子。

后蜀皇帝孟昶也喜欢写诗填词，他发现花蕊夫人的才情一如她的容貌般出众，便由此对她喜爱有加，最后甚至达到了一日不可离开的程度。一个女人如果徒有虚表，不过像一朵艳丽之花，虽然夺目，但花开总有谢时，一旦红颜老去，或者审美疲劳，美也便消失得无影无踪。但如果一个女人秀外慧中，美丽的外表下藏着有趣、有内涵的灵魂，那么这种美便如持久散放的花香，会令人久闻不厌，深远怀想。

孟昶作为国君不是非常合格，他身上颇有些文艺气质，因此与花蕊夫人志趣相投、情意契合，他们的感情，超越了一般皇帝与妃嫔的浅层次欢爱，更多的是一种精神上的理解与呼应。两个人身上最引为以傲的部分，正是对方所需

要、所喜欢的，所以相处的每一个时刻都轻松愉悦，充满新鲜满足感。

花蕊夫人喜欢牡丹花，孟昶便命蜀地官民遍植牡丹，并宣称“谁说洛阳牡丹甲天下，如今我要让成都牡丹甲天下”。一时之间，整个后蜀之地，国色天香，花开富贵，据说成都的别称“锦城”即由此而来。

唯恐如此不足以表达他对花蕊夫人的爱意，孟昶还不惜财力派人遍寻天下牡丹优品，在宫中专辟场地建了“牡丹苑”。花开时节，各色牡丹竞相斗艳，花蕊夫人流连在花丛中，人面花容相映，那是世上难得一见的视觉盛宴。

孟昶热烈的眼神一刻不停地追随着花蕊夫人翩若惊鸿的身影，一时兴起，他命人摆席斟酒，再辅以文房四宝，与心爱的女人共度良宵，徘徊花前月下，诗酒趁年华，满心里都是欣喜和幸福的滋味。

那一个月满天心之夜，牡丹花灿然绽放，孟昶和花蕊夫人在月下赏花，别有一番情味。突然，孟昶灵机一动，命人将宫内烛火全数熄灭，只见清幽如水的月色洒落宫中花上，花月朦胧如梦，那种意境堪比神界仙宫。花蕊夫人激动地紧挽孟昶手臂，心中对他的爱又深了几分，这个男人总是能懂得她的心意，时不时给她带来惊喜，即使他不是皇帝，她一定也会这样爱他。

此情此景不禁让孟昶诗兴大发，他对花蕊夫人说：“如此良辰，有花有月有酒有美人，如若再能有诗文乐舞更佳。不如爱妃轻舞，我来挥毫，方为此夜锦上添花，如何？”花蕊夫人欣然应允。于是月色之下，花蕊夫人翩跹而舞，恍然月宫嫦娥，孟昶在一旁边饮边观赏，看得痴了过去，酒至微醺，忽然文思泉涌，一首词一挥而就。这首词的原作已失传，后宋代大文豪苏轼写过一首词，题为《洞仙歌》：

“冰肌玉骨，自清凉无汗。水殿风来暗香满。绣帘开，一点明月窥人，人未寝，欹枕钗横鬓乱。起来携素手，庭户无声，时见疏星渡河汉。试问夜如何？夜已三更，金波淡，玉绳低转。但屈指西风几时来，又不道流年暗中偷换。”

在这首词的前面，苏轼写了一段引言：“仆七岁时，见眉州老尼，姓朱，忘其名，年九十岁。自言尝随其师入蜀主孟昶宫中，一日大热，蜀主与花蕊夫人夜纳凉摩诃池上，作一词，朱具能记之。今四十年，朱已死久矣，人无知此词者，但记其首两句，暇日寻味，岂《洞仙歌》令乎？乃为足之云。”

在这里，苏轼对自己写这首词的背景作了详细的交代，颇有传奇色彩：苏轼七岁时在四川眉山遇到一位九十岁的朱姓老尼姑，老尼自称曾经跟随师父进入后蜀皇帝孟昶的宫中，有一个炎热异常的夏夜，孟昶与花蕊夫人在摩诃池上纳凉，写过一首词，每字每句她都能记得。到苏轼写这首词时，时间已然过去了四十年，朱姓老尼已经去世很久，世上再也没有知道原词的人了。苏轼回想前尘往事，感慨万千，只记得老尼复述过的词中两句，闲暇时细加玩味琢磨，这难道不是《洞仙歌》的词令吗？所以苏轼用自己的才情和想象将原词补全，词作也许和孟昶的原作面目不同，但从中可以窥见孟昶的才华非同一般，且也能推想出当年他和花蕊夫人之间充满诗情画意的爱恋场景。

流年暗换，西风骤起。蜀国已经到了式微的边缘，孟昶的父亲孟知祥于乱世起兵称雄，建立了自己的帝国，可惜称帝不久即撒手西去，孟昶即位后，起初还能励精图治，国家也发展得不错。可是到了后来，也许是孟昶内心深处的文艺因子开始发挥作用，使他对皇帝这个职业感到厌倦，也许是眼见时代风云变幻，早已预知衰落的命运，总之后来他开始纵情享乐，尤其是有了花蕊夫人后，更是对国事朝政提不起丝毫兴致。

孟昶与南唐后主李煜有些相似之处，是错当了皇帝的文人，但他比李煜更荒唐的是，除了沉溺美色之外，在物质享受上也穷奢极欲，令人惊讶。据说宋太祖灭掉后蜀之后，进入孟昶的后宫，但见满眼珠宝、富丽至极，甚至连便溺的器物上也镶嵌有七种宝石，不由得感叹说：“如此奢靡，国如何不亡？”

就在孟昶与花蕊夫人纵情声色、醉生梦死，尽情享受着眼前的欢娱和浓情蜜爱时，他全然不知，巨大的危机正一步一步向他们靠近。在千里之遥的北

方，北周大将赵匡胤凭着过人的胆识、出众的才干以及凌云的雄心，朝夕之间就完成了身份的转换，一跃而为宋代的开国皇帝。怀着一统天下的野心，赵匡胤一点一点地扩大着自己的领地版图，任何弱小的国家都将成为他吞并的对象，后蜀当然也不例外。

公元965年，赵匡胤的军队进入孟昶的皇宫，这位后蜀的亡国之君连同花蕊夫人一同被俘虏，押往汴梁。离蜀途中，花蕊夫人眼见乡关渐远，家国不在，不由心痛欲碎，遂写下一首词表达自己的悲伤之情："初离蜀道心将碎，离恨绵绵。春日如年，马上时时闻杜鹃……"杜鹃声里斜阳暮，泪眼蒙眬，人不知归处。从此后，蜀地的一切，那些岁月静好的片断，那些男欢女爱的缠绵，恐怕都成了一场旧梦。此番前去，生死未卜，前路像一个巨大的黑洞，仿佛时刻都能将她吞噬，还好，有他一起，若命运不肯厚待，共赴黄泉也算余生最大的安慰。

但令花蕊夫人没有想到的是，她内心深处愿与孟昶生共枕、死同穴的期待很快落了空。到达汴梁后，赵匡胤似乎并没有将孟昶当作阶下囚看待，不仅没有监禁和体罚，反而封官加赏。如此礼遇有加，令孟昶和花蕊夫人颇感意外，他们当然不明白宋太祖的真正用意，庆幸之余，孟昶携花蕊夫人前去谢恩。

花蕊夫人是名满天下的美人，赵匡胤久闻其名，只是无缘得见，如今终于如愿以偿。眼前的花蕊夫人，比传闻中更加动人心魄，一颦一笑，一举手一投足，都是那么美，那么可爱，如此绝色，世间难得一遇，这样的女人，赵匡胤一定要据为己有，不久之后，全天下都是自己的了，一个女子又算得了什么，只要他一句话，谁敢不从？

不过赵匡胤毕竟是有些智谋之人，他知道要想得到花蕊夫人的人，很容易，但要得到她的心，却很难。于是采用迂回战术，大费周章，对孟昶礼貌相待并加以封赏，这样或许能减少她的恨意。接下来怎么办，难道还要经过漫长的等待，才能让花蕊夫人进宫陪伴自己吗？

孟昶夫妇离开后，赵匡胤的眼前总是浮动着花蕊夫人美丽的面影，他已经有些按捺不住急切的心，他多想让她早日来到他的身边，让她的美只为他而绽放。宋太祖心中所思所想，孟昶夫妇丝毫不知，他们还以为受到上天垂怜，不久便可恢复自由之身，不做皇帝也罢，只要还有彼此相伴，也就满足了。

七天后，令花蕊夫人震惊又伤心欲绝的消息传来：孟昶猝然离世，据说是得了急病。她怀疑事有蹊跷，但也无可奈何，身为亡国之君的妃子，她如今已没有任何权力面对命运说“不”，性命尚且难保，更何况其他？只有接受，只有顺应，她默默地承接了这一份痛苦，失去爱人的悲痛几乎要将她压倒，孟昶虽然是个荒淫的皇帝，但他是这个世界上最爱她的人，他是她的世界里唯一的温暖和依靠，如今天人永隔，她的世界坍塌了一半，没有他，以后的日子仿佛没有了光明和希望，她只是依靠本能继续活着，不知道未来将如何。

宋太祖对孟昶的离世表示深切哀悼，不仅追封其为楚王，还予以厚葬，且给家属以丰厚的物质抚恤。身为家属，自然要对皇帝的恩典致以答谢，于是花蕊夫人一身白衣素服，进宫面圣。这是赵匡胤第二次见到花蕊夫人，等了这么久，他终于又见到了她。全身缟素的花蕊夫人低眉敛目立于面前，恰似一朵天山雪莲，清丽脱俗，不染纤尘，神色悲戚的面庞相比欢颜，自有一种别样的凄美和楚楚动人的风致。

宋太祖再也顾不得虚饰，当夜便令花蕊夫人留在宫中。他召集臣子宴饮作乐，因听闻花蕊夫人精通音律，也是作诗填词的高手，便命其在众人面前即兴作诗一首，一则助兴，二则也想趁机见识一下绝代美女的才华。

闻听作诗，花蕊夫人一时百感交集，千般滋味涌上心头。诗以言志，诗人写诗时，说的都是心底里最想说的话，表达的是最细微真切的感受，所以有人说诗是不小心被人听到的。想起已经灰飞烟灭的故国，想起遥远的再也回不去的家乡，想起如今已成一具枯骨的爱人孟昶，家仇国恨，生离死别，而这一切，身为女子，她无法左右命运，无法保全自己的家国和爱情，人的生命在上

苍之手的捉弄下，如此脆弱苍白，想到这里，花蕊夫人不禁悲愤万分，轻启朱唇吟道：

君王城上竖降旗，妾在深宫那得知。
十四万人齐解甲，宁无一人是男儿。

——《述国亡诗》

自古以来，青史有名的女子往往与政治脱不了干系，那些芳华绝代的女中翘楚，无意于政治，却往往因为爱情，因为所爱的男子，成了政治的牺牲品，尤其是作为帝王的女人，更是如此。西施、貂蝉、王昭君、杨贵妃……哪一个不是在政治的阴影中艰难存活。她们像无主的花儿，任由命运之手采摘，她们无法决定自己去哪里、爱上谁，命运的风把她们吹向哪里，她们就在哪里落地生根、开花结果。她们被男人像猎取艺术品一样争夺、占有，她们的美丽与才华，成为诱敌的武器或交换的筹码，可有谁，真正关心过她们的内心？即使那些深爱过的人，也不过是因为需要而爱，他们最终爱的，其实只是自己。

就像孟昶，那样爱她、宠她，可是国亡城破之际，他早已做好了投降的准备，只是瞒着她。她多恨这样不战而降、没有骨气的做法，她多恨自己只是个女子，若能生为男儿，她一定会拿起武器，拼死保卫自己的家国。蜀国上下，十四万人齐齐解甲投降，这样的屈辱如何能忍？

往往在最关键的时刻，人性中一些美好的质地才会发出光芒。花蕊夫人在这样的时刻，面对宋太祖，毫无谄媚之态，反而不卑不亢，尽情抒发自己对故国的怀恋和热爱，心底里，那也是对孟昶的不舍吧，尽管他不争气，尽管他有这样那样的缺点，但她还是爱他，没有人能够取代他。

宋太祖没有想到花蕊夫人竟有如此风骨和气节，因此对她吟出这首诗来不但不生气，还比以前更加欣赏她、敬佩她、喜爱她。宋太祖身为皇帝，要留住花蕊夫人并不难，他当即颁下诏令，她从此长伴君侧。

花蕊夫人重新获得了恩宠，如孟昶一样，宋太祖对她宠爱有加。作为一个女人，得到两朝君王珍爱，当是一种荣耀和幸福。然而，跟宋太祖在一起的花蕊夫人，心境自然和以往不同，种种复杂难言，种种委屈不甘，但是又能如何？女人如花，枝折花落，全不由自己。

入了宋朝后宫，但花蕊夫人内心深处，仍忘不了旧日所爱。一天，她在月下花园中散步，看到月色中花开似锦，不由想起那些与孟昶共度的日日夜夜。也是这样的月明之夜，也是这样的花香醉人，她起舞，他挥毫，那首词句华美、深情款款的《玉楼春》词犹在眼前，斯人却早已化成轻烟飘散。埋藏已久的相思之情无可抑制地被激发，她为孟昶画了一幅像，挂在寝宫内日日焚香敬拜。无人时，她便在孟昶画像前静坐，就好像他还在身边，与他私语亲密了一样。

不久画像被宋太祖发现，询问所画何人，花蕊夫人灵机一动，说是画的是送子神灵，自己日日祷告，是想早日为皇上添加子嗣。宋太祖没有丝毫怀疑，命人另辟专门净室供奉画像，不久之后，送子神灵的画像竟然传到民间，人人敬奉。孟昶若泉下有知，也必会为花蕊夫人的一腔深情所感动，她是那么聪慧灵秀，又是那么重情忠诚。她虽然迫不得已再嫁宋太祖，但在心底里，一直为最初的爱情坚守。

关于花蕊夫人的最终结局，历来众说纷纭，有人说她被宋太祖的弟弟赵光义射杀，有人说她被宋太祖的皇后毒杀，还有人说她一直对孟昶难以忘情以至抑郁而死。真相已被久远的岁月尘埃所掩埋，无论如何，花蕊夫人的美是切切实实存在过的，她的爱情，她的诗词，她的爱国之心，她的豪迈风骨，都在历史的时空中余韵悠长。

花蕊夫人的一生，恰似一句歌词“最繁华时，也是最悲凉”。在生命的最高处，万般宠爱、千般荣耀集于一身，是鲜花着锦、玉上镶金的好，花蕊夫人

是世界上最美的花朵，插在最珍贵的器物里。而在生命的最低谷，花蕊夫人被命运的手随意安置，狂风落尽繁花，花蕊堕入泥淖，零落成泥化尘埃，风中只散暗香，身后只留悲凉。似水流年，往事留下那些诗和那诗里的凄美爱情，在世间犹自芬芳。